wolfstein

Ellen Kühne   Nadine Herberger

wolf stein

1. Auflage 2018

© 2018 WOLFSTEIN
in der Spielberg Verlag GmbH, Neumarkt
Lektorat: Sigrid Müller
Umschlaggestaltung: Ronja Schießl
Coverbilder: © Shutterstock.com
Foto Ellen Kühne: © Iryna Khablo
Foto Nadine Herberger: © Jürgen Schwab
Herstellung: BoD - Books on Demand, Norderstedt
Alle Rechte vorbehalten
Printed in Germany

ISBN: 978-3-95452-725-0

www.spielberg-verlag.de

Nadine Herberger

Ellen Kühne

Lass` es Zitronen regnen und wir machen Limonade daraus. Wenn Du ähnlich tickst, ist dieses Buch Dir gewidmet. Einer mutigen Frau, die bereit ist, mehr vom Leben zu empfangen, statt sich auf weniger einzulassen. Wir sind das lebendige Beispiel, dass Mut belohnt wird.

Habe viel Spaß beim Eintauchen in die unberechenbare Welt der Gefühle und vielleicht begegnest Du Dir selbst darin. Nimm Dir das, was Du brauchst und lasse den Rest für die anderen.

Auf Dich, Du geheimnisvolles Wunder der Natur. PROST!

Lass Dich nicht vom Wesentlichen ablenken, denn schließlich geht es in Deinem Leben nur um Dich! - Sky

Die Liebe kann mich mal

Kapitel 1

An diesem Sonntagvormittag saß Elisabeth mit angezogenen Beinen in ihrem Lieblingssessel auf der Terrasse. Eingemummelt in eine warme Wolldecke starrte sie seit einiger Zeit ins Nichts. Eine Isolierkanne mit heißem Früchtetee stand vor ihr auf einem runden Glastisch. Auch ein Stift, Notizheft und ein ausgeschalteter Laptop warteten dort auf ihren Einsatz. Doch Elisabeth, von Freunden Lisa genannt, rührte sich nicht. Nur zwei schmale Linien liefen von ihren feuchten Rehaugen über die Wangen und verschwanden in dem enganliegenden Rollkragenpullover. Frischer Wind, der sich immer wieder bemerkbar machte, trocknete die neu kommenden Spuren auf seine ungezähmte Weise. Nebenbei spielte er mit ihren langen kastanienfarbenen Haaren, die zu einem Zopf gebunden waren. Immer mehr Strähnen riss er aus dem Bund und ließ sie in ihr Gesicht fallen. Er wehte und pustete sie an, als ob er ihr sagen wollte, sie solle aufwachen und sich nach den Dingen umschauen, die ihr direkt zu Füßen lagen. Die ersten Krokusse erfreuten den Blick mit ihren Farben und kündigten das Ende des Winters an. In der Luft konnte man die Wiedergeburt der Natur wahrnehmen.

Nur Lisas Gedanken waren weit vom Aufwachen der Lebensgeister entfernt. Auch für die fröhlichen Vogelgesänge war sie taub. Die Kokonposition, in der sie sich befand, half ihr sich warm zu halten, in einer Zeit, als Herzschmerz sich in ihrem Inneren mit eisiger Kälte breitmachte. Die junge Frau kam sich leer und ausgebrannt vor. Kein Empfinden, keine Emotionen, einfach nichts.

Erst als die Mittagssonne ihr Profil erwärmte, kehrte Lisa allmählich aus ihrer Gedankenwelt zurück. Sie konnte sich an nichts erinnern. Es herrschte ein tiefes Loch in ihrem Verstand, das all ihre lebenswichtige Energie einsaugte. Diesen Zustand kannte sie bereits und war gar nicht darüber erfreut, dauerhaft darin zu verweilen. Ihr war aber auch nicht danach, die Welt positiv zu betrachten. Bewusst wollte Lisa sich ihrer Schattenseite stellen, ohne diese erneut unterdrücken zu müssen.

Morgen würde sie wieder eine Maske tragen. Sie musste für ihre Kunden und deren Probleme da sein. Gut gelaunt, hübsch aussehend, zuvorkommend – das Gesicht der ›Schönheits-Oase‹. Das repräsentierte sie, um den Bedürfnissen anderer Frauen gerecht zu werden. Aber heute war ihr Tag, zumindest bis nachmittags. Elisabeth hatte zwei Töchter, die vom Übernachten bei ihren Freundinnen abgeholt werden sollten. Von da an würde sie wieder in die Mutterrolle schlüpfen und ihre eigenen Sehnsüchte zurückschrauben.

Lisa goss sich warmen Früchtetee ein, trank davon einen Schluck und bemerkte sofort die wohltuende Wirkung. Sie legte die Decke beiseite und streckte ihre Beine aus. Dann nahm sie einen weiteren Schluck des heißen Getränks und fühlte, wie das Leben in ihren Körper zurückkehrte. Lisa blieb noch einen Augenblick sitzen, um die warmen Strahlen der Frühlingssonne auf ihrem Gesicht verweilen zu lassen. Die Wärme tat gut. Ihr Kopf war zwar noch leer, aber nicht mehr so schwer. Sie ging eine Runde durch ihren kleinen Garten. Den kannte sie noch nicht so richtig, da sie und ihre

Töchter erst im späten Herbst in das neue Haus eingezogen waren. Lisa beugte sich nieder und befreite behutsam eine Gruppe lilafarbener Krokusse vom alten Laub der Nachbarsbäume. Ein sanftes Lächeln erstrahlte auf ihrem Gesicht, als sie sich an die Zeiten erinnerte, in denen sie sich für dieses Haus beworben hatte. Sie, die alleinerziehende Mutter, in einer renommierten Gegend im Herzen Bremens, wer hätte das gedacht? Noch vor ein paar Jahren wäre dieser Gedanke unvorstellbar gewesen. Aber die Zeiten änderten sich und die Menschen auch. All das hatte sie nur sich selbst zu verdanken.

Sie kam hoch und ihr Blick wurde ernst.

Man gewöhnt sich so schnell an das Erreichte und die Freude vergeht wie der Schnee von gestern. Warum fühle ich mich so elend, wenn ich alles zum Glücklichsein habe? Ein Idiot hat mich verlassen, na und? Warum leide ich wegen eines Menschen, der mich sowieso nicht schätzte? Nichts, was ich machte, war gut genug für ihn, egal wie sehr ich mich bemühte. Eigentlich müsste ich jubeln, dass ich ihn los bin, aber ich heule seit zwei Wochen nur rum, sobald ich wieder alleine bin. Das muss aufhören. Ich bin 32 Jahre alt, habe ein gutgehendes Geschäft aufgebaut und zwei wundervolle Töchter auf die Welt gebracht. Meinen Beitrag für die Menschheit habe ich bereits geleistet und nun habe ich es verdient, glücklich zu sein. Dieses Recht lasse ich mir nicht nehmen, hörst du, DU DA OBEN?! Ich lasse das nicht mehr zu!

Elisabeth schaute voller Entschlossenheit zum Himmel. Der klebrige Schleier des Selbstmitleids löste sich allmählich auf. Es war ein befreiendes Gefühl, die Entscheidung zu treffen nicht mehr leiden zu wollen. Lisa kehrte zu ihrem Platz auf der Terrasse zurück. Innerlich war sie aufgeregt und wusste genau, dass etwas Wunderbares mit ihr geschehen würde. Sie fühlte, dass sie kurz davor war, einen alten Knoten zu lösen, der ihr ganzes Leben beeinflusst hatte.

Ab sofort wird alles anders, beschloss Lisa für sich.

Doch sie wusste nicht, was genau sie machen sollte und sie wusste nicht, wo sie anfangen sollte, etwas zu verändern. Denn so lange sie sich erinnerte, war das Thema Liebe in ihrem Leben mit vielen Enttäuschungen verbunden gewesen. Mittlerweile hatte Lisa panische Angst davor, sich zu verlieben, zu öffnen und zu vertrauen. Auch die letzte Beziehung war ein Beweis, dass mit ihr etwas nicht stimmte. Dachte sie zumindest. Doch was? Lisa wusste, dass ihr Körper von Männern sehr begehrt wurde, denn sie bekam ständig Komplimente zu ihrem Äußeren. Außerdem war sie intelligent, charismatisch, unabhängig und stand mit beiden Beinen im Leben. Sie erwartete nicht viel von einem Partner: nur gegenseitigen Respekt, Wertschätzung und Liebe natürlich. Intuitiv fühlte sie aber, dass irgendetwas Wichtiges vor ihr verborgen blieb. Bis jetzt hatte Lisa ihre Beziehungen nie hinterfragt. Sie hatte immer alles so hingenommen, wie es gekommen war, ohne sich bewusst zu sein, dass sie sich im Kreise drehte. Männer und Situationen hatten sich stets verändert, aber ihre Ansichten waren die alten geblieben.

Bis jetzt hatte sie ihr Beziehungsleben nach einer Schablone gelebt, die ihr von der Außenwelt vorgegeben worden war. Nach dieser Schablone verliebte sie sich neu und trennte sich wieder. Sie merkte selbst, wie unsicher sie geworden war, was Männer betraf, und wie schwer es ihr fiel, eine Trennung zu verarbeiten.

Sich in die Arbeit zu stürzen, war auf Dauer keine Lösung.

Entweder, ich stelle mich dem Ganzen und finde einen Ausweg, oder ich bleibe mein Leben lang unzufrieden, stellte Lisa fest.

Und darauf hatte sie nun wirklich keine Lust. Sie hatte das Gefühl, dass die große Liebe wenig mit Zufall zu tun hatte. Wie alles andere im Leben auch. Elisabeth hatte viel erreicht und war stolz auf ihre Leistung. Ihr war nichts geschenkt worden und das Schicksal war manchmal besonders hart zu ihr gewesen. Umso mehr schätzte sie das Erreichte.

Jetzt, da sie ihr Geschäft ins Rollen gebracht hatte, hatte Lisa Kapazitäten für sich selbst frei. Die junge Frau war hartnäckig, ließ sich nicht mit weniger abspeisen, wenn sie wusste, dass sie mehr schaffen konnte. Und nun war die Zeit gekommen, da sie mehr in einer Partnerschaft erreichen wollte. Doch zuerst brauchte sie einen Mann an ihrer Seite, der dazu passte.

Aber wo soll ich den bloß hernehmen? Sofort meldete sich ihre innere Stimme. *Wenn ich so denke, komme ich gar nicht vorwärts. Lisa, denke um!* – forderte sie sich selbst auf.

Wenn ich ein neues Geschäft aufbauen würde, wo würde ich anfangen? Als Erstes, die Zielsetzung: Was will ich erreichen? In diesem Fall lautet die Antwort: Ich will eine glückliche Beziehung führen können, mit einem Mann, der mich liebt und den ich liebe.

Warum hat es bis jetzt nicht funktioniert? Was habe ich falsch gemacht?

Lisa überlegte, welche ihrer Freundinnen oder Bekannten in einer glücklichen Beziehung war. Denn sie wollte wissen, was diese Menschen anders machten. Viele waren zwar vergeben oder verheiratet, aber richtig glücklich schien niemand zu sein. Diese Feststellung machte sie stutzig.

Also bin ich nicht die Einzige? Die halbe Welt hat ähnliche Probleme!

Sie wurde nachdenklicher.

Koste es, was es wolle, ich finde heraus, wie man eine glückliche Beziehung führt. Wenn es einen Trick gibt, dann werde ich ihn bald kennen.

Mit dieser Entschlossenheit nahm Lisa ihr Notebook vom Tisch, schenkte sich Tee nach und machte sich auf die Suche nach Antworten. Sie gab in die Suchmaschine sämtliche Begriffe ein, die ihr einfielen, um in ihrem Vorhaben weiterzukommen. In kürzester Zeit überflog sie mehrere Texte und schloss die Seiten desinteressiert wieder. Die junge Frau wusste nicht wirklich, wonach sie suchte, sie vertraute einfach ihrem Bauchgefühl. Es musste auf jeden Fall etwas Erkenntnisreiches und Interessantes sein. Elisabeth surfte reichlich viel im Netz und machte eifrig Notizen. Sie vergaß komplett die Zeit. Als Lisa auf die Uhr schaute, war sie bereits zu spät. Die Kinder mussten längst abgeholt werden. Sie murmelte ein paar Unnettigkeiten vor sich hin, schlüpfte in die Straßenschuhe und pfiff ihren Pudel Schoko zu sich. Elisabeth war immer sehr genau und erwartete dasselbe von anderen. Sie vertrat die Meinung, dass gegenseitiger Respekt darauf basierte, einander ernst zu nehmen.

Schoko wedelte pausenlos mit dem Schwanz und leckte seinem Frauchen das Gesicht ab, als beide im Auto saßen. Er freute sich über die Möglichkeit, endlich rauszukommen, denn die heutige Situation war fremd für ihn. Sämtliche Anspielungen seinerseits waren von seiner Besitzerin rigoros ignoriert worden. Das hatte es noch nie gegeben. Lisa streichelte ihn, bat um Entschuldigung und versprach, dass es nie wieder vorkommen würde. Ihr wurde klar, wie sehr sie ihre Liebsten wegen ihres Liebeskummers in letzter Zeit vernachlässigt hatte. Sie schämte sich dafür. Aber sie spürte auch, dass sich irgendetwas in ihr verändert hatte. Plötzlich waren das Leiden und der damit verbundene Schmerz weg, auch das Selbstmitleid war wie weggeblasen. Sie fühlte sich klar und energiegeladen. Es kam ihr vor, als ob sie gewisse Grenzen in ihrem Inneren überschritten hätte. Lisa wusste jetzt, dass ihr nichts Schlimmes passieren konnte und sie hatte keine Angst mehr, verlassen zu werden. Das war ein neues Gefühl, das ihr in diesem Ausmaß nicht bekannt war. Es fühlte sich herrlich an! Sie drehte die Musik im Radio lauter, der aktuelle Song war genauso energisch und mitreißend, wie Lisas Laune.

Der Nachmittag verlief großartig. Mutter und Töchter kamen sich wieder näher. Es wurde viel erzählt, gelacht und getobt. Schoko fühlte sich wie im Paradies. Sein fröhliches Gebell hörte man bis in die Nachbarschaft. Auch der Pizzalieferant bekam einen Teil der freudigen Energie in Form eines großzügigen Trinkgeldes ab. Im Haus herrschte eine Aura des Glücks.

Als Lisa ihre Kinder ins Bett brachte, drückte sie die Mädchen fest an sich und sagte, dass sie das Beste waren, was ihr je passiert war. Sie bat um Verzeihung für ihre Laune der letzten Zeit und machte ein paar Vorschläge für die Unternehmungen der nächsten Wochenenden.

»Hat sich unsere Mama etwa verliebt?« fragte die achtjährige Maxima ihre ältere Schwester.

»Das weiß ich nicht«, antwortete Alexa. »Aber hoffentlich bleibt sie länger so. Wenn es nach mir ginge – wir brauchen keinen Mann im Haus. Schoko reicht uns.«

Kapitel 2

Lisa beseitigte noch schnell die Spuren des wilden Abends, danach drehte sie mit dem Hund eine Runde um den Block. Nach dem Spaziergang holte sie ihre Notizen der heutigen Recherche hervor. Sie überflog das Geschriebene mehrmals, legte den Block zur Seite und nach einer kurzen Denkpause ging sie hinaus auf die Terrasse. Auf einem der Sessel lag eine Wolldecke, die Lisa über ihre Schultern warf. Sie machte ein paar Schritte, musste aber immer wieder stehen bleiben, um sich besser konzentrieren zu können. Sämtliche Erkenntnisse schossen wie Pilze nach dem Regen in ihrem Inneren hoch. Lisa griff nach ihren Schreibutensilien und hielt die Gedanken fest:

* *ich klammerte*
* *ich verstellte mich*
* *ich versuchte um jeden Preis den Erwartungen von anderen gerecht zu werden*
* *ich machte vieles, ohne darum gebeten zu werden und erreichte immer das Gegenteil*
* *ich spielte etwas vor, das ich nie war*
* *und ich verlor mich dabei ...*

Ich bin eine erwachsene Frau, die in der Lage ist, ihre Kinder allein großzuziehen und Geld zu verdienen, aber ich weiß nicht wie man sich einem Mann gegenüber richtig verhält. Vielen Männern, die an mir interessiert waren, schenkte ich mein Vertrauen und meine Gefühle, ohne dies zu hinterfragen. Ich war der Meinung, dass jeder eine Chance verdient hat. Als ich von außen gewarnt wurde, stürzte ich mich bereits in eine Rettungsaktion. Auf eigene Kosten. Auf Kosten meiner Kinder. Auf Kosten meines Glückes. Jetzt stehe ich da. Mein letzter Partner

*verließ mich wegen seiner Ex, die in meinen Augen nicht einmal annä-
hernd an mich heranreicht. Und doch entschied er sich für sie, anstatt
für mich. Mein Aussehen und mein Erfolg reichen nicht aus, um einen
Mann an mich zu binden. Ich muss etwas verändern und zwar in der
Einstellung zu mir selbst. Ich bin sehr dankbar, dass ich emotional so
tief gesunken bin, denn ich fühle den Boden, von dem ich mich ab-
stoßen kann, um an die Oberfläche zu kommen.*

Lisa war sehr erschöpft vom heutigen Tag, der sehr erkennt-
nisreich gewesen war. Ein Tornado aus Gefühlen, Emotionen
und unzähligen Gedanken wirbelte in ihr herum. Doch nun
wusste sie, dass sie nicht mehr diejenige war, die geschleudert wurde, sondern diejenige, die sich im Herzen des Tornados befand. Von dieser Position aus, sah das Leben ganz
anders aus. Mit diesem Wissen ging Lisa zu Bett und schlief
lächelnd ein, denn sie spürte, dass alles gut war.

Als sie am nächsten Morgen aufwachte, tat ihr der Kopf
weh und ihr Herz schlug schwer. Sie reckte und streckte sich,
gähnte. Sah an die Decke und beschloss, sich heute ein bisschen Zeit für sich zu nehmen. Denn das kam meistens viel
zu kurz.

*Ich bin auch wichtig und nach so einer turbulenten Zeit, muss ich
etwas Gutes für mich tun. Und sei es nur in den Park zum Joggen zu
gehen, oder in Ruhe einen Kaffee zu genießen.* Lisa schrieb eine
SMS an ihre Kollegin, mit der Bitte die Termine am Vormittag für sie zu übernehmen. Prompt kam eine Daumenhoch
Antwort zurück. Lisa kicherte.

Wie schön, dass es Menschen gibt, auf die man sich verlassen kann,
dachte sie zufrieden.

Sie ließ sich entspannt in die Kissen fallen und verweilte
noch ein wenig grinsend im Bett.

Als Maxima und Alexa nach unten kamen, umarmte Lisa sie herzlich. Die Geschwister sahen sich verdutzt an.

»Du bist noch da, Mama?«

»Ja, ich dachte, wir frühstücken heute mal zusammen.«

Alexa strahlte über das ganze Gesicht und Maxima klatschte begeistert in die Hände. Sie setzten sich an den Tisch und blickten sich an. Dann lachten sie gleichzeitig.

»Das sollten wir öfters tun, Mama«, sagte Alexa.

»Ja stimmt. Ich werde mich in Zukunft bemühen.«

Sie lächelte ihre Kinder an und eine wohlige Wärme durchfuhr sie.

»Mama, habe ich dir von meinem Projekt für die Schule erzählt? Das mit dem positiven Denken?« fragte Alexa mit halbvollem Mund.

Lisa schüttelte den Kopf und ihre Tochter plapperte munter weiter:

»Wir sollen eine Collage zum Thema ›Positives Denken‹ erstellen. Wie man darauf kommt, was einen davon abbringt und so. Dann sollen wir darüber einen richtigen Vortrag machen und den vor der gesamten Klasse halten. Kannst du mir dabei helfen?«

Lisa freute sich, ihrer Tochter behilflich sein zu können. Sie sagte zu.

»Natürlich helfe ich dir. Wenn du magst, schaue ich später nach ein paar Zeitschriften – zum Bilder ausschneiden. Ok?«

Alexa sprang auf, wischte sich die restlichen Brösel vom Mund und umarmte ihre Mutter schwungvoll.

»Du bist die Beste!«

»Kinder! Ihr müsst los, sonst kommt ihr zu spät.«

Die Mädchen küssten ihre Mutter zum Abschied und verschwanden hinter der Eingangstür.

Lisa schnappte sich Schoko und ging mit ihm in den Park. Der kleine Hund freute sich sichtlich, Zeit mit seinem Frauchen verbringen zu können. Lisa joggte los und Schoko trottete tapfer neben her. Sie sah die Blumen im Park sprießen. Wie die Blumen sich ihren Weg durch die Erde ins Leben erkämpften, so wollte auch Lisa sich ihren Weg in ein glückliches, zufriedenes Leben verschaffen. Aufgeben kam nicht mehr in Frage! Es war Frühling und sie wollte Spaß haben, Spaß am Leben! Das Leben in vollen Zügen genießen, daran teilhaben. Selbstmitleid gab es nicht mehr! Sie wollte sich wieder spüren. Mit sich im Reinen sein.

Als Lisa an einem Kiosk mit einer großen Auswahl an Zeitschriften vorbeilief, dachte sie an Alexas Schulprojekt und die dazugehörige Collage. Lisa bog zum Kiosk ab und studierte die Auswahl. Ihr Blick fiel auf eine fett gedruckte Überschrift auf einem Frauenmagazin: »Denk positiv, oder lass es bleiben!«

»Vielleicht ist das genau das Richtige«, murmelte sie vor sich hin und kaufte die Zeitschrift.

Lächelnd, mit einem wohligen Gefühl, drehten sie und ihr treuer Begleiter wieder in Richtung Heimat um. Dort angekommen, erlaubte sich Lisa eine Auszeit und übte mal nichts zu tun.

Immer wieder schweiften ihre Gedanken zu Alexas Schulprojekt. Positives Denken. Sie versuchte, all ihre Gedanken positiv zu ummanteln, nur irgendetwas störte sie dabei. Doch was? Vermutlich weil sie gerade erst damit angefangen hatte und alles neu für sie war. Sie musste es erst lernen.

Gibt es etwa so viel Negatives in meinem Leben? Hm, doch das kann es nicht sein, es muss einen anderen Grund haben.

Jetzt war aber keine Zeit mehr darüber nachzudenken, denn die junge Frau musste zur Arbeit.

In ihrem Schönheits-Studio empfing sie Kundin um Kundin und kümmerte sich um deren Wohlbefinden. Ihr Job lag Elisabeth wirklich am Herzen und wenn man etwas so gerne tat, dann konnte es nur gut werden.

Der Nachmittag verging wie im Flug und die junge Frau verspürte Zufriedenheit. Am Abend verabschiedete sie ihre letzte Kundin und schloss hinter ihr ab. Elisabeth genoss ihren neuen Zustand. Sie atmete tief die angenehme Abendluft ein und beobachtete die Sonne, die noch ein wenig Kraft hatte, um die Straßen mit einem orangen Schleier zu überziehen.

Zu Hause wurde Lisa von einer aufgeregten Alexa in Empfang genommen.

»Mama! Mein Projekt. Komm, schau es dir an. Es ist fertig.«

»Gerne mein Schatz, lass mich nur noch schnell meinen Mantel aufhängen.«

Alexa kam aus ihrem Zimmer, mit einem großen Plakat und vielen Notizen in der Hand. Die Mutter setzte sich auf die Couch und ihre Tochter präsentierte das Projekt.

»Positiv Denken ist nichts für einen gesunden Verstand«, begann Alexa und Lisa sah sie mit großen Augen an. Dabei fragte sie sich, ob sie die richtige Zeitschrift gekauft hatte. Das, was ihr Sprössling da von sich gab, hörte sich sehr abgebrüht an.

»Alexa, ist das alles aus der Zeitschrift?«

»Nein, ich war auf der Homepage des Autors.«

Lisas Augen wurden immer größer.

»Mama, reg dich nicht auf, ich war nur auf der Seite des Autors und sonst nirgends. Keine Sorgen, ich weiß, dass wir nicht ins Internet sollen, wenn du nicht zu Hause bist.«

Lisa atmete aus. Im Großen und Ganzen fand sie es sehr gut, was ihre Tochter da gebastelt hatte, dennoch wollte sie sich die Seite des Autors genauer ansehen. Es hörte sich zwar interessant, aber irgendwie ungewöhnlich an. Doch das letzte wollte sie vor ihren Kindern nicht zugeben.

»Zeigst du mir bitte die Homepage des Autors?«, fragte sie und Alexa klappte den Laptop auf.

»Hier.«

Lisa ließ die Seite offen und ging in die Küche, um Abendbrot für die Kinder zu machen.

Es wurde wieder ein fröhlicher Abend im Kreise ihrer kleinen Familie. Lisa liebte ihre Kinder über alles und war dankbar sie zu haben. Aus dieser Emotion heraus umarmte sie sie stürmisch und die beiden wussten nicht, wie ihnen geschah. Die drei lachten.

Später, als die Mädchen in ihrem Zimmer waren, holte Lisa sich den Laptop auf den Schoß und sah sich die Seite des Autors genauer an. Eine blaue Seite. Mehr nicht. Zunächst dachte sie, dass der Laptop defekt sei, oder noch schlimmer - einen Virus hatte. Sie klickte wild auf der Seite herum, doch nichts passierte. Kurz überlegte sie, dann kam ihr eine Idee. Sie markierte die gesamte Seite und erkannte dadurch einen Link, auf den man klicken konnte. So gelangte man auf die eigentliche Autorenseite.

»Wieso möchte jemand, der eine Internetseite betreibt, nicht, dass man seine Seite ganz offensichtlich anklickt?«, fragte sie sich und schüttelte den Kopf. Interessiert studierte Lisa die Homepage. Doch über den Autor selbst konnte man nichts herausbekommen. Auch durch das Impressum war nicht ersichtlich, um wen es sich handelte.

»Sky«, sagte Lisa und lächelte, »interessanter Name für jemanden, der eine blaue Internetseite betreibt.«

Sie sah sich die Seite weiter an und entdeckte einen Blog. Dieser weckte nun wirklich ihr Interesse. Denn der letzte

Blogeintrag handelte davon, dass man nicht positiv denken sollte. Sie las die Überschrift zweimal.

»Denkt nicht positiv!« Mit Ausrufezeichen.

Sie klickte den Beitrag an und las. Es ging darum, dass man nicht aufgesetzt positiv denken, sondern Dinge durchaus hinterfragen sollte.

Der Blog begeisterte Lisa immer mehr. Sky, ein virtueller Coach und dazu ein Frauenversteher, hielt kein Blatt vor den Mund mit seiner direkten Art. Er erläuterte der Frauenwelt, wie man einen Mann dazu bringen konnte, einem aus der Hand ›zu fressen‹. Er behauptete, dass Frauen den Männern überlegen seien, aber nur dann, wenn eine Frau sich richtig verhielt. Sky erklärte, dass die Instinkte bei Männern nach wie vor sehr stark ausgeprägt seien und jede weibliche Person, die sensibel genug wäre und über das notwendige Wissen verfüge, könne jeden Mann um den Finger wickeln. Der Blog war voll mit Beispielen von Frauenverwandlungen. Persönliche Erfahrungen, die Teilnehmerinnen von Skys Schule mit anderen Leserinnen teilten. Jede Geschichte war einzigartig und sehr motivierend. Lisa bewunderte die Frauen, die einen Durchbruch vom Mauerblümchen zu einer mentalen Königin geschafft hatten.

Am Anfang war Skys Art der Informationsübermittlung für Lisa sehr gewöhnungsbedürftig. Er packte die Wahrheit nicht in Watte, beschönigte sie nicht und schmückte sie nicht aus. Er war knallhart. Manchmal hatte Lisa das Gefühl, dass Sky absichtlich provozierte. Er brach nicht nur sämtliche Regeln mit seinen Aussagen und Feststellungen, sondern manchmal auch mit seinen Manieren, die aber zu einem deutlich schnelleren Begreifen der Materie führten. Lisa war eine Querdenkerin, die Eintönigkeit und Langeweile nicht ausstehen konnte. Dieser Blog war alles andere als langweilig und sehr nützlich noch dazu. Der war wie für sie gemacht. Fast täglich holte sie sich ihre persönliche Portion neuer Erkenntnisse, die sie durch ihren eigenen Verstand hindurchsiebte.

Lisa erkannte in den beschriebenen Beiträgen ihr eigenes Verhaltensmuster. Ihr wurde klar, dass Fehler, die sie in Partnerschaften gemacht hatte, nicht selten am Verhalten der Frau lagen. Ihr leuchtete ein, dass auch Männer sich nach einem bestimmten Muster verhielten. Diese Schule, die Sky anbot, interessierte Lisa sehr. Zunächst aber wollte sie mehr Informationen über den geheimnisvollen Coach herausfinden. Irgendetwas hielt sie noch von der Anmeldung ab. Vielleicht war es nur ihre eigene Unsicherheit, vielleicht aber auch die ungewöhnliche Weise des Unterrichts. Oder waren die Verletzungen aus den letzten Erfahrungen mit Männern noch zu frisch? Lisa wusste es nicht genau, aber der Gedanke etwas zu verändern und etwas ganz Verrücktes zu machen, gefiel ihr immer mehr.

Sky war männlich. Das stand fest. Diese Beiträge konnten unmöglich von einer Frau stammen, sie waren zu provokativ und gradlinig. Das imponierte Lisa, weil vieles auf den Punkt gebracht wurde, zwar auf gewöhnungsbedürftige Weise, aber ohne störenden Schnickschnack. Lisa wollte mehr über den Autor erfahren. Vergeblich. Weder sein Alter noch etwas anderes fand sie. Einfach nichts. Auf seiner Internetseite war zwar ein Button ›über den Autor‹ angebracht, aber dort waren genau zwei Sätze zu lesen: »Der Blog ist entstanden, um DICH weiterzubringen. Lasse DICH nicht vom Wesentlichen ablenken.

In der Kürze liegt die Würze!, musste Lisa schmunzeln. *Die meisten Menschen geben viel zu viel von sich preis und das lenkt tat-*

sächlich ab. *Aber hier ist doch gar nichts. Wer bist du, Sky?* – grübelte Lisa.

Das Schulprojekt von Alexa über ›Gedanken und ihre Auswirkungen‹ kam bei der Lehrerin überragend gut an. Es war eines der besten der gesamten Klasse. Und warum? – überlegte Lisa, *weil wir durch Zufall auf Skys Blog aufmerksam wurden. Mich hat von Anfang an seine Sichtweise beeindruckt. Nicht positiv (wie jeder andere lehrt), sondern effektiv zu denken. Seine Vorgehensweise zu vielen Themen unterscheidet sich von der Masse. Was habe ich zu verlieren, wenn ich ihn anschreibe? Eigentlich nichts. Was schreibe ich ihm überhaupt?*

Lisa grübelte. Ihre Gedanken spielten ihr einen Streich, in dem sie ihr stets entwischten. Die junge Frau gab auf: *Schluss für heute. Ich kann nicht mehr denken, weder effektiv noch positiv. Ich bin platt und gehöre ins Bett. Entscheidungen werden morgen getroffen.*

Sie schaltete die Nachttischlampe aus und verfiel sofort in einen erholsamen Schlaf, in dem sie ab und zu lächelte. Denn sie träumte seit Längerem von etwas Schönem.

Kapitel 3

Das geschmackvoll eingerichtete Behandlungszimmer, die entspannende Hintergrundmusik mit Ozeanrauschen, das gedimmte Tageslicht und die Aromen von ätherischen Ölen zauberten eine wohltuende Atmosphäre. Lisas ›Schönheits-Oase‹ wirkte sehr einladend. Während Elisabeth das Gesicht ihrer Kundin behandelte, dachte sie wieder an die Möglichkeit, ihr Wissen über Männer, Beziehungen und glückliche Partnerschaft zu optimieren.

Was ist, wenn es wirklich eine Art Geheimformel gibt? ließ Lisa den Gedanken zu. *Ich muss diesen Sky kontaktieren, sonst platze ich vor Neugier. Vielleicht bringt er mich tatsächlich weiter.*

»Lisa!
Leider sind meine Kapazitäten für das nächste halbe Jahr bereits erschöpft. Ich nehme keine Teilnehmerinnen für diesen Kurs mehr an. Ein Crashkurs wäre dagegen möglich. Beginn: SOFORT! Dauer: 1 Monat. Schwierigkeitsstufe: sehr intensiv und hart. Bei Abbruch werden keine Kosten zurückerstattet. Bedenkzeit: 24 Stunden.
Gruß Sky«

Als Lisa diese Antwort las, fragte sie sich, ob Sky Soldatinnen ausbildete.

Oder will er bloß schnelles Geld verdienen, mit armen dummen Frauen, die auf so etwas reinfallen? Nur, weil eine Frauenzeitschrift von ihm berichtet, muss er noch lange keine Höhenflüge haben und komische Anforderungen stellen. Von wegen – AUSGEBUCHT. Ein billiger Trick, mehr nicht!, ärgerte sich Lisa. Sie verließ ihr Postfach.

Das Läuten der Türglocke ließ sie in die Realität zurückkehren. Die nächste Kundin betrat das Studio. Nach einer herzlichen Begrüßung begleitete Lisa die Dame ins Behandlungszimmer. In der nächsten Stunde widmete sie sich ihrem Element – Verwöhnung von Körper, Geist und Seele. Lisa liebte ihre Arbeit sehr. Sie hatte nicht nur fantastische Hände, wie ihre Kundinnen behaupteten, sondern fühlte sich in einen Menschen hinein und besaß die seltene Gabe des Zuhörens. Sie erlaubte den Frauen sich ihre Sorgen von der Seele zu reden und nur, wenn ihre Meinung gefragt wurde, zeigte sie ganz dezent einen neuen Blickwinkel auf, aus dem die bestehende Situation ganz anders aufgefasst werden konnte. Die Frauen verließen Lisas ›Schönheits-Oase‹ rundum erneuert und äußerst zufrieden. Keine ging, ohne einen weiteren Termin ausgemacht zu haben, denn die Chance einen spontanen Wunschtermin zu bekommen, war sehr gering.

Elisabeth hatte ein kleines Paradies geschaffen, in dem jede Frau königlich behandelt und verwöhnt wurde. Sie war der Meinung, dass es da draußen genügend Leid für die zärtlichen Geschöpfe gab und der Hauptgrund dafür waren die MÄNNER. Sie selbst war keine Ausnahme und kannte diesen elenden Zustand nur zu gut. Und jetzt, da sie kurz davor war, sich in einen Kurs einzuschreiben, um Männer besser verstehen zu können, kam ein kurioses Angebot.

Und von wem? Von einem Mann! Sollte ich mich lieber nach einem weiblichen Coach umschauen? Aber ich will ja nicht die Frauen verstehen lernen... also sollte der Coach auch männlich sein... oder sehe ich das falsch?

Lisa verweilte in ihren Gedanken und dachte immer mehr über ein Coaching nach. Sie beschloss Skys Antwort am Abend erneut in aller Ruhe zu lesen und sich intensiver mit den Rezensionen der Teilnehmerinnen zu beschäftigen. Lisa kannte sich zu gut: Wenn sie sich etwas in den Kopf gesetzt hatte, dann war sie dieser Idee ausgeliefert. Ihr bleibt nur eins übrig – den richtigen Weg der Umsetzung zu finden.

Die Recherchen des Abends zeigten, dass Sky relativ zwiespältige Meinungen bei den Frauen hervorrief. Entweder man liebte, verehrte und bedankte sich bei ihm, oder man hasste und beschimpfte ihn.

»Seine Methoden sind nicht immer adäquat, aber wenn man es durchhält, erlebt man ein blaues Wunder«, schrieb eine Teilnehmerin, »und jetzt weiß ich wirklich, wie das Glück sich anfühlt!«

Man, Lisa, vielleicht solltest du all deine Vorurteile diesem Sky gegenüber beiseitelegen und einfach ins kalte Wasser springen? Was hast du denn schon zu verlieren außer ein Häufchen Scheine, die du innerhalb kurzer Zeit wieder verdienst? Aber die Erfahrung, die du dadurch gewinnst, die wird unbezahlbar sein!, sprach die innere Stimme zu ihrer Besitzerin.

Voller Entschlossenheit klickte Lisa auf ihr Postfach und teilte dem Coach ihre Zusage mit. Nachdem die Nachricht gesendet worden war, lehnte sie sich mit über dem Kopf gekreuzten Händen zurück und schmunzelte vor sich hin. Sie hatte gerade eben etwas total Verrücktes getan, was die kopflastige und disziplinierte Elisabeth nie getan hätte, aber die freche, kühne und freiheitsliebende Lisa eben schon. Aus einem unerklärlichen Grund war sie so zufrieden mit sich selbst, wie schon lange nicht mehr.

Nachdem der bürokratische Teil über die Bühne gebracht worden war, bat Sky Lisa ein paar Informationen über sich zusammenzustellen, um ein genaueres Bild von seiner Schülerin zu bekommen. Lisa ging mit viel Ehrgeiz an die Sache heran. So, wie sie alles in ihrem Leben tat. Sie investierte mehrere Stunden ihrer kostbaren freien Zeit in diese Aufgabe. Eifrig schrieb sie zwischen den Terminen und ergriff jede Gelegenheit, um fertig zu werden. Sie versuchte nichts Wichtiges auszulassen, denn viele Kleinigkeiten konnten sehr bedeutend sein. Viele Details und sogar Daten hatte sie bedacht. Elisabeth wollte, dass der Coach merkte, was für eine hervorragende Schülerin sie war. Es war spätabends, als die letzte Taste am Laptop gedrückt wurde und der letzte Satz zu Ende geschrieben war. Sie überflog ihr beachtliches Werk und schickte es zufrieden ab. Lisa war überzeugt, dass sie ihre erste Aufgabe mit Bravour erledigt hatte.

Am nächsten Tag rief sie regelmäßig ihre E-Mails ab. Sie war aufgeregt. Schon lange hatte sie sich nicht mehr in der Position der Schülerin befunden. Das war ein neues Gefühl für die Zweiundreißigjährige. Das erste Mal seit langer Zeit ließ sie es zu, sich und ihre Leistung zu bewerten. In der Mittagspause, als Lisa ihre Mails wiederholt prüfte, war auch eine von Sky dabei. Aufgeregt öffnete sie die Nachricht und konnte nicht fassen, was sie da las:

»Lisa!
Da wir nicht viel Zeit haben, um Nettigkeiten auszutauschen, werde ich sofort auf den Punkt kommen:
• du gibst viel zu viel von deiner Person preis. Somit nimmst du deinem Gegenüber die Gelegenheit dich besser kennenlernen zu wollen. Auch ich als Coach, bin in erster Linie – ein Mann. Denke in Zukunft immer daran, wenn du mit männlichen Personen verkehrst.
• du willst alles perfekt machen und somit in deinem Unbewussten – perfekt sein. Höre damit auf! Perfektion ist etwas Einseitiges, Eintöniges. Das ist langweilig! Perfekte Frauen sind langweilig, sie sind steif. Männer meiden solche Frauen!

• das innere Feuer wiederum ist interessant. Finde etwas, für das du innerlich brennst. Etwas, bei dem die Zeit für dich persönlich stehen bleibt. Etwas, in dem du aufgehst und mit dem du verschmilzt. Wenn dein inneres Feuer brennt, bist du niemals langweilig!

Gruß Sky«

Was bildet dieser Sky sich ein? Was glaubt er, wer er ist?

Elisabeth war außer sich vor Wut. Sie sprang auf und schenkte sich ein Glas Wasser ein.

Ich und eintönig … langweilig … nur weil ich mich bemühe vieles richtig zu machen? Blödmann!

Lisa konnte sich nicht beruhigen.

Weiß er überhaupt, welches Ausmaß an Verantwortung eine alleinerziehende Mutter zu tragen hat? Dass man da etwas versteift wird, ist ja kein Wunder. Wessen Schuld ist das denn? Ihr seid doch alle gleich, uns starke Frauen runtermachen zu wollen, damit ihr euch wenigstens etwas größer fühlen könnt …

Lisa brauchte frische Luft bei all der Aufregung. Sie hatte noch eine halbe Stunde bis zur nächsten Kundin. Sie pfiff ihren Pudel zu sich und drehte mit ihm eine Runde. Der Sauerstoff tat ihr gut. Lisa kam langsam wieder runter. Sie beschloss, eine Antwort zu schreiben. Aber was für eine! Den Rest des Tages war Lisa ruhiger als sonst. Sie ging ihren Pflichten nach und versuchte dabei normal zu wirken. In ihrem Inneren herrschte jedoch ein Gefühlssturm, den sie überhaupt nicht unter Kontrolle hatte. Der Abend mit den Kindern war sehr bescheiden: Lisa verwies sich auf starke Kopfschmerzen und bat um etwas Freiraum. Die Mädels drückten sie verständnisvoll und gingen in ihr Zimmer. Das schlechte Gewissen ihren Töchtern gegenüber verstärkte den inneren Wirbel.

Wenn er denkt, dass ich alles hinschmeiße, dann hat er sich mit der Falschen angelegt. Ich bleibe dran. Aber meine Meinung bekommt er zu lesen, das steht schon mal fest.

Lisas Laptop war einsatzbereit. Sogar ihr Mailfach war auf das Schreiben einer neuen Mail eingerichtet, doch Lisa zögerte. Sie dachte immer wieder über das Gelesene nach.

Sie gab zu viel preis, … ihre Texte waren zu lang, … ihr fehlte es an Raffinesse? … Er bekommt Raffinesse und Feuer gleichzeitig, aber nicht jetzt …

Sie spielte dieses Spiel mit, aber nach ihren Regeln.

»Lieber Sky,
vielen Dank für deine Impulse. Ich werde darüber nachdenken.
Wenn du sonst nichts mehr über mich wissen willst, bin ich
bereit für die eigentlichen Aufgaben.«

Lisa war mit ihrer eigenen Beherrschung sehr zufrieden. Die Vorstellung, dass sie nicht die Position einer Marionette angenommen hatte, gab ihr zusätzliche Kraft. Sie würde Skys Anforderungen nachgehen müssen, denn so lautete die Vereinbarung zwischen den beiden, aber sie würde ausschließlich ihre eigenen Interessen verfolgen und sich emotional distanziert verhalten.

Nichts wird mehr persönlich genommen! – lautete ihr neues Programm.

Hey, das fühlt sich ja richtig gut an! Warum bin ich nicht früher zu diesem Entschluss gekommen? Das hätte mir in meinen Beziehungen jede Menge Ärger erspart. Denn ich muss schon zugeben, dass ich mit dem komischen männlichen Humor nie umgehen konnte. Ich nahm vieles

*für bare Münze, schluckte meinen Ärger hinunter, war eingeschnappt
…*

Lisas Gedanken wurden durch den Benachrichtigungston des Mailfaches unterbrochen. Skys Antwort war da. Lisa zögerte mit dem Aufmachen. Sie hatte nicht so schnell damit gerechnet. Vor allem nicht um diese späte Zeit. Ihre vor Kurzem gewonnene Einstellung nichts persönlich zu nehmen, schien sich in Luft aufzulösen. Ihr Herz schlug schneller. Die innere Anspannung wurde größer.

Was ist, wenn da wieder eine blöde Bemerkung steht? – meldete sich die innere Stimme.

»STOP!« hörte Lisa sich laut reden.

»Ich muss da durch. Das war meine Entscheidung. Keine Angst mehr vor männlicher Kritik. Ich werde darüber hinauswachsen!«

Sie öffnete die Mail und las sie mehrmals durch:

»Lob zu deiner Beherrschung, Lisa. Die erste Aufgabe hast du mit Bravour erledigt, indem du konstruktive Kritik angenommen hast. Die Reaktionen von euch Frauen sind meistens viel zu emotional und aufbrausend. Ihr bringt euch dadurch selbst in Schwierigkeiten und macht euch das Leben schwer. MERKE: Männer können mit weiblichen Emotionen nicht umgehen. Männer brauchen klare Ansagen.
Damit du diese Lektion ein für alle Mal verinnerlichst, ist hier der erste Teil deiner nächsten Aufgabe: organisiere so schnell wie möglich ein Date. Am besten mit einem Mann, den du noch nicht kennst. Sämtliche Chatportale machen so eine Bekanntschaft leicht möglich. Der zweite Teil folgt, sobald der erste erledigt wurde.

Schönen Abend Sky«

Und wieder war Lisa sehr verwirrt, obwohl sie sich innerlich auf das Schlimmste vorbereitet hatte. Mit so einer Reaktion hatte sie dann doch nicht gerechnet. Sie wurde gelobt, weil sie sich entschlossen hatte nach ihren Regeln zu spielen. Ihre Entscheidung war zufällig - die richtige!

Irre! dachte Lisa nur.

Sie konnte das alles noch nicht richtig fassen. Ihr Kopf brummte. Sie massierte die Schläfen und beschloss für heute Schluss zu machen. Eine Flut an Gedanken, Eindrücken und Emotionen des Tages musste sich erst einmal legen, damit Lisa klar denken konnte.

Und diese neue Aufgabe ..., fing ihr Verstand an zu rotieren und wurde abrupt unterbrochen.

Morgen. Alles Morgen.

Kapitel 4

Lisa atmete aus vollem Brustkorb. Sie lief im Park an leeren Bänken, noch nackten Bäumen und einzelnen Passanten vorbei. Neblige, feuchte und sehr erfrischende Luft brachte neue Kraft und Energie in Lisas Körper. Trotz des Stechens an der Seite lief sie immer weiter. Ihr kleiner Pudel wich nicht von ihrer Seite, mal überholte er sie und forderte mit lautem Gebell zum Aufholen, mal blieb er zurück, zum Schnüffeln oder um sein Autogramm zu setzen.

Herrlich!, dachte Lisa.

Sie fühlte sich so lebendig. Früher war sie regelmäßig gejoggt und wusste diesen Schub an Energie zu schätzen. Im Laufe der Zeit hatte es nachgelassen, bis sie schließlich komplett damit aufgehört hatte.

Einiges muss und wird sich ändern!, beschloss Lisa.

Sie dachte über ihre neue Aufgabe – ein Date zu organisieren – nach. Einen Mann zu finden, stellte für sie kein Problem dar. Ihre Erfahrung mit Kennenlernportalen war groß. Nur die Erfolge waren sehr bescheiden.

Vielleicht wird es jetzt anders, dank dieses eigenartigen Coaches, ließ sie den Gedanken zu. *Was solls! Ich lasse mich einfach auf dieses Spielchen ein und werde schon sehen, was dabei rauskommt. Auf jeden Fall ist dieser Sky eine sonderbare Person. Er bringt mich auf andere Gedanken … oder, hm … er bringt mich dazu, meine Gedanken zu hinterfragen. Das gefällt mir!*, schmunzelte sie vor sich hin.

Lisa konnte Bäume ausreißen, so gut und energiegeladen hatte sie sich seit einer Ewigkeit nicht mehr gefühlt. Sie machte sich schnell für die Arbeit fertig und beschloss die restliche Zeit für die stehengebliebenen, noch gepackten Kartons zu nutzen. Seit dem Umzug standen noch immer ein paar Kisten in der Ecke, die das Interieur des geschmackvoll eingerichteten Hauses störten.

Ein Teil des alten Lebens war darin verstaut. Bücher, Fotos und viele andere Schätze, die für den Alltag nicht unbedingt relevant waren. Lisa holte ihr Wertvollstes behutsam heraus und sah sich nach dem richtigen Platz dafür um. Ein Schwall an Erinnerungen kam in ihr hoch. Aus all diesen wunderbaren Büchern hatte sie als junge, unerfahrene Frau und Mutter ihr kostbares Wissen geschöpft. Vom Kochen bis zur Kindererziehung, von der Persönlichkeitsentwicklung bis zur Geschäftsführung … Lisa hatte einen persönlichen Draht zu jedem dieser tollen Bücher, denn jedes einzelne erinnerte sie an eine bestimmte Phase ihres Lebens. Sie lernte besonders gern von Menschen, die selbst etwas geschafft hatten und ihre wertvollen Erfahrungen auf diesem Weg an die Menschheit weitergaben.

Als die Bücher ins Regal verfrachtet waren, kamen die Fotoalben dran. Lisa blätterte nachdenklich darin herum. Die kurze Reise in die Vergangenheit wirbelte Erinnerungen auf: Ihre kleinen Prinzessinnen in sämtlichen Variationen, der erste gemeinsame Urlaub mit Sonne, Strand und Meer, der tollpatschige Schoko als zuckersüßer Welpe. Die alte Wohnung am Rande der Stadt, die alte Liebe … Lisa sah auf die Uhr. Die Zeit lief ihr davon. Sie musste los. Die erste Kundin kam bereits in wenigen Minuten. Sie ließ alles liegen. Die letzte Kiste wurde beiseitegeschoben.

Am Abend muss dieses Chaos beseitigt werden, beschloss Lisa und verließ das Haus.

Sämtliche Pausen an diesem Tag investierte sie in Skys nächste Aufgabe: Das Anlegen eines Profils bei einem Datingportal. Lisa war darin geübt, denn sie hatte schon einmal gehofft auf diesem Wege einen Mann kennenzulernen. Doch damals war nichts Passendes dabei gewesen, außer reichhaltiger Erfahrung. Diesmal war die Plattform nur ein Mittel zum Zweck und Lisa ging sehr locker an die Sache heran. Es machte ihr großen Spaß einen Text über sich zu erfinden und ein passendes Bild hochzuladen. Das Resultat ließ nicht lange auf sich warten: Fünf Anfragen während sie mit einer Klientin beschäftigt war. Lisa begann Gefallen an der Sache zu finden.

Na, Turteltäubchen, dieses Mal wird nach meinen Regeln gespielt! – schmunzelte die junge Frau zufrieden vor sich hin.

Zu Hause angekommen, wurde Elisabeth von ihrer jüngsten Tochter Maxima ungestüm in Empfang genommen.

»Mama, wie hast du das gemacht? Wie konntest du das bloß wissen?«, überfiel sie das aufgeregte Mädchen, das vor Ungeduld hampelte und zappelte, bis Lisa ihren Mantel abgelegt hatte.

Sie sah ihre Tochter verwirrt an.

»Maxima, ich verstehe kein Wort. Beruhige dich bitte und erkläre mir, was los ist. Was habe ich gemacht?«

»Komm einfach mit, ich zeige es dir.«

Ungeduldig zerrte Maxima ihre Mutter ins Esszimmer zum Tisch, auf dem verstreut die Bilder des heutigen Morgens lagen. Auch der große, nicht ausgepackte Karton stand bereits offen da. Ein Teil seines Inhalts war auf dem anderen Ende des Tisches verteilt. Es waren unzählige Malfarben und Pinsel in verschiedenen Größen.

»Mama, guck, da ist Schoko! Du hast ihn vor fünf Jahren gemalt, da steht das Datum. Aber unser Schoko ist erst zwei Jahre alt. Wer ist dieser Hund, Mama? Und warum sieht er aus wie unserer? Sogar die Flecken sind drauf.«

Maxima hielt eine Leinwand, auf der ein kleiner schwarzer Pudel mit braunen Flecken abgebildet war, hoch. Er saß auf einer Wiese voller gelber Löwenzahnblumen. Das achtjährige Mädchen schaute seine Mutter mit großen blauen Augen an.

»Tatsächlich! Der Kleine sieht wie unser Schoko aus. Ich habe mal von ihm geträumt und dann habe ich ihn gemalt. Das war das letzte Bild, das ich gemalt habe.«

Lisa blickte nachdenklich auf ihr Bild. Seit mehreren Jahren hatte die junge Mutter keinen Pinsel mehr in die Hand genommen. Sie hatte sich dem Geschäftsaufbau gewidmet und war darin mit all ihrer Kraft versunken. Ihre seelischen Bedürfnisse und ihre Talente waren komplett auf der Strecke geblieben.

»Mama, sieh nur, das sind Alexa und ich! Ich bin hier noch sehr klein. Darf ich dieses Bild in unserem Zimmer aufhängen?«

»Natürlich, meine Süße! Es wird Zeit, dass wir für all diese Schätze die passenden Plätze finden. Jetzt, da wir so viele nackte Wände haben, sollte es kein Problem mehr sein.«

Maxima hüpfte vor Freude in die Luft. Sie holte weitere Bilder aus dem Karton und rannte durch das Haus, auf der Suche nach den richtigen Stellen. Lisa betrachtete ihre Werke. Sie liebte es zu malen. Als kleines Mädchen hatte sie eine berühmte Künstlerin werden wollen. Nur das Schicksal hatte es anders mit ihr gemeint. Sie hatte sich sehr jung verliebt und bald war Alexa auf die Welt gekommen. Doch kurz darauf war sie mit ihrer Tochter allein gewesen. Viele Enttäuschungen und Verletzungen hatte Lisa in ihrem jungen Leben überwinden müssen. Wie oft war sie kurz davor gewesen zu zerbrechen, aber ihre Kinder gaben ihr den Sinn und die Kraft, weiter zu leben.

Lisa wollte nie abhängig sein. Weder vom Staat, noch von einem Mann. Sie machte sich selbständig und damit unabhängig. Sie wurde zu einer starken Frau. Auch den Respekt der Gesellschaft hatte sie erreicht. Und doch hatte sie ein Handicap: Sie konnte keine dauerhafte Beziehung führen. Das machte ihr zu schaffen, denn dadurch stellte sie sich als vollwertige Frau oft in Frage.

Elisabeth sammelte die Farben vom Tisch und legte sie liebevoll in einen passenden Kunststoffbehälter, den sie in der Küche fand. Die Pinsel kamen in ein sauberes Gurkenglas und wurden zusammen mit den Farben auf der Fensterbank platziert.

»Wir sehen uns in ein paar Tagen wieder«, flüsterte sie den Malfarben zu.

»Bald, sehr bald ist Ostern. Ich habe frei. Wir werden ein Date haben. Wie in alten Zeiten … ich freue mich so darauf«, sagte sie mit einer leisen, verspielten Stimme und verließ mit einem geheimnisvollen Lächeln das Zimmer.

Nach dem gemeinsamen Abendessen schauten sich Mutter und Töchter die alten Fotos an. Alexa schlug vor, eine Collage aus einzelnen Bildern zu machen, für die kein Platz mehr im Album war. Lisa fand die Idee großartig und Maxima stimmte sowieso zu, denn sie genoss das Beisammensein. Die Mädels verbrachten einen wunderbaren Abend, lachten viel, waren phantasievoll und sehr fleißig. Die Collage bedeckte den gesamten Esszimmertisch. Sie war prachtvoll und durfte die Wand über dem Lieblingsmöbelstück der Familie schmücken – der überdimensionalen, anthrazitfarbenen Couchlandschaft.

Es wurde spät. Aber alle waren so glücklich, dass die Müdigkeit sich bei keinem durchsetzen konnte. Nur ungern verabschiedeten sich die Mädchen von der Mutter, um schlafen zu gehen. Lisa war ausgefüllt mit Freude. Ihr Herz sang vor Glück. Sie war sehr stolz auf ihre großartigen Kinder und auf sich selbst. Dank der Fotos machte sie eine Inventur der letzten Jahre und kam zum Ergebnis, dass ihr Leben ein hohes Niveau angenommen hatte, an das sie sich immer mehr gewöhnte. Gesunde, muntere Kinder, eine tolle Arbeit, wunderbare Freunde und unzählige gute Bekannte, ein großes Haus mit eigenem Garten und viele weitere Dinge, die nicht als selbstverständlich angesehen werden durften. Gesundheit, eigener Freiraum, Entfaltungsmöglichkeiten waren für viele andere Menschen Luxus pur. Und sie hatte das!

Lisa hielt inne und nahm das wohltuende Gefühl der tiefen Dankbarkeit wahr. Sie fühlte sich in dem Moment unglaublich bereichert. Und sie wünschte sich ihr Glück mit anderen teilen zu können, wenigstens ein klitzekleines Stück davon.

Nachdem sie alles aufgeräumt hatte, sprang Lisa in ihr Bett. Auf dem von Schoko vorgewärmten Platz, machte es sich mit ihrem pelzigen Freund an der Seite gemütlich und schaltete den Laptop ein, um den Stand ihres neu angelegten Profils bei der Singlebörse zu überprüfen. Ihr kam eine Flut an ungelesenen Nachrichten und offenen Anfragen entgegen. Lisa war positiv überrascht über das große Interesse an ihrer Person, sie zwinkerte ihrem Pudel zu und sagte schelmisch:

»Der Frühling scheint auf eure männlichen Instinkte eine große Auswirkung zu haben. Ob Zwei – oder Vierbeiner, das Gehirn verrutscht um diese Jahreszeit nach unten.«

Schoko leckte über Lisas Gesicht, als ob er seinem Frauchen zustimmen wollte. Lisa fand diese passende Geste sehr amüsant. Sie lachte herzlich und kraulte ihren Hund liebevoll.

»Du bist schon eine Nummer, Schoko! Du bist ein richtiger Macho, weißt du das? Wirst aber in dieser Familie der einzige Macho bleiben. Denn ich suche einen Kavalier, einen liebevollen Mann mit Anstand, Manieren, Humor und allem, wovon Frau so träumt.«

Lisa richtete sich auf:

»Schluss mit träumen! Ich muss noch ein paar anständige Männer aus dieser Masse raussuchen und Sky Bescheid geben, dass ich den ersten Teil der Aufgabe bereits erledigt habe. Bin schon auf den nächsten Schritt gespannt. Irgendwie habe ich ein wenig Bammel davor, aber ich werde es durchziehen, egal was kommt.«

»Nun gut«, sagte sie und starrte auf den Bildschirm.

Ihre Finger huschten flink über das Mousepad.

»Welchen soll ich nehmen? Ist ja wie im Supermarkt hier. Kandidat eins: Der übergewichtige Bernd mit rotem Haar, der die große Liebe sucht. Nein. Kandidat zwei: Der treue Thomas mit dem durchtrainieren Oberkörper. Doch Thomas ist heute leider verhindert, da seine Exfrau Geburtstag hat. Nein. Herzlichen Glückwunsch, Kandidat drei: Magnus Petersen. Manager einer großen Handelskette. Schwarzes, lockiges Haar und stahlblaue Augen. Du wirst mein Date sein. Nicht nur wegen deines adretten Erscheinungsbildes, sondern auch weil du so spontan Zeit hast und schon bald wieder nach Berlin musst.«

Lisa grinste frech vor sich hin und schrieb Magnus eine Nachricht. Er schickte ihr sofort seine Mobilnummer und sie chatteten eine Weile.

Das Date sollte am nächsten Abend im ›Chez Ludowig‹, einem angesagten französischen Restaurant, stattfinden. Lisa wählte es aus, da dort viele Verliebte anzutreffen waren. So hoffte sie auf die Möglichkeit mehr Druck aufbauen zu können.

Lisa ließ sich mit dem Taxi zu ihrem Date fahren. Die Frühlingssonne stand dunkelrot am Himmel und ging bald unter. Die Blumen am Eingang des ›Chez Ludowig‹ dufteten fantastisch. Lisa schloss die Augen und sog den Geruch ein. Eine Gänsehaut übersäte ihren Körper und sie fröstelte kurz. Nachdem sie die Augen wieder geöffnet hatte, ging sie zu einem Kellner und sagte, dass ein Tisch auf ihren Namen reserviert wäre. Er deutete mit seiner Hand auf einen Platz, an dem bereits ein Mann saß. Lisa ging langsam auf ihn zu, ließ ihre Hüften schwingen und warf demonstrativ ihr Haar in den Nacken. Mit einem hollywoodreifen Augenaufschlag hauchte sie:

»Hallo Magnus, ich bin Elisabeth, aber du kannst auch Lisa zu mir sagen.«

Er stand auf und wollte ihr die Hand reichen, doch Lisa umarmte ihn feurig und drückte ihm einen Kuss auf den Mund. Magnus sah sie verwirrt an.

»Bitte, setz dich doch.«

Er deutete auf den Platz gegenüber von ihm. Doch Lisa wählte den Stuhl direkt neben ihm. Ihre großen Augen strahlten ihn an. Immer wieder zwinkerte sie ihm zu.

Magnus räusperte sich kurz und fragte:

»Was möchtest du trinken?«

»Wein! Das Getränk der Götter!«

Sie kicherte. Der Kellner kam und brachte den beiden eine Flasche französischen Rotwein. Magnus füllte die Gläser und hob seines an. Lisa tat es ihm gleich.

»Auf einen erfolgreichen Abend!«, hauchte Lisa geheimnisvoll und schenkte Magnus ein umwerfendes Lächeln.

Ihr Verhalten brachte ihn etwas in Verlegenheit und er blickte immer wieder auf sein Handy.

»Wartest du auf einen Anruf?«, fragte Lisa.

»Nein, alles gut. Ich bin nur geschäftlich sehr eingebunden und muss immer wieder checken, ob alles läuft.«

»Ah, du bist ja ein erfolgreicher Manager. Das ist gut. So jemanden wie dich habe ich schon lange gesucht.«

Magnus zupfte an seiner Krawatte.

»Hast du das?«

Lisa nickte eifrig.

»Ja, weißt du, ich glaube daran, dass alles aus einem bestimmten Grund passiert. Komm, lass uns etwas bestellen, ich sterbe vor Hunger.«

Sie warf ihre Hand schnippend in die Höhe und rief laut nach dem Kellner als dieser gerade aus der Küche kam. Dieser nickte und kam zu ihnen.

Magnus sah zu Boden.

»Mein Freund bestellt für uns«, sagte Lisa zu ihm und streichelte dabei Magnus Hand.

»Ich weiß doch gar nicht, was du möchtest«, antwortete der und Lisa nickte ihm aufmunternd zu.

»Ich nehme, was immer du möchtest.«

Er schüttelte den Kopf und sagte:

»Gut, dann nehmen wir zweimal den Salat du Chef.«

Der Kellner nahm die Speisekarten und verabschiedete sich. Magnus sah Lisa an und ihm gefiel, was er sah.

»Du hast schöne Augen Lisa.«

Sie lächelte verspielt zurück.

»Was machst du beruflich Lisa?«, fragte er.

Lisa zeichnete mit ihrem Finger Kreise auf seiner Hand.

»Dafür habe ich keine Zeit, ich habe zwar schon zwei Kinder, aber mit der Familienplanung noch nicht abgeschlossen. Weißt du, ich hätte so gerne mindestens ein Kind mehr, denn es erfüllt mich voll und ganz Mutter zu sein. Außerdem möchte ich nur für meinen Mann da sein. Ihn umsorgen und mit Liebe überschütten. Seinen Bedürfnissen gerecht werden.«

Lisa machte eine kurze Pause, schaute direkt in Magnus Augen, und fügte hinzu:

»Du hast tolles Haar, Magnus, und deine Augen, das ist eine gute Kombination. Gutes Erbmaterial, das nicht verloren gehen sollte.«

Magnus wurde rot. Ihm war es sichtlich unangenehm. Nervös rutschte er auf seinem Stuhl hin und her.

»Lisa, du suchst einen Vater für ein Kind?«

»Nicht nur eins, ich habe doch schon zwei und sie sollten nicht weiter ohne Vater aufwachsen. Ich bin eine hervorragende Hausfrau und Mutter, du wirst schon sehen. Meinen Kindern habe ich auch schon erzählt, dass ich mich heute mit ihrem zukünftigen Vater treffe. Sie waren so begeistert von deinem Bild und können es sich gut vorstellen, zu dir nach Berlin zu ziehen.«

Magnus schluckte. Der Kellner brachte das Essen und plötzlich klingelte Magnus Handy. Er sah Lisa an, zuckte kurz mit der Schulter und sagte:

»Sorry, da muss ich rangehen.«

Er stand auf und ging nach draußen. Lisa grinste und hatte Mühe nicht laut loszulachen. Sie stocherte in ihrem Salat herum und aß einen Happen. Magnus kam mit ernster Miene zurück.

»Lisa, es tut mir unendlich leid, aber ich muss ganz dringend in die Firma. Da ist etwas schiefgelaufen, drei von unseren Servern sind abgestürzt und die IT braucht mich. Wenn die Daten verloren gehen, entsteht ein Schaden im mehrstelligen Millionenbereich. Es ist unglaublich wichtig. Auf meinem Rechner ist vermutlich noch die Sicherungskopie eines geheimen Dokuments, das alles zusammenhält. Es tut mir leid, können wir das nachholen?«

Lisa wischte sich mit der Serviette den Mund ab und antwortete:

»Kein Problem. Ich komme einfach mit.«

Magnus Augen wurden immer größer. Er hielt sie an den Schultern fest und sagte:

»Das geht leider nicht. Die Firma ist ein Hochsicherheitstrakt, wir handeln mit sehr sensiblen Daten, da darf ich nicht einfach jemanden mitnehmen.«

Lisa sah zu Boden und erwiderte:

»Oh, verstehe. Aber vielleicht können wir uns danach noch treffen? Der Abend ist noch jung.«

Magnus schluckte und sah nervös von rechts nach links. Er antwortete:

»Wenn ich früh genug fertig werde ja, aber erfahrungsgemäß zieht sich so etwas bis in die Nacht hinein.«

»Na gut. Melde dich einfach. Ich warte auf dich Magnus.«

Sie umarmte ihn und kniff ihn in den Hintern. Magnus zuckte zusammen und verließ schnellen Schrittes das Restaurant.

Lisa blieb noch eine Weile am Tisch sitzen. Sie genoss mit kleinen Schlucken den bereits eingeschenkten Wein. Ihre Augen strahlten und die Mundwinkel waren leicht angehoben. Lisa triumphierte!

Armer Kerl! Er ist erstmal geheilt von seiner Suche nach einer Frau. Welche Gründe auch immer dahintergesteckt haben, die Lust daran ist ihm sicherlich vergangen.

»Emotionale Überforderung!« – Diese Aufgabe ist mir so was von gelungen. Mein Date machte noch vor dem Dessert einen Abgang. Ach, das hat Spaß gemacht, die Regie zu übernehmen und nach eigenen

Lisas Grinsen wurde unbewusst immer breiter. Sie fühlte sich großartig und leicht. Das wohltuende Getränk entspannte sie völlig. Als ihr Glas leer war, stand sie auf, nahm ihren dunkelgrünen Übergangsmantel und warf den luftigen Schal im Retrolook über. Mit dem graziösen Gang einer griechischen Göttin stolzierte sie zum Ausgang. Gierige männliche Blicke folgten ihr aus verschiedenen Ecken des Restaurants. Einem zwinkerte sie sogar zu, als sie an einem Tisch vorbeiglitt, wo ein Pärchen saß und der Mann trotz seiner Begleitung Lisa mit offenem Mund anstarrte.

Die frische Luft war sehr angenehm. Sie atmete mehrmals tief ein und wieder aus, bemerkte dabei, dass ihr leicht schwindelig wurde. Lisa kannte den Grund dafür nicht, ob es nun am Wein oder an der vielen Luft in ihrer Lunge lag. Aber sie wusste eines, dass sie betrunken vor Glück war, obwohl sie immer noch alleine war. Nur dieses Mal war sie bewusst alleine. Dieses Mal würde sie wählerisch sein und es zulassen, dass die Männer um sie warben, ohne dass sie selbst aktiv wurde. Das heutige Treffen zeigte ihr, wie schnell man einen Mann überfordern konnte, indem man den Freiraum für seine männliche Entfaltung wegnahm. Natürlich hatte sie übertrieben. Das war der Plan gewesen. Es hatte schnell gehen müssen. Aber in ihren realen Beziehungen hatte sie genauso übertrieben. Nur langsamer und unbewusster.

Wenn die Frau zu aktiv wird und ihre Emotionen nicht unter Kontrolle hat, wird das Resultat immer das Gleiche sein: Er macht die Fliege oder lässt sich von ihr bemuttern.

Davon hatte Lisa in Skys Blog gelesen, aber es nun am eigenen Leib gespürt. Diesen Fehler würde sie garantiert nie wieder machen. Die junge Frau kostete den Rest des Abends aus, indem sie beschloss ein Stück zu gehen, anstatt ein Taxi zu nehmen. Die Abendluft war voller Blütendüfte. Das Stadtleben beruhigte sich allmählich, es wurde leiser. Dadurch konnte man wieder Naturgeräusche wahrnehmen.

Lisa schlenderte an der halbleeren, aber gut beleuchteten Hauptstraße entlang. Sie dachte viel nach und war sehr auf die nächste Aufgabe gespannt. Theoretisch wusste Lisa viel über typische Frauenfehler, aber praktisch machte sie sie immer und immer wieder. Jetzt, da Sky in ihr Leben getreten war, wusste sie, dass sie ein für alle Mal mit ihrem alten Verhaltensmuster Schluss machen und ein komplett neues Privatleben aufbauen würde. Lisa spürte, dass sie es schaffen konnte.

Als die junge Mutter zu Hause ankam, schliefen die Kinder schon. Schoko begrüßte sie auf seine wilde Art, unter der Lisas Feinstrumpfhose wiedermal in Mitleidenschaft gezogen wurde. Dieses Mal schimpfte sie ihn aber nicht. Sie schickte ihn auch nicht weg. Lisa war so gut drauf, dass sie die Konsequenz total beiseiteließ und spielte ein Weilchen mit ihrem pelzigen Freund.

Ausgetobt, machte sie sich einen Tee und füllte Schokos Napf mit frischem Wasser auf.

Anschließend machten es sich die beiden auf der Couch gemütlich, um Sky das Ergebnis des heutigen Dates mitzuteilen.

Sky war online. Seine Antwort kam prompt zurück. Er wollte wissen, was Lisa aus der Situation entnommen hatte und daraufhin teilte sie ihm ihre neuen Erkenntnisse mit. Sky war sparsam mit seinen Kommentaren. Seine Sätze waren kurz und prägnant, im Gegensatz zu Lisas, allerdings bemühte sie sich inzwischen, schnell auf den Punkt zu kommen. Lisa erinnerte sich an Skys Aussage, dass Männer nicht mit weiblichen Emotionen umgehen konnten.

Oder besser gesagt, sie können überhaupt nicht mit Emotionen umgehen, hatte Lisa damals ergänzt.

Dabei berief sie sich auf ihre eigenen Erfahrungen mit der Männerwelt. Sie beschloss, sich auch bei Sky, während der Berichterstattung und auch in Zukunft, möglichst emotionsfrei zu verhalten, denn immerhin war auch er männlich.

An diesem Abend bekam Lisa ihr zweites Lob von dem geheimnisvollen Coach. Ihm schien nichts entgangen zu sein, denn er lobte sie nicht nur wegen der rasanten Erledigung der Aufgabe. Sky fand ihre Erkenntnisse bemerkenswert. Er teilte ihr mit, dass er sehr beeindruckt war und sich die Tage etwas ganz Spezielles für sie einfallen lassen würde. Das Gelesene schmeichelte Lisa sehr. Sie war außer sich vor Freude und wartete sehnsüchtig auf die nächste Herausforderung.

Kapitel 5

Die Zeit verging unglaublich schnell. Lisas Terminkalender war prall gefüllt. Nicht nur mit ihren Kunden, sondern auch mit mehreren Dates in den kommenden Wochen. Ihr weibliches Ego kulminierte, denn so viel Begehren hatte sie noch nie erlebt, vor allem nicht in einem so kurzen Zeitraum. Lisa fühlte sich energiegeladen, trotz all des Stresses, den sie sich mit dieser speziellen ›Ausbildung‹ eingebrockt hatte. Sie lernte viel und intensiv. Bei jeder Begegnung kam etwas Neues dazu: verschiedene Charaktere, unterschiedliche Lebensansichten, widersprüchliche Absichten. All das von Sky Gelernte wurde stets umgesetzt und in der Praxis erprobt. Lisa staunte immer wieder aufs Neue, wie einfach es in Wirklichkeit war, das Interesse eines Mannes zu wecken.

Alle ihre Dates fanden grundsätzlich in einem Café oder Restaurant statt. Nach ein paar Stunden verabschiedete sie sich meist und fuhr mit dem Taxi nach Hause. Sie machte den Männern keine leeren Versprechungen oder Hoffnungen. Sie blieb fair, geheimnisvoll und unerreichbar. Das machte sie besonders interessant für ihre Verehrer.

Lisa war eine aufmerksame Zuhörerin und stellte relevante Fragen zum Gesprächsthema. Sie nutzte ihre weiblichen Waffen: Verlegenheit und Klugheit, blieb aber trotzdem sehr selbstbewusst. Blick, Stimme und ihr Lächeln dienten dabei als Werkzeuge. Ausnahmslos alle Männer teilten Lisa mit, dass sie einer Frau wie ihr noch nie begegnet waren. Sie überschütteten Lisa mit Nachrichten, gestanden ihr ihre Liebe und wollten sie sogar heiraten. Die junge Frau hoffte insgeheim, dass sie auf diese Weise ihrer großen Liebe begegnen würde und den Kurs mit einem einzigen Mann absolvieren konnte. Aber erstens war kein Passender dabei, und zweitens hielt Sky das für keine gute Idee. Er bestand auf eine große Auswahl an verschiedenen Männern, die Lisa kennenlernen sollte, denn das machte nicht nur Sinn für ihre Aufgaben, sondern führte sie auch zum gewünschten Ziel.

Lisa baute inzwischen großes Vertrauen zu ihrem Coach auf. Sie verbrachten viel Zeit miteinander im Chat, besprachen neue Herausforderungen und zogen aus bereits gemachten Erfahrungen ein Fazit. Sky brachte Lisa bei, dass Männer sich nicht direkt in eine Frau verliebten, sondern als erstes in das Gefühl, das sie ihnen vermittelte. Außerdem erzählte er ihr einiges über die männlichen Instinkte, die auch in der heutigen Zeit noch sehr stark ausgeprägt waren. Nicht das Herz oder der Kopf hatten in der Männerwelt das Sagen, sondern zum größten Teil – die Instinkte. Beschützer. Eroberer. Macher. Jäger. Entdecker.

»Jede Frau kann dieses Wissen zu ihren eigenen Gunsten nutzen«, schrieb Sky, »aber viele Frauen werden selbst zur Macherin, Jägerin, Eroberin und Beschützerin. Somit stehen sie in Konkurrenz zum eigenen Partner. Sie nehmen ihnen den Raum für die Entwicklung ihres männlichen Potentials. Männer reagieren unterschiedlich auf dieses Phänomen: Einige werden aggressiv und grob, andere lassen sich bemuttern und der Rest wird zu Gemüse ohne eigenen Willen, das vor sich hinvegetiert. Dann gibt es noch welche, die neue Horizonte entdecken wollen, da zu Hause alles schon längst erforscht ist.«

Lisa erkannte sich selbst in den Frauen, die Sky beschrieb. Ein ungutes Gefühl machte sich in ihrem Körper breit:

Alles, was man falsch machen kann, habe ich falsch gemacht.

Ihren Partnern war gar nichts anderes übriggeblieben, als sich so daneben zu benehmen, wie sie es getan hatten. Lisa begriff, dass sie ihnen, aus dem Unwissen heraus, sämtliche Möglichkeiten der männlichen Entfaltung genommen hatte: Sie war zu aktiv, zu berechenbar, zu stark gewesen. Anders ausgedrückt – sie hatte perfekt sein wollen. War aber schnell langweilig geworden. Sie konnte sich sehr gut erinnern, dass Sky ihr am Anfang mitgeteilt hatte, dass alles Perfekte langweilig war.

Oh mein Gott! Ich habe mein Glück mit eigenen Händen erwürgt, ohne es zu bemerken?!

Lisa war erschüttert von dieser Offenbarung.

Da Lisa jetzt vieles anders machte als früher, bemerkte sie, dass sich ihr weiblicher Kern, ähnlich einer verschlossenen Blüte, immer mehr entfaltete. Sie lernte endlich, die Hose abzulegen, die sie meinte, aufgrund ihrer großen Verantwortung, tragen zu müssen.

Dieser neue Zustand fühlte sich deutlich leichter an. Sky konfrontierte sie mit der Tatsache, dass das Glück seinen Anfang in einem selbst nahm, und nicht in der Umwelt. Kein Mann der Welt konnte sie glücklich machen, solange sie an sich selbst zweifelte und sich in Frage stellte. Er sagte, dass sie eine geniale Frau mit viel Tiefe sei und half ihr, sich von oberflächlichem Müll, der sich in Form von widersprüchlichen Gedanken zeigte, zu befreien. Lisas Glück sollte nichts mehr im Wege stehen.

Elisabeth war ihrem Schicksal sehr dankbar, dass es sie zu diesem Menschen geführt hatte. Zwar wusste sie weder sein Alter noch seinen richtigen Namen, doch kam Sky ihr sehr vertraut vor.

Eines Morgens meinte sie, ihn im Traum gesehen zu haben, wie es damals mit ihrem Pudel Schoko geschehen war.

Am Wochenende, als ihre Mädchen wiedermal bei Freundinnen übernachteten, holte Lisa die alte Staffelei aus dem Keller. Sie platzierte diese am Fenster im Esszimmer. Sämtliche Farben verteilte sie auf dem Tisch. Einige davon waren ausgetrocknet und nicht mehr brauchbar, trotzdem waren es genug, um Lisas Vorstellungen auf die Leinwand zu bringen. Die junge Frau machte sich zuerst Gedanken, ob sie das Malen überhaupt noch beherrschte, denn es lag ein Weilchen zurück. Doch im nächsten Augenblick sagte sie zu sich selbst:

»Lisa, entspann dich. Es geht nur um Spaß und Freude bei diesem Prozess.«

Sie schmunzelte über sich selbst und ihre Bedenken bezüglich des eigenen Könnens lösten sich sofort in Luft auf. Völlig entspannt und vor sich hin summend begann sie ihr Werk.

Mehrere Stunden ununterbrochener Arbeit bekamen am späten Nachmittag buchstäblich ein Gesicht. Lisa war so sehr in den kreativen Prozess versunken, dass sie jegliches Zeitgefühl völlig verloren hatte. Sie verschmolz mit der Leinwand und wurde eins mit dem Pinsel, den sie eifrig in die Farben tauchte. Sie überlegte nicht. Sie schöpfte. Und sie brannte. Ihr inneres Feuer entstand aus einem Funken, der anscheinend nie erloschen war und geduldig auf diesen Moment gewartet hatte.

Als Lisa nicht mehr konnte und ihr Magen sich immer lauter meldete, legte sie den Pinsel ab. Sie ging in die Küche und räumte dort erstmal den Kühlschrank halbleer. Gestärkt beschloss sie eine Pause zu machen und ihren Hund auszuführen. Schoko konnte sich vor Freude kaum beruhigen, denn stundenlange Ignoranz machte ihm zu schaffen.

»Verzeih mir bitte, mein Kleiner, aber ich musste dieses Bild fertig machen. Das ist sehr wichtig für mich.«

Schoko sah sein Frauchen mit dem berühmten Pudelblick an.

»Oh, du bist mir natürlich auch wichtig. Aber das, was in mir drin war, musste raus. Es hätte mich sonst erdrückt. Mein Bauchgefühl sagte mir, ich muss es festhalten. Auf meine Art und Weise. Mit Farben und Pinseln. Auf der Leinwand.«

Lisa streichelte den pelzigen Kerl und sie gingen eine Runde um den Block. Beim Spaziergehen dachte sie an Skys Worte, dass jeder Mensch für etwas brennen sollte. Das innere Feuer veränderte und verstärkte die menschliche Ausstrahlung. Erst jetzt verstand Lisa die Bedeutung dieser Aussage. Es fühlte sich großartig an. Ihre Seele sang und ihr Herz tanzte. Sie glühte innerlich. Lisas Grinsen übers ganze Gesicht brachte manche Passanten in Verlegenheit. Viele lächelten zurück. Sie hatte keine Kontrolle über ihre Mundwinkel und sie wollte es gar nicht anders. Zu wohl fühlte sie sich in dem Moment. Ihrem Körper tat es gut sich zu bewegen, nach der stundenlangen Arbeit mit dem Pinsel. Nach einer wohltuenden Durchlüftung, kamen die beiden wieder zu Hause an. Schoko leerte seinen Futternapf und machte es sich auf der Couch gemütlich. Lisa hatte vor, ihr Werk zu vollenden. Sie betrachtete es mit frischem Blick möglichst emotionslos von der Seite.

»So siehst du also aus, Sky!«, sprach sie zu dem Mann auf der Leinwand.

Als Hintergrund malte sie ein idyllisches Straßencafé. Ein runder Tisch mit gelben Rosen in einem Glasgefäß und einer Espressotasse daneben. Er. Anfang vierzig. Sein athletischer Körper kam trotz des hellblauen Poloshirts sehr deutlich zur Geltung. Eine entspannte Haltung mit überkreuzten Beinen und in die Ferne ausgerichtetem Blick … Und diese tiefblauen Augen … Lisa stand wie gefesselt vor der Leinwand und schaute in seine außergewöhnlich schönen Augen, voller Sehnsucht und Traurigkeit. Eine schwarze, graziöse Dogge lag zu seinen Füßen.

Sie fragte sich, wie dieses Gemälde in ihr hatte entstehen können. Lisa kannte diesen Mann nicht. Auch die Umgebung kam ihr nicht bekannt vor. Als Kind hatte sie die Gabe gehabt, sich Menschen vorzustellen, die später in ihr Leben traten. Meistens waren das Menschen und Begegnung gewesen, die mit starken Emotionen verbunden waren. Und jetzt, hatte sie erneut ein solches Erlebnis, welches sie auf der Leinwand festhalten musste. Egal wer dieser Mann war, das Bild war ihr gelungen. Die Abschlussarbeit war in kurzer Zeit erledigt. Alles war vollkommen. Lisa war sehr zufrieden mit sich.

»Wer hätte gedacht, dass das tatsächlich von mir kommt«, staunte die Künstlerin über sich selbst.

Am späten Abend war Lisa mit ihrer Freundin Klara verabredet. Eigentlich stand ihr der Sinn nach Couch und einem schnulzigen Film, wo sie im Schlabberlook entspannen und ihren Kopf abschalten konnte. Aber Elisabeth kannte die hartnäckige Freundin nur zu gut. Außerdem vernachlässigte Lisa ihren Freundeskreis in letzter Zeit gewaltig. Klara war doch ihre beste Freundin, die sie auf keinen Fall verärgern wollte. Lisa machte sich fertig.

»Ein paar Cocktails und ein gemütliches Schwätzchen mit deiner Freundin kannst du schon vertragen«, ermahnte Lisa sich selbst.

Klara war wie üblich pünktlich. Beide Freundinnen begrüßten sich mit einer herzlichen Umarmung und innerhalb von

Sekunden bekam Lisa einen Vortrag gehalten, wie nachlässig sie in letzter Zeit doch geworden war. Sie gab keine vernünftigen Antworten auf Klaras Anfragen zum aktuellen Stand der Dinge, antwortete nur kurz und meistens mit Verspätung von mehreren Stunden oder erst am nächsten Tag.

Lisa lächelte ihre Freundin liebevoll an:

»Du wirst die Erste sein, die etwas erfährt, vorausgesetzt es gibt etwas zu erfahren. Momentan mache ich eine Art Weiterbildung, die in Verbindung mit meiner Arbeit und den Kindern viel Zeit in Anspruch nimmt. Du kennst mich Klara, wenn ich etwas mache, dann zur 110 Prozent. Anders kann ich es nicht und dort muss ich viel lernen. Bald ist es aber vorbei und dann wird alles wie früher sein. Also, nicht alles, aber unsere Freundschaft schon.«

»Lisa, ich sehe dir an, dass du etwas ausbrütest. Auch deine Veränderung ist mir nicht entgangen. Und solange mir gefällt, was ich da sehe, lasse ich dich in Ruhe. Keine Fragen mehr! Ich habe dich schon zu oft vom Boden kratzen müssen, nach all diesen blöden Kerlen, auf die du dich so leicht eingelassen hast. Da mache ich mir automatisch Sorgen, weißt du?«, sagte Klara mit bestimmendem Ton.

»Ich passe auf mich auf. Und es kommt kein blöder Kerl mehr in mein Leben. Das verspreche ich dir hoch und heilig!«, schwor Lisa mit feierlicher Stimme und angehobener Hand.

Beide Freundinnen brachen in Gelächter aus und machten sich auf den Weg in ihre Stammbar.

Am nächsten Tag blieb Lisa besonders lange im Bett. Es war Sonntag und sie war allein zu Hause. Schoko wuselte an ihre Seite und als er merkte, dass Frauchen wach war, begann er ganz eifrig ihr Gesicht mit seiner rauen Zunge zu waschen.

»Schoko, hör auf, es kitzelt!«, wehrte sich Lisa lachend.

Er forderte sie mit lautem Gebell heraus und sorgte dafür, dass sich die restliche Müdigkeit in Lisas Augen komplett auflöste.

Sie öffnete das Fenster, um die frische Frühlingsluft hereinzulassen. Danach begrüßte sie Sky, den Unbekannten auf der Leinwand. Auf dem Weg zur Küche, beschloss sie das Frühstück ausfallen zu lassen und lieber in den Park zum Joggen zu gehen. Nach der gestrigen Aktion mit der hartnäckigen Klara und einem Cocktail zu viel, musste sie sich wieder in Form bringen.

Eine kühle Dusche im Anschluss brachte Lisa endgültig zu ihren Kräften zurück.

Kurz vor Mittag war Lisa mit Sky im Chat verabredet. Sie war gespannt, was er sich als Nächstes hatte einfallen lassen.

Ab morgen gönnte sie sich eine Woche Urlaub. Maxima und Alexa hatten Ferien und Lisa wollte unbedingt mehr Zeit mit ihren Töchtern verbringen. Außerdem musste sie einiges nachholen, was in der letzten Zeit liegen geblieben war.

Bürokram, Haushaltsarbeiten, Klamotten für den Sommer einkaufen, die Mädels hatten schon gejammert … ach, ich weiß gar nicht wo ich zuerst anfangen soll mich zu erholen?! führte Lisa beim Aufräumen des Hauses einen Monolog in ihren Gedanken.

Sie wusste, dass es bald wieder besser sein würde. Sobald der Kurs zu Ende war, konnte sie wieder aufatmen. Im nächsten Moment ertappte sie sich dabei, dass sie darüber gar nicht erfreut war, denn dann war der Kontakt mit Sky zu Ende. Sie schaute zum Gemälde auf:

»Warum habe ich dich gemalt, Sky? Bleibst du etwa noch länger in meinem Leben? Warum darf ich nichts von dir erfahren? Und was soll ich nur machen mit all dem, was ich empfinde?«

Aber Lisas Fragen blieben unbeantwortet. Sie blieb noch

ein Weilchen stehen und sah zum Fenster hinaus. Plötzlich drehte sie sich mit Schwung zum Bild um:

»Weißt du was, ich mache nichts! Genau das hast du mich doch gelehrt. Ich soll mich erobern lassen und genauso viel zurückgeben, wie ich bekomme. Ab sofort unternehme ich auf keinen Fall mehr, als der männliche Part, lieber etwas weniger. Ich entspanne mich und mache mir keine Gedanken mehr über die Zukunft. Ich habe Vertrauen, dass der richtige Partner kommt. Und dann muss er zuerst beweisen, dass er der Richtige ist!«

Kapitel 6

Vor der nächsten Aufgabe schreckte Lisa ein wenig zurück. Sie lautete:
›MÄNNER EINKAUFEN‹.
Aber Sky erklärte ihr den Sinn dieser Aufgabe:

»Viele Menschen gehen durchs Leben, ohne sich bewusst zu werden, wie sie auf ihre Mitmenschen wirken. Wie zum Beispiel etliche Frauen, die sich beschweren, dass Männer nicht in ihre Richtung sehen, geschweige denn ihnen nachschauen. Warum ist das so, Lisa?«, wollte der Coach von ihr wissen.

Lisa hatte in der letzten Zeit begonnen, die Menschen um sich herum intensiver wahrzunehmen und ihr war aufgefallen, dass einige von ihnen zu Boden schauten, wenn sie an ihnen vorbeiging. Die anderen waren in ihre Gedanken versunken und hatten meistens einen sehr ernsten Gesichtsausdruck. Es wirkte, als ob sie schlecht gelaunt waren, was aber nicht unbedingt der Fall sein musste, das wusste Lisa aus eigener Erfahrung. Sie teilte Sky ihre Beobachtungen mit. Er bestätigte sie darin. Sky wollte, dass Lisa ihre Leichtigkeit nach außen lebte.

»Im Chat eine Bekanntschaft zu schließen, ist einfacher, als im realen Leben«, meinte er.

»Aber im wirklichen Leben ist es umso interessanter und deutlich produktiver, denn man sieht die Person live.«

Sky behauptete, dass seine Schülerinnen unmittelbar in der Zeit der Ausbildung oder kurz darauf ihren festen Partner fanden. Das erklärte er damit, dass die Frauen gelernt hatten, ihre Weiblichkeit, die sich unter anderem aus Anmut, List sowie Raffinesse zusammensetzte, zu entfalten und diese zu leben. Diese Entfaltung bedurfte natürlich Übung und dafür sorgte Sky.

Lisa merkte, je öfter sie damit konfrontiert wurde, umso sicherer fühlte sie sich. Sie kam sich vor wie die sprießende Knospe einer wunderschönen Blume. Ihr Selbstwertgefühl wuchs zusehends und sogar ihre Kunden sprachen Elisabeth auf ihre innere Veränderung an. Bei einer Kundin musste sie besonders schmunzeln, denn die wollte von ihr wissen welche Gesichtscreme sie benutzte, da sie ihre Ausstrahlung besonders bezaubernd fand.

Ein paar freie Tage waren genau richtig für ihre neue Herausforderung. Lisa überlegte wie sie es wohl in ihren Alltag integrieren konnte, beschloss dann allerdings, es auf sich zukommen zu lassen. Den Rest dieses wunderbaren sonnigen Tages verbrachte die Mutter im Kreise ihrer Familie. Als die Töchter wieder zu Hause waren, machten sie sich einen schönen Nachmittag und stellten die Planung für die kommende Woche auf, in der alle gemeinsam frei hatten.

Die Sonne strahlte am ersten Urlaubstag. Draußen zwitscherten die Vögel. Lisa setzte sich im Bett auf und strich die weiche Bettdecke über sich glatt. Sie blinzelte. Im Flur hörte sie das leise Tippeln der Füße ihrer Kinder. Dann ein Tuscheln. Sie hörte, wie die Mädchen die Treppen hoch und wieder runter gingen. Lisa grinste, denn insgeheim wusste sie, was die beiden vorhatten. Also legte sie sich wieder zurück auf ihr nach Blumenwiese duftendes Kopfkissen und stellte sich schlafend. Knarrend ging die Tür auf und die Mädchen kamen herein.

»Guten Morgen Mama«, sagten sie im Chor und stellten ein Tablett neben Lisa aufs Bett.

Darauf waren frisch gekochter Kaffee, aufgebackene Croissants, zwei Kakao, Marmelade, Butter, Orangensaft und eine Tulpe angerichtet.

»Guten Morgen meine Lieben«, antwortete Lisa, »was für eine schöne Überraschung von euch. Vielen Dank.«

Die beiden Mädchen kuschelten sich jeweils rechts und links von ihr an sie und die drei begannen zu frühstücken.

»Wie wäre es«, sprach Lisa weiter, »wenn wir heute Mittag ein Picknick im Park machen? Wir könnten jetzt nach dem Frühstück gemütlich los und ein paar Sachen einkaufen. Ein paar leckere Dinge auf die wir Lust haben. Na was meint ihr?«

»Oh ja«, rief Alexa, »das ist eine tolle Idee. Können wir dann auch diese kleinen Würstchen mit dem Teig außen rum kaufen?«

»Mit dem Teig außen rum?«, fragte Lisa.

»Ja, nicht roh, schon gebacken.«

Die drei kicherten und Lisa nickte.

»Natürlich. Kommt, wir ziehen uns an und gehen los.«

Nach einer halben Stunde stand die kleine Familie abfahrbereit vor der Haustür. Sie stiegen in Lisas Wagen und fuhren zum nächsten Supermarkt. Eigentlich etwas Alltägliches, aber Lisa hatte einen Plan. Eine Aufgabe. Eine Mission. Sie betraten das Geschäft und jede ging in eine andere Richtung.

»Wir treffen uns am Milchregal in 20 Minuten.«

»Ja Mama!«, riefen die beiden.

Lisa blieb kurz stehen und sah sich um. Da erblickte sie auch schon den ersten Mann. Besser gesagt, den Hintern eines Mannes, der aus einem Regal ragte. Dass er ein Mitarbeiter war, erkannte sie an dem Kittel in den Farben des Supermarktes. Es war noch recht früh und es waren wenige

Kunden im Supermarkt. Der Mann, den sie entdeckte, räumte Kekse ins Regal. Lisa zupfte ihr mit Schmetterlingen bedrucktes Top zurecht, strich ihre Jeans glatt und fuhr mit den Fingern durch die Haare. Sie fühlte sich gut, sie fühlte sich attraktiv und ein klein wenig überlegen. Dann ging sie auf den Mann zu.

»Entschuldigen Sie bitte, junger Mann«, begann sie, »ich habe eine Frage.«

Er steckte mit dem Kopf noch im Regal und stieß sich diesen an, als er ihn herauszog. Mit einer Hand hielt er sich die Stelle. Der Kerl mit langen Haaren und Nasenpiercing sah Lisa mit großen Augen an. Lisa schluckte kurz, ein Rückzieher war jetzt nicht mehr möglich.

»Ja, wie kann ich Ihnen helfen?«

Lisa lächelte ihn verführerisch an und fragte:

»Welche Sorte mögen Sie am liebsten?«

Der Mann schluckte und Lisa sah ihm an, dass er verlegen war.

»Ich mag eigentlich alle ganz gern. Aber die mit Nüssen sind am kernigsten.«

»Gut«, antwortete Lisa, »dann werde ich die wohl nehmen.«

Sie hielt ihm ihre offene Hand entgegen. Er runzelte kurz die Stirn und stand auf, dann nahm er eine Packung Schokokekse mit Nüssen und reichte sie ihr. Lisa zwinkerte ihm zu, drehte sich auf dem Absatz um und ging mit schwingenden Hüften in Richtung Milchregal. Als sie außer Reichweite des Mannes war, stellte sie sich mit dem Rücken an ein Regal und presste sich die Hand vor den Mund, um nicht laut loslachen zu müssen. Sie war so stolz auf sich und bemerkte, wie sie diese Aufgabe beflügelte und ihr Spaß machte. Es war zwar keine Telefonnummer oder Einladung zu einem Date, aber immerhin eine Packung Kekse, die sie von einem Mann in die Hand gedrückt bekommen hatte.

Gar nicht mal so schlecht für den Anfang.

Lisa hatte Lust auf mehr.

Am Milchregal warteten schon ihre Töchter, beide bepackt mit Leckereien für das Picknick. Sie strahlten um die Wette und Lisa bemerkte, wie wichtig es war, dass sie etwas zu dritt unternahmen. Auf dem Weg zur Kasse packte Lisa noch Baguette und Salami ein. Sie überlegte sich, wie sie den nächsten Mann ›einkaufen‹ sollte. Vielleicht würde sich später im Park eine Gelegenheit ergeben.

Zu Hause angekommen, machten sich die drei eifrig daran den Picknickkorb zu packen. Schoko rannte aufgeregt in der Küche umher. Maxima hatte extra ein paar Würstchen für den kleinen Hund mitgenommen. Denn er durfte bei dem Familienpicknick natürlich nicht fehlen. Die Sonne strahlte hell und stark und ein angenehmer Duft von Frühling lag in der Luft. Schoko musste man nicht bitten ins Auto einzusteigen, er sprang mit einem Satz auf den Beifahrersitz. Maxima kam mit der übergroßen Picknickdecke aus dem Haus und stopfte sie in den Kofferraum.

Im Park war der passende Platz schnell gefunden. In der Nähe einer großen Eiche breiteten Maxima und Alexa gemeinsam die Decke aus. Liebevoll stellte Lisa die Leckereien darauf. Sie setzte sich und zupfte ein Gänseblümchen, das neben der Decke stand und steckte es sich ins Haar. Die Mädchen lachten und taten es ihr gleich. Schoko legte sich brav neben die Decke und wurde prompt mit einem Würstchen belohnt. Die drei aßen Trauben, Würstchen, Tomaten, Salami und Baguette. Zufrieden legte sich Lisa hin und schaute in den Himmel. Er war fast wolkenlos. Die Mädchen gingen los, um eine Halskette aus Gänseblümchen zu basteln. Plötzlich bemerkte Lisa eine Bewegung. Schnell sah sie auf und stellte fest, dass Schoko losrannte. Sie sprang auf und lief ihm hinterher. Er blieb bei einem auf einer Parkbank sitzenden Mann stehen. Der Mann trug einen eleganten Anzug und die Haare waren mit Gel zurechtgemacht. Lisa erkannte ihre Möglichkeit sofort. Übertrieben besorgt rannte sie zu ihm und rief:

»Schoko! Bleib!«

Der Mann schmunzelte und Lisa stand schwer atmend vor ihm.

»Tut mir leid, normalerweise rennt er nicht einfach so davon.«

»Kein Problem, ich glaube, er hat mein Fischbrötchen gerochen und ist deswegen zu mir gekommen. Einen süßen Pudel haben Sie da.«

»Danke. Ja, ich glaube es lag an Ihrem leckeren Brötchen.«

Sie lächelte ihn charmant an, dann wandte sie sich wieder Schoko zu und sagte:

»Komm mein Lieber, wir gehen zurück zu unserer Picknickdecke.«

»Oh, Sie machen ein Picknick. Das bietet sich ja an bei diesem tollen Wetter.«

Lisa nickte und antwortete:

»Ja, das dachte ich mir auch, als ich heute Morgen aufgewacht bin und die Sonne meine Nase kitzelte.«

Mit ihrem Finger tippte sie auf ihre Nase. Der Mann lächelte sie an.

»Dann wünsche ich Ihnen noch viel Spaß.«

»Danke«, antwortete Lisa und nahm Schoko auf den Arm. Das tat sie für gewöhnlich nie, doch so konnte sie schnell und unbemerkt sein Halsband öffnen und die Hundemarke herunterfallen lassen. Schnellen Schrittes ging sie zur Decke zurück. Die Mädchen waren immer noch unterwegs und versuchten inzwischen Schmetterlinge einzufangen. Lisas Plan ging auf, denn kaum als sie sich hinsetzte, kam ihr der Mann hinterher.

»Entschuldigen Sie, ich glaube, Ihr Hund hat etwas verloren.«

Er reichte ihr die Marke.

»Wie aufmerksam von Ihnen. Danke. Ja, ohne die würde ich Probleme bekommen. Herzlichen Dank, ich schulde Ihnen etwas. Setzen Sie sich doch.«

Er winkte ab und erwiderte:

»Nein, Sie schulden mir nichts, das ist doch selbstverständlich. Aber danke, ich setze mich sehr gerne.«

»Ich heiße Lisa«, sagte sie und reichte ihm die Hand.

»Hallo Lisa, ich bin Hektor.«

»Ein toller Name, Hektor.«

Er lächelte und Lisa warf ihre Haare in den Nacken.

»Was tun Sie Hektor?«

»Ich habe gerade Mittagspause, eigentlich arbeite ich dort drüben im Bankenviertel. Das Wetter heute bietet sich nicht nur zum Picknicken an, sondern auch um die Mittagspause im Freien zu verbringen und nette Menschen kennenzulernen.«

Lisa senkte den Blick und tat verlegen. Der Mann räusperte sich, sah auf die Uhr und ergänzte:

»So gerne ich noch hier mit Ihnen plaudern würde, Lisa, meine Pause ist leider um, aber vielleicht möchten Sie mich mal anrufen und wir führen das Gespräch an anderer Stelle weiter?«

Er reichte ihr seine Visitenkarte und dann seine Hand.

Lisa nickte.

»Sehr gerne, Hektor.«

Er verabschiedete sich und ging. Lisa strahlte wie ein Honigkuchenpferd und flüsterte vor sich hin:

»Dass das so einfach geht, hätte ich nicht gedacht.«

Die Mädchen kamen zurück.

»Wollt ihr noch etwas essen? Wir haben noch ein paar Trauben. Später können wir noch eine Runde mit Schoko drehen, er ist eben schon abgehauen, ich glaube, er braucht ein bisschen Bewegung.«

Die drei amüsierten sich und aßen die restlichen Trauben. Anschließend packten sie die Sachen zusammen und verstauten alles im Auto. Die Sonne schien hell und kräftig. Lisa ließ Schoko von der Leine, er rannte los. Die Mädchen liefen kichernd hinterher. Alexa warf Stöckchen. Der Pudel brachte es immer wieder zurück. Nach einer Stunde war der kleine Hund so außer Atem, dass er sich hechelnd in den Schatten legte. Die vier befanden sich in der Nähe eines Eisstandes und Lisa sprach den Verkäufer an, ob er eine kleine Schüssel Wasser für den Hund hätte. Er reichte ihr eine mit einem Zwinkern im Auge. Lisa sah aus dem Augenwinkel einen Mann mit zwei Kindern. Irgendwoher kannte sie ihn. Doch sie konnte sich nicht erinnern. Sie stellte Schoko das Wasser hin und der Hund schlabberte es sofort leer.

»Tobias«, rief Maxima und winkte dem Jungen neben dem Mann zu.

Da fiel es Lisa wieder ein: Der Vater von Tobias und Sven. Alleinerziehend. Seine Frau hatte ihn für einen anderen verlassen und die Familie, nach Aussagen von anderen, im Stich gelassen. War einfach nach Aruba abgehauen. Tobias kam mit seinem Bruder und seinem Vater auf die Familie zu.

»Hallo«, sagte Michael und reichte Lisa die Hand, »genießt ihr auch das schöne Wetter mit einem Eis?«

»Wir waren gerade laufen mit unserem Schoko, der braucht jetzt ne Verschnaufpause. Und dann sind wir hier gelandet.«

»Darf ich euch drei zu einem Eis einladen?«, fragte Michael.

Maxima und Alexa schrien im Chor: »Ja!«

Lisa stimmte freudig zu. Michael bestellte sechs Eis und sie setzten sich.

»Dass die Sonne jetzt endlich scheint, tut so gut«, sagte er zu Lisa.

Lisa bestätigte dies wortlos und leckte genussvoll an ihrem Eis.

»Wie geht es dir eigentlich Michael?«, fragte sie kurze Zeit später.

»Gut. Es war nicht einfach in den letzten zwei Jahren, aber inzwischen gehts mir wieder gut.«

Lisa lächelte ihn an.

»Das ist schön und ich freue mich für dich.«

»Langsam bin ich auch wieder bereit, mich auf eine Frau einzulassen. Das war ich lange nicht, aber der Frühling macht es wieder möglich.«

Lisa lächelte, denn sie wusste, was jetzt kommen würde.

»Wie wäre es, wenn du und die Kinder mal zu uns zum Essen kommt in den Ferien? Wir könnten grillen. Maxima und Tobias sind Schulfreunde und würden sich sicherlich freuen.«

Lisa nickte und antwortete:

»Ja gerne. Das ist eine nette Idee. Ich finde deine Nummer in der Klassenliste, oder?«

»Ja. Schreib mir einfach.«

»Natürlich.«

Sie saßen noch eine Weile nebeneinander und genossen ihr

Eis. Die Kinder spielten miteinander. Ab und zu lächelte Lisa Michael an. Es war ihm anzusehen, dass er nicht so recht wusste, wie er mit der Situation umgehen sollte. Er fragte sich innerlich, ob er vielleicht zu weit gegangen war. Doch Lisas entspannte Art machte seine Sorgen innerhalb kürzester Zeit zunichte.

»Ich glaube, wir gehen demnächst«, sagte Lisa zu Michael, »danke nochmal für das Eis und ich schreibe dir wegen des Essens.«

»Ja klar. Sehr gerne.«

Lisa reichte ihm die Hand und rief ihre Kinder. Sie nahm Schoko, der inzwischen wieder ganz der Alte war und die vier liefen zum Auto.

»Mama«, begann Maxima, als sie sich auf dem Rücksitz anschnallte, »gehen wir wirklich zu Tobias zum Essen?«

»Ja, wenn du, beziehungsweise, wenn ihr Lust dazu habt. Wieso nicht? Ihr versteht euch doch schon immer gut.«

»Ja, schon, aber sein Bruder ist irgendwie komisch.«

»Gut, wir überlegen uns das noch«, antwortete Lisa und startete den Wagen.

Inzwischen war es später Nachmittag. Die Mädchen wollten etwas unter sich sein und Lisa entschied, ihren Bericht an Sky zu schreiben. Danach wollte sie Spaghetti mit Tomatensauce für die Töchter und sich kochen. Sie wollte die Mädchen fragen, ob sie Lust hatten, mitzumachen. Früher hatten sie das oft gemacht und es war immer spaßig gewesen. Doch seit Lisa beruflich so eingespannt war, kam vieles zu kurz. Lisa wusste, wie wichtig es war, Zeit mit ihren Kindern zu verbringen.

Sie klappte den Laptop auf und begann die Nachricht an Sky zu schreiben. Die junge Frau berichtete ihm von allen

Männern, die sie ›eingekauft‹ hatte. Bei Michael überlegte sie kurz, ob sie ihn erwähnen sollte. Entschied sich dann aber dafür. Denn, auch wenn sie ihn bereits kannte, hatte ihre Ausstrahlung dazu beigetragen, dass er sie und ihre Kinder zum Essen eingeladen hatte. Lisa war stolz auf den ersten Tag und ihre ersten Erfolge. Motiviert dachte sie darüber nach, wo, wie und wann, sie morgen weitermachen könnte. Doch jetzt waren erst mal wieder ihre Töchter an der Reihe.

»Kommt ihr zwei?«, rief sie die Treppe hinauf.

Die Mädchen waren so viel Mama nicht gewohnt und Alexa meckerte etwas, doch Maxima rannte gleich die Treppe hinunter.

»Was ist?«, frage Alexa genervt.

»Was ist?«, machte Lisa ihre Tochter nach und fügte hinzu:

»Kommt, wir kochen zusammen. Heute dürft ihr länger wach bleiben. Es kommt ein lustiger Film im Fernsehen und ich habe Popcorn besorgt. Also. Erst Spaghetti, dann Fernsehen. Einverstanden?«

Maximas Augen strahlten. Sie klatschte heftig in die Hände, wie sie es immer tat, um ihre Freude auszudrücken. Alexa kam nun ebenfalls langsam die Treppe hinunter, konnte sich aber ein Grinsen nicht verkneifen. Mutter drückte sie und küsste sie auf die Wange. Die drei gingen in die Küche. Lisa machte das Radio lauter, während ein mitreißender Song abgespielt wurde. Sie tanzten um die Kücheninsel und imitierten dabei die Sängerin. Maxima holte die Spaghetti aus der Schublade neben dem Kühlschrank. Lisa schnitt Tomaten klein und Alexa stellte zwei Töpfe mit Wasser auf den Herd. Nach einer halben Stunde saßen sie gemeinsam am Esstisch und streuten Parmesan auf ihre Spaghetti. Sie aßen gemütlich und Lisa gönnte sich ein Glas Rotwein. Die Mädchen durften Cola aus Weingläsern trinken und waren sichtlich zufrieden. Maximas Mund war komplett mit Tomatensauce verschmiert. Lisa und Alexa lachten, bis die Kleine merkte, was los war. Sie wischte sich den Mund an ihrem Ärmel sauber. Lisa schüttelte den Kopf, konnte ihr aber nicht böse sein.

Dann war Fernsehabend angesagt. Frisches Popcorn landete in einer großen Glasschüssel und anschließend auf Lisas Schoß, die sich mit der Fernbedienung in der Hand in der Mitte der Couch platzierte. Die Mädchen saßen neben ihr und der Hund besetzte eins der Sofakissen. Das Licht war aus, nur noch aus der Küche kam ein schwaches Leuchten. Sie sahen sich eine Komödie an. Es war gemütlich, kuschlig, einfach nur schön. Trotz des lustigen Films schlief Maxima auf der Couch ein. Lisa trug die Kleine in ihr Bett, küsste ihre Stirn und wünschte Alexa eine gute Nacht. Anschließend ging sie nach unten und checkte ihre Emails. Insgeheim hoffte sie auf eine Nachricht von Sky. Ein Lob oder eine Anerkennung. Doch da war keine neue Nachricht. Lisa sah auf die Uhr, es war halb elf. Sie schlüpfte in ihre Turnschuhe und rief Schoko, leinte ihn an und ging noch eine kurze Runde mit ihm. Er war ziemlich müde und als sie wieder zu Hause waren, legte er sich schnurstracks in sein Körbchen und schlief. Lisa versuchte, noch etwas zu chatten und wenigstens ein paar Mails ihrer Verehrer zu beantworten. Ihre Auswahl hatte sie inzwischen auf ein paar wenige beschränkt. Doch sie hatte weder Kraft noch wirklich Lust dazu. Bald ging auch sie ins Bett, in der Hoffnung vom morgigen Tag überrascht zu werden.

Als Lisa am nächsten Morgen aufwachte, herrschte noch Stille bei den Kindern. Sie beschloss, ihre Töchter mit frischen Brötchen vom Bäcker zu verwöhnen. Lisa machte sich im Bad zurecht und ging leise nach unten. Dabei stieg sie gekonnt über die Stufe, die knarrte, sobald man sie betrat. Schoko wartete schwanzwedelnd auf sie.

Der Bäcker war ganz in der Nähe, nur die Straße hinunter. Das Wetter versprach heute besonders schön zu werden und Lisa freute sich deswegen sehr. Sie gönnte es allen Kindern, die momentan Ferien hatten. Denn sie als Mutter wusste, wie unerträglich ihre Mädchen sein konnten, wenn es draußen ungemütlich und nass war, was für Bremen sehr typisch ist. Lisa entschied sich, einen Umweg zu nehmen, um die Luft und die Bewegung besser auszukosten.

Beim Bäcker angekommen, beobachtete sie, wie ein riesiges Muskelpaket mit einem Chihuahua sprach und ihn liebevoll tätschelte:

»Ja, meine feine Prinzessin, der Papa ist wieder da. Mein braves Mädchen! Geduldiges Mädchen!«

Er nahm den Hund hoch und drückte ihn väterlich an sich. Lisa kam von hinten und hustete kurz, um sich anzukündigen.

»Da kann sich eine aber glücklich schätzen«, sagte sie berührt von dem Geschehen.

Vor ihr stand ein Riese in Jogginghose und Achselshirt. Ein bisschen kühl für die Jahreszeit wie Lisa fand, doch sie wollte gleich testen, wie ihre Ausstrahlung wirkte, wenn ein Mann so überhaupt nicht in ihr Beuteschema passte. Der Mann sah sie freundlich an und sagte:

»Ja, Princess geht es immer sehr gut bei mir.«

»Das sieht man. Das hier ist übrigens Schoko.«

Schoko und Princess begrüßten sich. Der Mann lächelte und sagte:

»Ich bin neu hier, bin erst am Wochenende hergezogen.

Meine Frau und ich haben uns getrennt. Es gab viel Streit wegen Brutus.«

»Brutus?«

»Ja, das ist unser gemeinsamer Hund. Chihuahua Mischling. Wir haben keine Kinder und Brutus war unser Baby. Ich wollte ihn mitnehmen. Meine Ex arbeitet den ganzen Tag und ich war hauptsächlich für ihn verantwortlich. Aber sie ließ es nicht zu. Sie wusste, dass ich ohne ihn nicht gehen würde. So kam Princess in mein Leben«, der Riese kuschelte den Hund an seine Wange, »mein Sonnenschein. Mein Licht im dunklen Tunnel! Ich habe trotzdem noch vor, Brutus zu uns zu holen. Sie hat doch sowieso keine Zeit für ihn.«

Lisa nickte verständnisvoll. Der Mann sprach weiter:

»Gibt es hier in der Nähe eine Hundewiese oder so? Ich möchte mit ihr ein wenig raus in die Natur.«

»Ja, es gibt einen Park ganz in der Nähe.«

Lisa erklärte kurz den Weg dorthin.

»Danke, das ist sehr freundlich. Dann sehe ich Sie dort?«

»Möglicherweise!«, antwortete Lisa schelmisch.

Der Mann nahm seinen Hund und ging auf einen quietsch-gelben Smart zu. Lisa hatte Mühe nicht zu lachen. Sie wollte unbedingt sehen, wie dieser riesige Mann in dieses kleine Auto passte.

»Ein Ford Mustang und ein Pitbull auf dem Beifahrersitz hätten besser zu ihm gepasst«, murmelte Lisa vor sich hin, »aber jetzt kein Schubladendenken mehr, Lisa. Nicht alles ist so, wie es scheint. Dank Sky, habe ich das gut verinnerlicht.«

Zu Hause strömte Lisa der Duft von frischem Kaffee entgegen. Die Mädchen deckten bereits den Tisch und die drei frühstückten gemütlich zusammen. Dabei bemerkte Lisa, dass ihre Töchter etwas im Schilde führten.

»Was ist los?«, wollte sie wissen.

Alexa fasste sich ein Herz und sagte:

»Mama, es ist wirklich toll, dass wir so viel Zeit mit dir verbringen, aber wir würden heute gerne mal etwas mit unseren Freundinnen unternehmen. Lola hat ein paar neue Schminksachen von ihrer Mutter bekommen und wir wollten das mal ausprobieren und Maxima ... ja die will zu Franzi. Also ... können wir heute mal was alleine machen? Du könntest doch was mit Schoko unternehmen, der freut sich immer über Aufmerksamkeit. Bitte!«

»Natürlich könnt ihr in den Ferien etwas mit euren Freundinnen ausmachen. Ich finde garantiert eine Beschäftigung im Haushalt. Da gibt es genug zu tun für mich.«

Lisa grinste die beiden an und die Mädchen rannten nach einer kräftigen Umarmung in ihr Zimmer, um sich für den Tag endgültig zu verabreden.

In dem Moment dachte Lisa auch an ihre Freundin Klara und an die tolle gemeinsame Zeit, die sie immer miteinander verbrachten. Sie tippte eine Nachricht an sie:

»Morgen Shopping, Bremen-Altstadt?«

Sofort kam ein Smiley zurück. Dafür liebte Lisa ihre Freundin. Sie war sehr spontan und ihr eine große Stütze. Freundinnen wie Klara waren rar und unbezahlbar.

Lisa beschloss, ihren Kindern erst am Abend von der Shopping-Tour zu berichten, um ungeduldige Fragen möglichst zu vermeiden.

Elisabeth genoss die Stille. Aber nicht nur die Stille im Haus, auch die in sich selbst. Ein wohliges Gefühl, dass alles in bester Ordnung war, machte sich in Lisa breit. Sie freute sich innerlich über das Vertrauen, das sie erlernt hatte. Sie hatte Vertrauen ins Leben. Vertrauen zu Sky. Vertrauen in sich selbst.

Beim Erledigen von liegengebliebenen Arbeiten ging sie voller Stolz auf sich selbst durchs Wohnzimmer und ihr Blick fiel auf den Laptop. Ihr innerer Impuls zog sie plötzlich in seine Richtung. Lisa öffnete ihr Postfach und entdeckte eine neue Nachricht von Sky, die erst vor wenigen Minuten angekommen war.

»Lisa,

danke für deine Infos. Du warst fleißig und hast erkannt, dass man mit einfachen Mitteln positiv auf Männer wirken kann. Soweit so gut. Interessant, wie schnell du lernst. Das gefällt mir. Meine nächste Aufgabe findest du im Anhang. Ich sende dir eine Liste mit Agenturen. Mein Favorit steht an oberster Stelle. Ich möchte, dass du dich als Escort für einen Auftrag bewirbst. Aber, du sollst dich nicht nur bewerben, sondern die Arbeit auch durchziehen. Ein Date mit einem reichen Mann. Du sollst die Angst vor dem Geld der Männer verlieren. Es sind seriöse Agenturen. Tu, was immer notwendig ist. Die Männer dort buchen sich für bestimmte Anlässe Frauen, weil sie keine Zeit oder Lust haben, sich eine zu suchen. Verliere die Scheu vor dem Unbekannten. Einen Haken gibt es noch an der Geschichte: Das gebuchte Date soll dieses Wochenende stattfinden.

Sky«

Lisa las sich die Nachricht insgesamt dreimal durch. Schluckte. Trommelte mit ihren Fingern an ihre Lippen. Ihre Gedanken überschlugen sich.

Kann ich das wirklich tun? Das fühlt sich so verrucht an. Was, wenn mich jemand sieht? Was, wenn mich jemand erkennt?

Ihre Finger wanderten zurück zum Mousepad und sie öffnete die Datei. Es waren drei Agenturen aufgelistet. Die erste befand sich etwas außerhalb von Bremen. Immerhin weit genug entfernt, um jemanden zu treffen, der Lisa kennen könnte. Also entschied sie sich, die Herausforderung anzunehmen. Sie wollte Sky aus irgendeinem Grund beweisen, dass sie mutig war. Und dass sie es wert war, begehrt zu werden.

Mit zitternden Händen wählte sie die Nummer der Agentur, legte dann aber schnell wieder auf und schüttelte den Kopf. Ihre Hände waren feucht und sie rieb sie aneinander.

»Lisa«, sagte sie zu sich, »stell dich gerade hin und lächle.«

Sie tat, wie sie sich selbst befohlen hatte. Als sie so gerade dastand, kam ihr eine Idee: Sie würde sich direkt bei der Agentur vorstellen. Morgen, wenn sie mit Klara und den Mädchen beim Shoppen war. Eine persönliche Vorstellung war sowieso immer besser. Telefonisch konnte man abgewimmelt werden. Sie klappte den Laptop wieder zu, aber ihr ging Skys Aufgabe nicht aus dem Kopf.

Was, wenn ich an einen ganz eklig riechenden alten Mann gerate? Immerhin wird er für mich bezahlen und oh nein! Muss ich ihn dann küssen oder noch mehr? Ich habe keine Ahnung, wie es in so einer Agentur zugeht. Das macht mir Angst. Aber dank Sky hab ich gelernt, die Dinge etwas anders zu sehen. Die Menschen nicht in eine Schublade zu stecken. Also, Kopf hoch, Brust raus, Bauch rein. Ich ziehe das jetzt durch. Komme, was wolle. Und jetzt, meine Liebe, wird geputzt.

Immer wieder kehrten ihre Gedanken zurück zu Skys Aufgabe. Doch sie lenkte sich ganz gut ab. In letzter Zeit war einiges liegen geblieben. Haushalt, Beruf und Kinder unter einen Hut zu bekommen, war nicht so einfach, wie es nach außen schien.

Kapitel 7

Als Lisa am nächsten Morgen zusammen mit Klara und den Kindern im Auto saß, dachte sie an ein Experiment.

Was, wenn das, was Sky mit mir gemacht hat, auch bei den dreien funktioniert? Ich werde es ausprobieren.

»Hey, habt ihr Lust auf ein kleines Spiel? Ich hab da etwas herausgefunden.«

Lisa sah im Rückspiegel wie Maxima und Alexa sich anblickten und die Schultern zuckten. Klara schaute zu den Mädchen und sagte:

»Ich liebe Spiele. Was sollen wir tun? Rate, rate, was ist das?«

Lisa antwortete schmunzelnd:

»Nein, ich habe herausgefunden, dass einem viel Gutes widerfährt, wenn man mit einem inneren Lächeln durch die Welt geht. Wollt ihr es auch mal ausprobieren? Unser Shoppingtrip bietet sich wunderbar dafür an.«

»Du meinst«, begann Alexa, »so ähnlich wie positives Denken?«

»Ja, so ähnlich. Wenn man eine positive Einstellung zu sich selbst hat und lächelt. Glaubt mir, Lächeln macht sehr viel aus, dann kommen positive Dinge von selbst auf einen zu. Gutes zieht Gutes an.«

Klara schaute sie an.

»Ich glaube, ich weiß, was du sagen willst. Ich bin dabei.«

»Mama, das musst du mir genauer erklären, also ich verstehe es schon so ein wenig, aber nicht genau«, erwiderte Alexa.

»Versuche heute mit einem Lächeln durch den Tag zu gehen. Gerader Rücken, schöne Gedanken und du wirst sehen wie die Menschen auf dich reagieren. Wenn du traurig bist, in dich gekehrt und auf den Boden schaust, mit einem ernsten, grimmigen Gesicht, dann beachten dich die Menschen kaum, oder reagieren ähnlich. Aber wenn man ein Lächeln säht – erntet man ein Lächeln. Lasst uns das innere Strahlen in die Welt hinaustragen.«

Die drei waren einverstanden.

Natürlich wollten alle die Theorie mit Feuereifer testen. Maxima war noch etwas unbeholfen, und ihr Lächeln wirkte gestellt.

»Weniger Zähne Maxima, sonst denken die Leute, du willst sie fressen«, sagte Lisa aufmunternd.

In der Einkaufspassage fiel Alexa auf, dass das mit dem Lächeln tatsächlich funktionierte. Sie testete es an allen Menschen, die ihr über den Weg liefen. An der Oma, der Orangen vor dem Supermarkt auf den Boden fielen und der sie freundlich zur Hilfe eilte. Die alte Dame war verständlicherweise erst etwas traurig, aber als sie das lächelnde und helfende Kind sah, ging ihr Herz auf. Auch der grummelige Verkäufer im Elektromarkt konnte dem Charme nicht widerstehen. Er lächelte zurück. Lisa bemerkte:

»Alexa ist ein Naturtalent.«

Auch bei Maxima zeigten sich erste positive Erfolge. In einem Schuhladen bekam sie zu ihren neuen Schuhen ein Paar Einhornsocken von der Verkäuferin mit den Worten:

»Wer so sonnig und lieb ist, bekommt ein Geschenk von mir.«

Gegen Mittag gingen die vier in ein italienisches Restaurant. Die Atmosphäre war locker und entspannt, was bei einem

Shoppingtrip selten vorkam. Eines der Mädchen quengelte meistens, weil sie irgendetwas nicht bekommen hatte, das sie unbedingt wollte. Oder weil die Füße wehtaten. Heute war es anders. Als sie sich an den Tisch mit der rot-weiß karierten Tischdecke setzten, kam sogleich ein Kellner mit den Speisekarten.

»Wissen die Damen bereits, was Sie trinken möchten?«, fragte er und Klara musterte ihn von oben bis unten.

Ihr schien zu gefallen, was sie sah, denn sie lächelte ihn charmant an.

»Für mich bitte ein Glas Rotwein. Können Sie ein Gericht empfehlen?«

Er nickte.

»Si Signora, heute empfehlen wir die Linguine mit Thunfisch.«

Klara klappte die Karte zu und reichte sie dem Kellner. Mit verführerischer Stimme erwiderte sie:

»Die nehme ich. Danke.«

Der Kellner lächelte zurück und nahm die Karte. Die Mädchen wussten auch schon, was sie essen wollten und riefen im Chor:

»Salamipizza«.

Lisa bestellte:

»Für mich bitte auch ein Glas Rotwein und den Chefsalat.«

Sie lächelte mit Absicht etwas verhaltener, denn sie wollte heute keine Männer einkaufen. Lisa kannte ihre flippige Freundin Klara zu gut. Die Sekretärin bei einem regionalen Radiosender war Single und hatte ein Faible für dunkelhaarige, temperamentvolle Männer. Ihre Kleidung trug sie meistens bunt, aber geschmackvoll aufeinander abgestimmt. Die Haare leuchteten in einem knalligen Rot. Gut und gerne konnte man von ihr behaupten, dass sie ihr Inneres nach außen trug. Lisa spürte, dass ihre Freundin ein Auge auf den Kellner geworfen hatte. Er entsprach ganz genau Klaras Beuteschema.

Die vier mussten nicht lange auf ihre Bestellung warten. Lisa fiel auf, wie Klara immer wieder zu dem Kellner sah. Nachdem sie mit dem Essen fertig war, stand sie auf, ging zu ihm und flüsterte etwas in sein Ohr. Lisa zog die Augenbrauen hoch. Klaras Wangen waren leicht gerötet.

»Was hast du ihm gesagt?«

»Dass er uns noch zwei Cappuccino bringen soll.«

Da lachten die Freundinnen laut los. Maxima und Alexa sahen sich an und zuckten mit den Schultern.

»Mama, können wir schnell rüber in den Drogeriemarkt? Da gibt es Lipgloss in neuen Farben.«

Lisa stimmte zu und gab ihnen etwas Geld mit. Als die zwei Mädchen weg waren, sprach sie zu ihrer Freundin:

»Ich muss später noch kurz zu einer Kundin, die hier in der Nähe wohnt, ein Notfall sozusagen. Sie hat heute Abend eine Veranstaltung und hat wohl einen Ausschlag im Gesicht, den ich irgendwie überdecken soll.«

Lisa rollte theatralisch mit den Augen. Sie mochte Lügen nicht, aber sie konnte ihrer Freundin nicht erzählen, dass sie sich bei einer Escortagentur vorstellen wollte.

»Alles klar, ist ja schön, dass du jetzt auch noch Hausbesuche machst«, gab Klara ironisch von sich.

»Ich werde mit den Mädchen in den Park gehen. Was denkst du, wie lange du weg sein wirst?«

»Höchstens zwei Stunden.«

»Na dann mal los du Heldin der pickelfreien Haut!«

Lisa zwinkerte ihrer Freundin zu und nickte in Richtung Kellner:

»Ich glaub dein Typ wird verlangt, aber versuch mal nicht

zu direkt zu sein. Lass dich erobern. Und denk dran, nicht jeder Mann mag eine Frau, die sagt, was sie denkt. Die Kunst besteht darin, es aussehen zu lassen, als sei alles seine Idee. Anders ausgedrückt, lass ihn Mann sein.«

Klara hob eine Augenbraue hoch und meinte:

»Ich weiß, was du mir sagen willst, aber ich will mich nicht verstellen. Doch ich nehme mir deinen Vorschlag zu Herzen.«

Lisa schickte ihrer Freundin einen Luftkuss.

»Ich bezahle schnell und sage den Mädchen Bescheid, sie sollen nach ihrem Lipglosseinkauf zu dir kommen. Trink noch einen Cappuccino. Ich bin gespannt, was du später berichtest. Wo treffen wir uns dann?«

»Am besten vor dem Kino, neben dem Park.«

Kapitel 8

Lisa machte sich auf den Weg zur Agentur. Ihre schwitzigen Hände umklammerten fest das Lenkrad. Die Knöchel traten weiß hervor. Sie parkte das Auto und sah auf das dezente Schild neben der Eingangstür. Ihr Herz schlug wie wild. Es wurde ihr etwas mulmig. Doch sie wollte es sich beweisen. Sie wollte es Sky beweisen. Das war ihr Antrieb. Mit zitternden Händen betätigte sie die Klingel. Lisa stellte sich gerade hin, atmete tief durch und versuchte zu lächeln. Nach kurzer Zeit öffnete ihr eine blonde Frau, die Lisa auf Ende vierzig schätzte. Sie war elegant gekleidet, dezent geschminkt und ihre Augen strahlten etwas Besonderes aus. Eine gewisse Kraft und Ruhe. Die Frau hielt ein Handy am Ohr und war offensichtlich in ein hitziges Gespräch vertieft. Sie musterte Lisa von oben bis unten und winkte sie ins Haus. Drinnen deutete sie auf eine weiße Ledercouch. Dann ging sie in ein anderes Zimmer und schloss die Tür, allerdings blieb ein Spalt offen und Lisa konnte hören, was die Frau sagte:

»Wo soll ich denn jetzt bitteschön eine Frau herbekommen, die Russisch oder Englisch spricht? Es sind Osterferien, Hochsaison. Alle meine Damen sind ausgebucht. Ich hab nur noch eine, aber die ist nicht sonderlich beliebt und Russisch kann sie auch nicht. Dass dir solche Sachen immer so früh einfallen!«

Lisa witterte ihre Chance, denn Russisch war ihre Muttersprache. Sie versuchte sich abzulenken, um ihre Nervosität in den Griff zu bekommen. Die Bewerberin betrachtete den imposanten Raum: Weißer Marmor an Boden und Wänden.

Goldene Bilderrahmen zierten offensichtlich unsagbar teure Gemälde. Edle Möbel, Skulpturen und große grüne Pflanzen fügten sich in das Bild, verliehen dem Raum etwas Wohnliches, sodass das Ganze nicht zu streng wirkte. Dieses von außen unscheinbar wirkende Haus, war im Inneren eine Mischung aus Büro und Schönheitssalon.

Lisa hörte, wie die Frau sich am Telefon verabschiedete, sich dann kurz räusperte und ihre Schritte näher zur Tür kamen. Schwungvoll öffnete sie die Tür, reichte Lisa die Hand.

»Guten Tag, mein Name ist Svenja. Willkommen in meiner Agentur. Was kann ich für Sie tun?«

Lisa drückte Svenjas Hand und antwortete freundlich:

»Einen schönen Guten Tag. Ich heiße Elisabeth Schatz und komme mit einem speziellen Anliegen zu Ihnen.«

Svenjas Miene versteinerte sich, sie ging einen Schritt zurück und erwiderte:

»Tut mir leid, wenn Sie denken, dass Ihr Mann mit einer meiner Damen ein Verhältnis hat, aber ich gebe keine Daten heraus. Weder die meiner Kunden, noch die meiner Mitarbeiterinnen.«

Lisa errötete, aber blieb tapfer:

»Nein, nein. Ich habe keinen Mann, deswegen bin ich nicht hier. Es handelt sich um ein anderes Anliegen.«

Svenja entspannte sich und ihre Miene hellte sich auf.

»Na dann kommen Sie doch mal mit in mein Büro, Elisabeth.«

Lisa folgte ihr. Sie blieb kurz im Raum stehen, um all den Reichtum auf sich wirken zu lassen. Nur vage konnte sie sich vorstellen, wie kostbar hier alles war. Der gläserne Schreibtisch wirkte sündhaft teuer, genauso die weißen Ledersessel und die Lampe, die aussah wie ein Segel. Hinter dem Schreibtisch befand sich ein deckenhohes Regal voll mit Büchern. Lisa hatte Mühe ihr Staunen zu verbergen beim Anblick so mancher Klassiker der Weltliteratur. Svenja bemerkte Lisas Bewunderung. Sie deutete auf einen Sessel.

»Lesen Sie gerne?«

»Wenn es meine Zeit zulässt.«

»Was kann ich für Sie tun, Elisabeth?«

Die räusperte sich kurz. Gleichzeitig war sie erleichtert, dass sie heute Morgen nicht zu der dunkelblauen Jeans gegriffen hatte, die auf dem teuren Ledersessel hätte abfärben können. Svenja war elegant gekleidet, in eine weiße Stoffhose und eine rosafarbene Chiffonbluse. Ihr Haar trug sie hochgesteckt. Am Arm hatte sie eine goldene Uhr und ein Ring mit einem großen Diamanten glitzerte an ihrem zarten Finger. Die Agentin war also verheiratet, deutete Lisa. Reich verheiratet.

»Der Grund meines Besuches ist folgender«, sprach Lisa weiter und sah dabei unbeirrt in Svenjas Augen, »ich möchte mich bei Ihnen vorstellen, oder besser gesagt, bewerben. Ich würde gerne für Sie arbeiten.«

Svenja schlug ihre Beine übereinander und wollte wissen:

»Wie stellen Sie sich das vor? Sie kommen hier her, ich weiß nichts, absolut gar nichts über Sie. Und Sie sagen, Sie wollen für mich arbeiten? So funktioniert das nicht. Ich suche mir die Damen selbst aus, nur manche kommen auf Empfehlung.«

Lisa hielt Svenjas Blick stand.

»Das habe ich mir schon gedacht, deswegen bin ich direkt hergekommen und habe nicht angerufen. Wissen Sie, ich bin kein schlechter Mensch. In meinem Leben hat sich vor Kurzem sehr viel getan … viel Veränderung … ich musste mir über vieles klarwerden und ich möchte das Leben genießen. Diese Freude möchte ich weitergeben. Ich suche keinen

Partner, ich möchte Freiheit und diese Freiheit will ich an Männer weitergeben, die sie für ein paar Stunden suchen. Ich bin gebildet, verstehe es mich in gehobenen Kreisen zu bewegen. Außerdem bin ich selbstständig und kann mir meine Zeit einteilen.«

Svenja legte ihren Zeigefinger ans Kinn:

»Hm«, sagte sie, »sprechen Sie Englisch?«

Lisa bejahte und wollte noch hinzufügen, dass sie auch Russisch sprach, aber dann hätte sie verraten, dass sie das vorherige Gespräch belauscht hatte. Svenja stand auf und holte aus einem Regal ein Klemmbrett, auf dem ein Fragebogen war.

»Füllen Sie das bitte aus.«

Nachdem sie den Bogen wahrheitsgemäß ausgefüllt hatte, reichte sie ihn an Svenja zurück. Die las ihn mit einer Kühle, welche Lisas Hoffnungen zunichtemachte. Die junge Frau versuchte, nicht nervös auf dem Stuhl hin- und her zu rutschen. Sie saß gerade da, die Beine übereinandergeschlagen, die Hände darauf gefaltet.

»Nun gut, Elisabeth. Auch wenn es sehr ungewöhnlich ist, dass jemand einfach so vor meiner Tür steht, klingelt und sich praktisch initiativ bewirbt, so möchte ich dennoch darüber nachdenken. Ihre Nummer haben Sie auf dem Fragebogen notiert. Ich werde mich bei Ihnen melden.«

Lisa schluckte, ihr Herz raste. Sie wusste, dass sie nur diese eine Chance hatte, denn Sky erwartete noch an diesem Wochenende ein gebuchtes Date. Dennoch gab sie sich gelassen, verabschiedete sich von Svenja und ging.

In ihrem Auto krallte Lisa sich fest ans Lenkrad. Sie war kurz davor ihren Kopf darauf zu schlagen.

»Ich möchte unbedingt diese Aufgabe meistern, so wie ich

die anderen Aufgaben auch gemeistert habe. Vielleicht sollte ich doch noch in einer anderen Agentur nachfragen. Aber es ist so spät. Kann es sein, dass Sky mir absichtlich eine solch schwierige Aufgabe gestellt hat, weil er mich scheitern sehen will? Vielleicht will er wissen, wie ich mit Niederlagen umgehe. Aber nicht mit mir mein Freund, nicht mit mir«, führte Lisa ein Gespräch mit sich selbst.

Sie beschloss sich nun noch einmal zu wünschen, den Auftrag zu bekommen und dann nicht mehr daran zu denken. Wenn man etwas zu verbissen wollte, bekam man es nicht.

Wie verabredet traf sie sich mit Klara und den Mädchen am Kino. Die drei sahen ziemlich erschöpft aus, aber Lisa erkannte in den Augen ein besonderes Strahlen. Sie lächelte und sagte:

»Ihr habt wohl keine Lust mehr auf Kino, oder?«

»Nein«, antworteten die drei im Chor.

Dann sagte Maxima:

»Bitte einfach nur heim, ich will meine neuen Kleider gleich in die Maschine stopfen, bin k.o..«

Lisa schmunzelte und half ihnen die prallgefüllten Einkaufstaschen ins Auto zu laden. Als sie einstiegen, zwinkerte sie ihrer Freundin zu.

»Und Klara? Wie war's bei dir?«

Ziemlich untypisch für Klara errötete diese.

»Reden wir nachher, aber so viel kann ich sagen: Dein Tipp war Gold wert.« Lisa war sehr zufrieden mit sich.

Sie fuhr ihre Freundin nach Hause. Als sie dann mit ihren Mädchen daheim war, verschwanden diese gleich im oberen Stock. Lisa ging in die Küche und holte sich eine Flasche Wasser aus dem Kühlschrank. In dem Moment klingelte ihr

Handy. Sie kramte es hastig aus der Handtasche. Eine unterdrückte Nummer. Sie ahnte, wer es war.

»Ja, hallo?«

»Hallo, ist da Elisabeth?«

»Hier ist Elisabeth. Mit wem spreche ich?«

»Svenja von der ›Agentur Lady Svenja‹.«

»Hallo Svenja, schön, dass Sie anrufen.«

»Elisabeth, ich will es kurz machen. Auch wenn ich mich wiederhole. Ihre Vorgehensweise ist äußerst ungewöhnlich. Dennoch hat sie mir imponiert und Ihr Auftreten spricht für sich. Ich biete Ihnen die einmalige Gelegenheit morgen Abend für mich zu arbeiten. Eine exklusive Abendveranstaltung und Sie stehen unter meiner direkten Beobachtung. Es handelt sich um den 50. Geburtstag meines Mannes und für einen privilegierten Freund meines Gatten benötigen wir eine diskrete Begleitung. Dresscode: Highfashion. Ich sende Ihnen alles Erforderliche per Email zu. Lernen Sie alles über diesen Mann. Vor allem, merken Sie sich seinen Namen gut: Victor Adams.«

Nach dem Telefonat mit Svenja stand Lisa regungslos im Raum. Ihr Puls beschleunigte sich, die kleinen feinen Härchen auf ihren Armen stellten sich auf. Sie atmete durch die Nase ein und ließ die Luft durch ihre Lippen entweichen. Dann schluckte sie und bemerkte, dass ihr etwas schwindlig wurde. Nervös tippelte sie mit ihren Fingern auf ihre Lippen. Viele Gedanken schossen ihr durch den Kopf.

Wie soll ich mich diesem Mann gegenüber verhalten? Wie bewege ich mich in solchen Kreisen? Was soll ich erzählen? Soll ich zurückhaltend sein, oder ganz natürlich? Oder etwa ein Vamp? Und was versteht Svenja unter ›Highfashion‹?

Lisa brauchte Hilfe. Sie brauchte den Rat von jemandem, der sich damit auskannte. Und wer war da besser als Sky?

Hastig klappte sie ihren Laptop auf und formulierte eine Mail an ihn. Dabei wollte sie sich nicht zu verzweifelt anhören.

»Hallo Sky,

für morgen Abend habe ich ein gebuchtes Date über eine Agentur mit einem Mann. Es ist eine hochkarätige Veranstaltung und ehrlich gesagt, bin ich mir nicht ganz sicher, wie ich mich diesem Mann gegenüber verhalten soll. In solchen Kreisen habe ich mich bisher noch nicht bewegt und ich wäre dir dankbar, wenn du ein paar Tipps und Tricks für mich hättest. Außerdem soll ich ›Highfashion‹ tragen und weiß nicht, ob ich so etwas tragen kann.
Viele Grüße

Lisa«

Lisa ließ den Laptop offen und hatte ihr Emailprogramm immer im Blick, sie wollte weder Svenjas noch Skys Nachricht verpassen. Nervös tippelte sie im Wohnzimmer auf und ab. Schoko bemerkte das und verzog sich in den Flur, wo er in Ruhe schlafen konnte. Lisas Nervosität steigerte sich. Am liebsten hätte sie die Aufregung wie ein viel zu enges Kleid, das sich schrecklich unbequem auf der Haut anfühlte, ausgezogen. Sie musste etwas tun, denn das Warten trug nicht dazu bei, dass sie sich entspannte. Ablenkung war gut. Doch womit? Fernsehen war ihr zu banal. Radio wollte sie um diese Uhrzeit auch nicht mehr hören. Also setzte sie sich auf die Couch und blätterte in ein paar Magazinen, in der Hoffnung ein wenig Inspiration für ihr Highfashion Outfit zu bekommen. Immer wieder blinzelte sie zu ihrem Laptop. Plötzlich ertönte ein ›Ping‹ und ein kleiner Briefumschlag erschien auf dem Bildschirm. Lisa sprang von der Couch und ließ die Zeitschrift fallen. Mit zitternden Fingern öffnete sie die Nachricht.

»Guten Abend Elisabeth,

wie besprochen sende ich Ihnen Victors Steckbrief. Enttäuschen Sie mich nicht.

Name:	Victor Adams
Beruf:	Verleger, Geschäftsmann
Wohnsitz:	London, Großbritannien
Sprachen:	Englisch, Russisch
Alter:	42 Jahre
Vorlieben:	gute Literatur, gute Weine
No Go's:	plumpe Anmachen
Hobbies:	Biathlon

Victor möchte nicht, dass die anderen Gäste der Party erfahren, dass Sie von mir geschickt wurden. Halten Sie sich bedeckt. Ihre Hauptaufgabe ist es, die weiblichen Gäste von ihm fernzuhalten. Er ist ein Frauenmagnet. Victor möchte in Ruhe feiern und hat kein Interesse an einer Beziehung. Außerdem möchte er während der Veranstaltung Geschäfte machen.

Seien Sie pünktlich um 19:30 Uhr in der Agentur. Sie werden dort von mir in Empfang genommen und wir fahren gemeinsam zum Veranstaltungsort. Dort werden Sie dann auf Victor treffen.

Grüße
Svenja«

Lisa las sich die Mail erneut durch. Doch ruhiger wurde sie dadurch nicht. Im Gegenteil. Sie zweifelte, ob sie das Richtige tat.

Was, wenn sie diesen Mann blamierte? Was, wenn sie nicht gut genug war? Was, wenn die anderen Gäste doch bemerkten, dass sie nur gebucht war?

Lisa seufzte und wollte den Laptop zuklappen, als sie erneut einen Briefumschlag aufblinken sah. Sky! An den hatte sie gar nicht mehr gedacht.

»Hey Lisa,

gut, dass es geklappt hat.
Je hochkarätiger, desto mehr lernst du.
Sei zurückhaltend und achte auf seine Bedürfnisse. Sei freundlich und bescheiden. Informiere dich über seine Interessen und Vorlieben. Du hast eine Nacht Zeit dich vorzubereiten.
Mit der Kleiderauswahl kann ich dir leider nicht helfen. Du hast sicherlich eine Freundin, die weiß, was zu tun ist. Zieh bitte keine Jeans an.
Ich freue mich auf deinen ausführlichen Bericht.

Sky«

Mist! Sie hatte gar nicht mehr daran gedacht, dass morgen Karfreitag war. Heute hatten die Geschäfte bereits geschlossen. Sie brauchte Hilfe von Klara. Klara war zwar ein Paradiesvogel, aber sie hatte einen riesigen Kleiderschrank und die gleiche Kleidergröße wie sie. Lisa sah auf die Uhr, es war fast elf. Normalerweise telefonierte sie so spät nicht mehr, aber irgendwie handelte es sich ja um einen Notfall.

»Lisa? Ist etwas passiert?«

»So ähnlich. Bitte stelle jetzt keine Fragen. Ich brauche deine Hilfe und erkläre dir irgendwann alles. Morgen Abend bin ich bei einer Veranstaltung eingeladen und brauche dich in vielerlei Hinsicht. Bitte pass auf die Mädchen auf, während ich weg bin und ... hast du Highfashion Kleider? Ich soll da so richtig aufgebrezelt erscheinen. Es ist verdammt wichtig!«

Am anderen Ende herrschte Stille. Dann kam endlich eine Antwort.

»Ja. Kein Thema, ich pass auf die Mädels auf und helf dir auch beim Stylen. Kleider habe ich auch, doch Lisa, auf die Erklärung bin ich mehr als gespannt.«

Lisa juchzte in den Hörer.

»Wann kommst du morgen? Die Veranstaltung beginnt um 19:30 Uhr.«

»Ich bin um zwei bei dir, stell schon mal den Sekt kalt. Bis dann.«

Lisa ging beruhigt zu Bett. Sie wusste, wenn Klara das Ruder übernahm, würde es gut werden.

Kapitel 9

Victor stand mit gespreizten Beinen und auf dem Rücken gekreuzten Händen an der Glasscheibe des Londoner Flughafens. Er sah den Maschinen beim Aufsteigen zu. Gleichzeitig landeten andere nur ein paar hundert Meter weiter. Als Kind hatte er es geliebt mit diesen gigantischen Stahlvögeln zu fliegen. Seine Begeisterung diesbezüglich und die Bewunderung der Besatzung gegenüber waren ihm bis heute geblieben. Victors Flug nach Berlin ging in einer halben Stunde. Lange genug hatte er diese Reise hinausgezögert und doch gewusst, dass der Tag kommen würde. Er trug schließlich eine große Verantwortung für sein Unternehmen und musste wieder präsent sein. Richard, sein langjähriger Freund und jetziger Geschäftspartner, bestand auf seine Reise nach Deutschland. Es gab Formalitäten, die geklärt werden mussten, und nach dem Tod seines Vaters war nur Victor bevollmächtig dies zu tun. In Berlin saß ein bedeutender Kunde, dessen Vertrag neu ausgehandelt werden musste. Der Vorstand des Unternehmens wollte Victor persönlich kennenlernen, um sich zu vergewissern, dass Victor Adams ein genauso zuverlässiger Geschäftspartner war, wie sein Vater, Ben Adams.

Und dann war da noch Richards runder Geburtstag, bei dem Victor als Ehrengast erwartet wurde. Nicht zu erscheinen, würde ihn die langjährige Freundschaft kosten, das wollte Victor unter keinen Umständen zulassen. Mit viel Verständnis nahmen Richard und seine Frau Svenja Victors Rückzug an.

»Fast drei Jahren sind genug, mein Freund. Du musst wieder ins Leben zurückkehren. Keine Ausreden!«, waren Richards

Worte, als er vor einer Woche Victor anrief, um ihn an die Einladung zum Geburtstag zu erinnern.

Doch es war nicht nur eine Erinnerung, es war ein Ultimatum. Und Victors wusste das.

Die Ankündigung des Boardings nach Berlin wurde mit einer sympathischen weiblichen Stimme in mehreren Sprachen durchgeführt. Mit einem seriösen Gesichtsausdruck bestieg Victor die Maschine als letzter Passagier. Die freundlichen Stewardessen empfingen ihn genauso herzlich, wie die hunderten Male zuvor, die er mit seinen zweiundvierzig Jahren bereits geflogen war. Ein kaum sichtbares Lächeln, das in seinem Gesicht erschien sowie ein leichtes Nicken, stellten die Begrüßung seinerseits dar.

Ein bequemer breiter Sitz in der Businessklasse, ein erfrischender Begrüßungstrunk, zuvorkommende Flugbegleiterinnen, all das erinnerte ihn an die alten glücklichen Zeiten. Victor liebte diese besondere Atmosphäre im Flieger. Er bemerkte, wie sehr es ihm fehlte.

Victor Adams war in seine Gedanken vertieft, als eine nette, hübsche Dame ihm frischen Kaffee anbot. Als sie ihm diesen nach seiner Zustimmung einschenkte, fragte er:

»Wie machen Sie das eigentlich?«

»Was genau, Sir?«, fragend sah die Stewardess ihn an.

»Immer gut gelaunt, zuvorkommend, freundlich und unbeschwert zu sein? Wissen Sie, ich bin schon oft geflogen, aber noch nie habe ich eine schlecht gelaunte Stewardess erlebt. Im Gegenteil! Was ist Ihr Geheimnis? Das Leben ist doch mit Sicherheit auch zu Ihnen nicht immer gnädig und doch sieht man Ihnen das nicht an.«

»Ja, auch wir sind nur Menschen und keine Engel. Obwohl ich manchmal nichts dagegen hätte«, antwortete die hübsche Flugbegleiterin humorvoll.

»Ich kann nicht für alle sprechen«, setzte sie fort, »aber mich persönlich macht es sehr glücklich, gebraucht zu werden. Zum Beispiel zu beruhigen, wenn Menschen Angst vorm Fliegen haben. Ihnen mitzuteilen wie stolz sie auf sich sein können, denn mutig kann man nur dann sein, wenn man sich der Angst gestellt hat. Oder die lange Reise so angenehm wie möglich zu gestalten. Nicht immer klappt es mit einem Sandwich oder einem Getränk, dafür aber immer mit einem Lächeln im Gesicht und netten Worten, die das Herz erwärmen.«

Ihre Stimme wirkte sich sehr wohltuend auf Victor aus. Diese Frau sah nicht nur gut aus, sondern schien auch weise zu sein. Bevor die Stewardess sich umdrehte, um weiterzugehen, stellte er die für ihn entscheidende Frage:

»Haben Sie schon mal jemanden verloren? Für immer meine ich.«

Victor fühlte sich etwas verlegen, zeigte es aber nicht.

»Morgen ist die Beerdigung meiner Mutter, auf die ich nach meiner heutigen Schicht gehen werde. Wir standen uns sehr nah und sie fehlt mir fürchterlich«, die junge Frau richtete ihren Blick auf den Boden in der Hoffnung, dass der Passagier ihre verräterischen Tränen nicht erkannte.

Sie holte tief Luft und fügte hinzu:

»Sie war sehr krank und als wir uns vor ein paar Tagen verabschiedeten, sagte sie zu mir, dass meine Trauer ihr das Herz zerreißen würde. Das Leben wäre zu kurz, um zu leiden. Ich solle leben, lieben und genießen. Nur dann könne sie beruhigt gehen, wenn ich ihr das verspräche. Ich versprach es. Unsere Liebsten leiden DORT, wenn wir HIER ohne sie nicht zurechtkommen, verzeihen Sie bitte, Sir, ich muss jetzt gehen.«

Die Stewardess drehte sich prompt um und verschwand in

der zweiten Klasse. Victor dachte noch lange über ihre Worte nach.

»Das Wetter in Berlin scheint besser als in London zu sein. Denn es schüttet nicht wie aus Eimern«, führte Victor ein Selbstgespräch.

Draußen wartete der Chauffeur, der von Richard organisiert worden war. Ein grauhaariger statischer Mann Ende fünfzig, in einem weißen Hemd und schwarzer Hose, hielt ein Schild mit Victors Namen. Victor begrüßte ihn mit einem kräftigen Händedruck, stellte sich kurz vor und erkundigte sich nach dem Namen des Fahrers.

»Heribert Kraus, aber für Sie, nur Harry, Sir. Ich werde Sie bei Ihrem Aufenthalt in Deutschland begleiten oder besser gesagt – für Ihre Mobilität sorgen.«

»Danke, Harry. Zuerst brauche ich eine Dusche und ein anständiges Frühstück. Lässt sich das einrichten?«

»Natürlich, Sir! Mr. Stevens hat für Sie ein Hotelzimmer reserviert. Ich bringe Sie dorthin.«

»Der alte Fuchs hat an alles gedacht. So kenne ich meinen Freund Richard. Er denkt immer meilenweit voraus«, erwiderte Victor mit leichtem Sarkasmus.

Er stieg in die hintere Tür eines pechschwarzen Mercedes mit hellen Ledersitzen. Es war eine angenehme Fahrt in dem überaus gepflegten Fahrzeug. Leise klassische Musik spielte im Hintergrund und ein angenehmer holziger Duft entspannten Mr. Adams vollkommen.

»Wir sind da, Sir.«

Harrys Stimme riss ihn aus seinem Dämmerschlaf.

»In drei Stunden werde ich hier auf Sie warten. Außer Sie wünschen es anders, Mr. Adams?«

»Nein, Harry. In drei Stunden ist in Ordnung. Die werde ich gut brauchen können.«

Eine erfrischende Dusche, ein ausgiebiges Frühstück und eine kurze Erholung brachten Victor wieder auf Trab. Seine Laune, die langsam stieg, konnte man buchstäblich sehen. Sein markantes Gesicht in Kombination mit den leuchtend grau-blauen Augen und dem perfekt gestylten Haar, wurde von einem stilvollen Businessoutfit abgerundet. Sein charmantes Lächeln lockerte das Ganze zusätzlich auf. Damit brachte er sogar die Rezeptionsdame in Verlegenheit. Als er sich beim Verlassen des Hotels verabschiedete, bekam sie keinen Ton heraus und blieb in stiller Bewunderung zurück.

Harry wartete im Wagen. Nachdem Victor die Autotür hinter sich zumachte, schloss der Chauffeur sofort seinen Schreibblock, legte ihn weg und erkundigte sich nach Victors Wohlbefinden. Die Antwort kam prompt mit einer sehr munteren Stimme. Harry nickte zufrieden und ließ den Wagen an. Das Aufheulen des Motors war wie Musik in den Ohren der beiden Männer.

»Temperamentvolle Bestie! Sechs Zylinder?« fragte Victor begeistert.

»Acht«, antwortete Harry voller Stolz.

Angeberisch betätigte der Fahrer im Stand das Gaspedal nochmal kräftig und der Wagen gab erneut starkes Geheul von sich.

»Wie lautet der Plan?«, fragten beide gleichzeitig und wieder mussten sie lachen.

Dies brach das Eis zwischen Chauffeur und Fahrgast endgültig.

»Soviel ich weiß, erwartet Mr. Stevens Sie heute Abend bei sich«, antwortete Harry mit fester Stimme.

»Gut. Dann fahren wir nach dem Kundentermin sofort los. Bis zum Dinner könnten wir es schaffen.«

»Und ob wir bis dahin da sind«, bestätigte der Fahrer, als der Wagen bereits mit quietschenden Reifen den Hotelparkplatz verließ.

Harry wartete auf einer Bank im Park, gegenüber des Firmengeländes auf dem sich Victor seit zweieinhalb Stunden aufhielt. Er aß gerade sein Sandwich, als Victor wieder in Sichtweite kam. Sehr zufrieden und entspannt steuerte er auf Harry zu. Victor nahm neben ihm Platz, wünschte einen guten Appetit und lehnte sich mit geschlossenen Augen zurück.

»So fühlt sich ein Zehn-Jahres-Vertrag an«, unterbrach Harry als erster die Stille.

Er war fertig mit dem Essen und lehnte sich ebenfalls zurück.

Victor schaute ihn mit fragendem Blick an.

»Steht es bei mir etwa auf die Stirn geschrieben?«

»Ich begleite seit über fünfzehn Jahren Geschäftsleute zu ihren Terminen. Ich behaupte ein gewisses Feingefühl für ihre Erfolge oder Misserfolge entwickelt zu haben«, antwortete der entspannte Chauffeur.

»Chapeau, Harry. Tatsächlich! Ich habe für weitere zehn Jahre unseren Vertrag verlängert. Das ist mein erster großer Beitrag für die Firma meines Vaters, seit seinem Tod. Ein Jahr ist das bereits her, mir kommt es vor, wie gestern. Ich wollte einfach nicht wahrhaben, dass das so schnell passiert. Aber die Ärzte haben mich gewarnt ...«

Harry wusste, dass jeglicher Kommentar in dieser Situation überflüssig war. Nach kurzem Schweigen stand er auf.

»Wir müssen aufbrechen, Mr. Adams, falls Sie nicht zu spät zum Abendessen kommen wollen.«

»Natürlich. Fahren wir.«

Auf dem Weg zum Wagen fiel Victor auf, dass Harry sein linkes Bein leicht nachzog. Er wollte aber nicht nachfragen, um nicht unhöflich zu erscheinen.

Die Fahrt von Berlin nach Bremen sollte laut Harrys Prognose nur ein paar Stunden dauern. Victor beschloss, den Beifahrersitz zu nehmen, um die Unterhaltung mit Harry leichter zu gestalten. Er hatte ein ausgeprägtes Gespür für Menschen und in Harry erkannte er nicht nur eine beeindruckende Persönlichkeit, sondern auch einen interessanten Gesprächspartner. Lange genug hatte Victor Menschen gemieden. Es wurde Zeit ins Leben zurückzukehren. Als Victor die Beifahrertür öffnete, sah ihn Harry etwas überrascht an.

»Darf ich?«, fragte Victor vorsichtshalber.

»Sicher doch« gab Harry zurück.

Auf dem Beifahrersitz lag ein Schreibblock, den Victor schon einmal gesehen hatte. Harry wollte den Block im Handschuhfach verstauen.

»Lassen Sie mich das machen, Harry«, bot Victor an.

»Im Herzen des Tornados«, las Victor ungewollt laut die Überschrift der Seite, die mit blauer Tinte und schöner Schrift in der Mitte des Blocks schwungvoll gezeichnet war.

»Das ist mein Gedichtheft«, sagte Harry verlegen.

»Sie dichten?« Victor wurde neugierig.

»Erlauben Sie?«

»Hm … ja …«, zögerte Harry.

Victor las mit großem Interesse Blatt für Blatt durch. Bei einem Gedicht blieb er hängen, es berührte ihn sehr:

Am tiefsten Grund der Dunkelheit,
Groll und Selbsthass halten das Tor geschlossen.
Meine Seele noch lange nicht befreit.
Zu viele Tränen bleiben unvergossen.

Mit Beharrlichkeit,
einem großen Herzen
voll Menschlichkeit
erhielt ich Linderung der schlimmsten Schmerzen.

Das sanfte Funkeln der Kerze Schein
mein Herz ließ dessen Flackern zu
Schmerz erschütterte Mark und Bein.
Nach langer Zeit fand meine Seele Ruh.

Erkannte endlich die Schönheit des Lebens,
in all seiner Pracht.
Der Lohn des Strebens!
Des göttlichen Wesens Macht.

Er sah zu Harry und betrachtete den Mann mit völlig anderen Augen. Dieses Gedicht löste etwas in Victor aus, er hatte einen Riecher für gute Literatur und wusste, dass er etwas Großes entdeckt hatte. Doch wollte er es zunächst unkommentiert lassen.

Harry steuerte weiterhin den Wagen Richtung Bremen. Die klassische Musik im Hintergrund sorgte erneut für eine entspannte Atmosphäre im Auto. Berlin war bereits hinter ihnen, als Victor sich zu Wort meldete:
»Das ist brillant. Drei Sprachen! Und so gefühlvoll! Ausdrucksstark! Einfach faszinierend!«

Er konnte sich kaum beruhigen vor Begeisterung. Harry wurde ein wenig rot. Er presste ein leises »Dankeschön« hervor.

»Haben Sie mehr davon?«, wollte Victor nun wissen.

»Noch zwei Hefte. Das ist das dritte.«

»Harry, ich würde Sie gerne verlegen. Was halten Sie davon?«

Harry sah seinen Fahrgast verblüfft an.

»Sie handeln doch mit Spirituosen, Mr. Adams? So informierte mich Mr. Stevens.«

»Das ist richtig. Der weltweite Handel mit exklusiven Spirituosen war die Tätigkeit meines Vaters. Gemeinsam mit seinem langjährigen Freund, Robert Stevens, hat er ein erfolgreiches Unternehmen aufgebaut. Als Vater verstarb, musste ich seinen Anteil der Firma übernehmen. Richard hat den Anteil seines Vaters bereits vor längerer Zeit übernommen. Der Spirituosenhandel hat mich ehrlich gesagt nie interessiert, dafür aber gute Literatur. Das habe ich von meiner Mutter. Sie ist Sprachlehrerin und zog mich mit Unmengen von Büchern auf. Als ich klein war ...«,

Victor machte eine kurze Pause. Er starrte in die Weite und lächelte knabenhaft vor sich hin.

»...ich verbrachte unzählige Stunden in unserer Bibliothek. Mein Vater wurde manchmal wütend, er beschimpfte mich als Bücherwurm, weil ich jegliche Art von anderem Zeitvertreib vermied. Ich hatte bis zum zehnten Lebensjahr fast keine Freunde und lebte nur in meiner persönlichen Phantasiewelt. Dort kämpfte ich gegen das Böse, besiegte Drachen, machte Streiche – alles mit den Figuren aus den Büchern. Meine Mutter nahm mich immer in Schutz vor meinem fast verzweifeltem Vater, der immer wieder Versuche unternahm, mich auf andere Interessen zu bringen. Das ist ihm auch gelungen, als ich dreizehn war: In unserem Skiurlaub durfte ich einer Gruppe Biathleten beim Training zusehen. Das hat mich sehr fasziniert. Mein Vater nutzte sofort die Gelegenheit und sorgte dafür, dass ich ein Biathlet wurde. Ich war gut darin. Aber nicht gut genug, um einer der Besten zu sein. Mit 29 beendete ich meine Karriere als Sportler und widmete mich meinem Studium. Und mit Mitte dreißig gründete ich meinen eigenen Verlag. Wie Sie sehen, Harry, die Liebe zu den Büchern hat gesiegt.«

Harry sagte nicht viel. Er nickte nur und an seinem Gesichtsausdruck konnte man Verständnis, in Kombination mit Respekt, erkennen.

Victor hielt das Heft mit den Gedichten in seinen Händen und betrachtete die Überschrift.

»Warum *im Herzen des Tornados*, Harry?«

Harry schwieg eine Weile.

»Ein Tornado stellt den Wirbel unserer Gefühle und Emotionen dar, die das Leben zerstören oder bereichern. Aus dem Herzen heraus wird dieser Wirbel gesteuert. Aber dafür sollte man auf sein eigenes Herz hören und sich selbst treu sein. Andererseits wird man von Emotionen und Erwartungen der anderen Menschen geschleudert. In die falsche Richtung. Dorthin, wo andere einen haben wollen und nicht, wo man selbst sein will«, erklärte der Chauffeur.

Victor dachte einen Moment über das Gesagte nach. Er staunte, wie weise Harry doch war.

»Gedichte zu schreiben war meine persönliche Art, mein Inneres zu heilen. Viele davon übersetzte ich ins Englische und Französische, einige davon musste ich wiederum stehen lassen, weil ich gewisse Emotionen nicht in anderen Sprache greifen konnte.«

Nach kurzer Überlegungspause fügte er hinzu:

»Mr. Adams, wenn Sie das mit dem Verlegen ernst meinen, ich würde mich sehr freuen.«

»Ja, Harry, ich meine es sehr ernst. Wissen Sie, auch ich habe mich in letzter Zeit schleudern lassen. Allerdings von meinen eigenen Emotionen, die sehr zerstörerisch waren. Ich habe nicht auf mein Herz gehört, weil ich taub und egoistisch war. Es wird Zeit, mich der Realität zu stellen und dem Leben noch eine Chance zu geben. Vor allem das zu tun, was mich weiterbringt und nicht weiter in die Tiefe treibt.«

Harry sah Victor mit einem verständnisvollen Blick an.

»Von zerstörerischen Emotionen kann ich ein Lied singen. Vor vielen Jahren war ich beim Militär beschäftigt. Ich war ein Zeitsoldat. Spezialeinheit. Wir wussten nie, wo wir hingeschickt wurden und wann wir wieder zurückkommen würden. Und vor allem, ob es ein Zurück gab. Ich hatte Familie, eine Frau, die ich liebte und zwei Söhne. Meine Frau lebte permanent mit der Angst mich zu verlieren. Wie oft sie mich anflehte, ich solle mich versetzen lassen. Aber die Gefahren gaben mir einen besonderen Kick und dieser gab mir wiederum das Gefühl von Wichtigkeit.«

Harry wurde wieder still. Victor schwieg auch. Die befahrene Autobahnstrecke war voller Verkehr. Doch Victor genoss die Fahrt. Er fühlte sich sicher und war völlig entspannt.

Als das Überholmanöver einer Reihe von Lastwägen abgeschlossen war, fuhr Harry mit seiner Erzählung fort:

»Eines Tages setzte ich mein Leben wegen eines afghanischen Jungen aufs Spiel. Ich zog ihn von einer Mauer, auf der er spielte und deckte ihn mit meinem Körper ab. Nur ein paar Meter von uns entfernt explodierten Granaten. Häuser wurden zerstört. Körperteile flogen durch die Luft. Die Geräuschkulisse war markerschütternd. Die Luft roch nach Sprengstoff und Tod. Unser Auftrag, die Bewohner einer friedsamen afghanischen Siedlung in Sicherheit zu bringen, war gescheitert. Alles wurde zerstört. Wir kamen einfach zu spät. Ich werde nie die Augen dieses Jungen vergessen. Groß. Voller Schrecken, Verzweiflung und Angst. Er war ungefähr im Alter meines ältesten Sohnes. Ich handelte instinktiv. Unüberlegt. Damals dachte ich, dass Krieg die Hölle auf Erden sei, aber ich habe mich getäuscht. Die eigentliche Hölle lernte ich kennen, als ich mit meinen Gedanken allein bleiben musste. Ich konnte nicht mehr wegrennen, ich war gelähmt. Selbstzweifel, Wutanfälle, Aggressionsausbrüche, ich war sauer auf die ganze Welt und auf mich selbst. Es waren sehr harte Zeiten für meine Familie. Ich war hilflos, aber wollte mir nicht helfen lassen. Verweigerte das Essen und isolierte mich von allem. Habe regelmäßig mitbekommen, wie meine Frau in der Nacht weinte, konnte mich aber nicht beherrschen oder irgendetwas ändern.«

Und wieder wurde es still im Wagen, der sanft vor sich hinglitt und beide Männer immer näher zum Ziel brachte.

»Wie ging es mit Ihnen und Ihrer Frau weiter?«, fragte Victor nach einer Weile.

»Sie hat mich verlassen«, antwortete Harry mit ruhiger Stimme.

»In so einem schweren Zustand?«, Victor war empört.

»Das war das Beste, was sie für mich tun konnte. Denn erst dann fing ich an nachzudenken, was ich tatsächlich zu verlieren hatte. Erst dann wurde mir klar, dass mit dieser Rettungsaktion meine Söhne ohne Vater aufwuchsen und dann verstand ich mit welcher Anspannung und ständiger Angst um mein Leben, meine Frau all die Jahre hatte leben müssen. Allerdings muss ich zugeben, dass ich nicht alleine zu diesen Erkenntnissen gekommen bin. Nachdem meine Frau mit unseren Kindern das Haus verlassen hatte, kam SIE ins Spiel.«

Harry unterbrach seine Geschichte, da die Fahrt seine gesamte Konzentration beanspruchte. An der Autobahnkreuzung war der Verkehr besonders dicht. Sobald Harry die Autobahn gewechselt hatte, wollte Victor wissen, wie es weiterging und wer diese geheimnisvolle SIE war.

Kapitel 11

Kann man tatsächlich in einem halbgelähmten Zustand noch an Frauen denken?«, überlegte Victor laut.

»Ich weiß nicht, ob ich das könnte.«

Sein Gesichtsausdruck war sehr ernst, was Harry besonders amüsierte. Ein schelmisches Grinsen konnte er sich nicht verkneifen.

»Oh ja, Martha, so heißt sie übrigens, hatte etwas Magisches an sich. Eine Aphrodite war sie nicht unbedingt, aber dafür hatte sie jede Menge von Zeus.«

Harry schmunzelte vor sich hin und verweilte ein wenig in seinen Erinnerungen. Ein paar Sekunden später begann er zu erzählen:

»An dem Tag, an dem meine Frau mir einen Brief überreichte mit den Worten ›Ich kann nicht mehr‹, hörte ich circa eine Stunde später, wie die Tür auf und wieder zu ging. Ich habe nach meiner Frau gerufen. Ich war wütend und schrie, sie solle so etwas nie wieder machen. Was ihr einfiele, mich in dieser körperlichen Verfassung alleine zu lassen oder sich darüber lustig zu machen, in dem sie mir mitteilte, dass sie mich verlassen würde. Ich schrie und schrie, keiner kam in mein Zimmer. Meine Frau war meistens sofort zur Stelle gewesen, wenn ich gerufen hatte, doch diesmal war es anders. Irgendwann war ich erschöpft und konnte nicht mehr rufen. Ich weinte. Verzweiflung und Hilflosigkeit, all dies erdrückte mich, ich wollte nicht mehr leben. Ich konnte mich selbst nicht ausstehen und dachte, ich sei nur eine schwere Last für meine Familie. Wer brauchte schon einen körperlich behinderten Soldaten, der nichts im zivilen Leben gelernt hatte? Der nicht fähig war zu irgendetwas. Nicht einmal Fußball spielen mit meinen Söhnen war möglich.

Dann hörte ich jemanden die Treppe hochgehen und mir wurde plötzlich klar, dass das nicht meine Frau Anja war. Die Treppe knirschte unter schwerem Gewicht. Diese Person musste mindestens fünfzig Kilo mehr wiegen als meine zierliche Gattin. In das Zimmer, in dem ich lag, kam eine fremde Frau von sehr beachtlicher Größe. Ihr weißer Kittel, den sie auf dem Weg stressfrei zuknöpfte, kam mir überdimensional breit vor.

»Hallo Herr Kraus, ich heiße Martha und bin ab sofort für Ihr Gesundwerden zuständig. Ich bin Krankenschwester und war bei der Bundeswehr, habe also Erfahrungen mit Fällen wie Ihnen. Ihre Krankenakte habe ich übrigens auch schon studiert und wissen Sie was, ich bin der Meinung, dass wir gute Chancen auf ein normales Leben haben.«

Als Martha mit dem Zuknöpfen ihres Kittels fertig war, ging sie zu den Fenstern und öffnete die Rollläden. Die Sonne durchflutete das Zimmer, ich musste meine Augen mit den Handflächen zudecken, da ich das Tageslicht seit Wochen, oder Monaten, nicht mehr gewohnt war. Ich bestand darauf, dass das Licht immer gedimmt war und die Rollläden unten blieben. Das versuchte ich auch dieser Krankenschwester deutlich zu machen, aber sie ignorierte mich. Dann riss sie auch noch das Fenster auf. Dabei summte sie ständig vor sich hin, irgendein Kinderlied, und lächelte. Mich trieb es zur Weißglut. Dank des offenen Fensters musste ich mich aber beherrschen, sie nicht anzubrüllen.«

Harrys Wagen gab einen Ton von sich und kündigte somit seinen Durst an.

»Wir brauchen demnächst eine Tankstelle«, sagte er mit ruhiger Stimme.

Victor dachte über das Gehörte nach und er konnte es einfach nicht fassen, dass Harry so cholerisch gewesen war, jetzt, wo er die pure Ruhe und Gelassenheit ausstrahlte. Mister Adams war sehr gespannt auf die Fortsetzung, wollte aber nicht drängeln und unhöflich erscheinen.

»In zwanzig Kilometern ist die nächste Tankstelle, dort machen wir zugleich eine kurze Pause. Ich muss mich zwischendurch etwas bewegen, wissen Sie, Mr. Adams.«

Victor nickte. Ihm blieb nichts anderes übrig, als sich in Geduld zu üben.

Nachdem alles erledigt war, ging die Fahrt weiter. Nebenbei verriet Harry Victor, dass er bei längeren Autobahnfahrten absichtlich nicht volltankte, denn er nutzte das Tanken für eine kurze Bewegungspause, die sein Körper in regelmäßigen Abständen von ihm verlangte. Victor gefiel diese Lösung und er konnte Harry mittlerweile sehr gut leiden. Er spürte, dass Harry kein gewöhnlicher Chauffeur war und hinter seiner charakterstarken Haltung eine ungewöhnliche Geschichte steckte, die Victor hoffte, weiter zu hören zu bekommen. Ihm war klar, dass Harry sie nicht jedem erzählte.

Victor war mehr als bereit für die Fortsetzung, er fragte vorsichtig:

»Was war dann, Harry?«

»Mr. Adams hoffentlich langweile ich Sie nicht mit meiner Erzählung?«

»Ganz im Gegenteil. Wenn ich ehrlich bin, Harry, ich kann es kaum erwarten, dass Sie weitersprechen. Ich genieße die Fahrt und hoffe, dass wir nicht früher ankommen, als die Geschichte endet.«

Harry schmunzelte zufrieden.

»Martha war zwar sehr rund, aber erstaunlich flink. Ihr Gewicht schien sie überhaupt nicht zu behindern. Im Gegenteil. Nachdem sie die Fenster aufgerissen hatte, machte sie den Rollstuhl bereit, und ich wollte wissen, was sie da machte.

›Sie waschen natürlich‹, waren ihre Worte. ›Sie riechen wie ein Haufen dreckiges Elend, Herr Kraus.‹

Ich habe mich aufgeregt, was diese dicke Kuh sich wohl erlaubte. Mit all der Kraft, die mir geblieben war, wehrte ich mich und es war nicht wenig, glauben Sie mir, Mr. Adams.«

Victor amüsierte sich köstlich, er versuchte mit viel Mühe nicht in Gelächter auszubrechen, denn das Bild in seinem Kopf von der gerade gehörten Szene war zum Umfallen komisch.

»Lachen Sie ruhig, ich kann es heute auch, aber damals wollte ich diese Frau umbringen«, berichtete Harry mit humorvoller Stimme.

»Als die Krankenschwester merkte, dass ich das Waschen total verweigerte und es nicht freiwillig über mich ergehen ließ, da ich es ablehnte von einer fremden Person angefasst oder gar ausgezogen zu werden, kam Plan B ins Spiel. Sie drohte mir mit einer Spritze, die mich außer Gefecht setzen würde. Ich wäre zwar munter, aber weit weg von der Realität und erst nach ein paar Stunden käme mein volles Bewusstsein wieder und mit ihm das Schamgefühl. Das wollte ich auf gar keinen Fall zulassen und ergab mich freiwillig.«

Victor konnte sich nicht mehr zurückhalten, er lachte Tränen. Harry lachte mit.

»Warum wollten Sie sich nicht waschen lassen oder warum haben Sie es nicht selbst gemacht?« fragte Victor, sobald er wieder reden konnte.

»Es war mir peinlich. Ich konnte mir selbst schlecht helfen, war zu stolz, um mir helfen zu lassen. Und ich konnte mich mit der Situation und meiner Lähmung überhaupt nicht abfinden. Ich versank im Selbstmitleid, das bis zum Himmel roch, genauso wie ich.«

Kurze Stille herrschte im Wagen.

»Martha war sehr erfahren und ich war kein Einzelfall. Sie wusste, wie sie bei mir durchgreifen musste und was sie zu sagen hatte, um zu meinem Inneren durchzudringen. Sie war eine hervorragende Krankenschwester und Psychologin zugleich. Innerhalb von ein paar Tagen schaffte sie es, mich nach draußen zu bekommen. Für mich war das eine große Überwindung, denn andere Menschen konnten mich nun in diesem Zustand sehen und das war fast unerträglich für mich gewesen. Nicht der Herr der Lage zu sein und noch weniger Herr meines eigenen Körpers.

Martha fragte mich, ob ich das Leben von Anderen leben wollte und nur das tun, was die Gesellschaft von mir erwartete. Oder ob ich mutig genug wäre, mich für mein persönliches Schicksal zu entscheiden und für die Interessen meiner Familie. Sie hat mir genügend Beispiele von Menschen genannt, die größere Krisen überwunden haben und die in einer deutlich misslicheren Lage waren als ich. Denn meine Lage habe ich selbst verschlimmert, in dem ich Menschen, die ich liebte, von mir gewiesen habe. Ich dachte, dass es besser wäre für sie. Aber im Grunde war ich nur selbstbedacht. Ein egozentrischer Arsch – so nannte mich Martha, als ich mich wehrte oder sie boykottierte. Diese Frau vollbrachte ein Wunder in meinem Leben, sie holte aus mir das hervor, was ich jahrelang stets ignoriert hatte – meine Seele.

Eines habe ich verstanden: Wenn man die Zeit zurückdrehen könnte, hätte ich wieder genauso gehandelt, ich hätte den Jungen wieder gerettet. Wieder und wieder hätte ich das getan. Auch dann, wenn ich gewusst hätte, wie es endete. Anja hatte Martha angefleht, ihr und mir zu helfen. Martha stimmte zu, aber nur unter der Bedingung, dass meine Familie das Haus vorübergehend verließ. Ich musste spüren, was mir wirklich wichtig war und was an oberste Stelle im Leben eines Menschen stehen sollte. Martha teilte mir mit, dass sie großen Respekt vor Menschen hätte, die sich für andere einsetzten. Genau aus diesem Grund würde sie mir helfen mein Leben wieder in Ordnung zu bringen. Ich würde sogar wieder laufen können, aber nur, wenn ICH es wollte. Damals sah ich sie mit einem ungläubigen Blick an, sie lächelte mich mit ihrem berühmten breiten Lächeln an und sagte, dass meine Beine sich in meinen Händen befänden. Sie glaubte ganz fest an mich, ich musste es nur selbst auch tun. Und wissen Sie was, Mr. Adams?«

Victor zog fragend seine Augenbraue in die Höhe.

»Ich habe dieser Frau vertraut. Sie hatte kein Mitleid mit mir, sie war gradlinig und direkt, blieb sachlich und emotionsfrei. Mit anderen Worten, sie hatte keinen Grund mich zu belügen. Ich fragte Martha, ob sie mich dabei unterstützen würde, wieder Laufen zu können. Sie sah mich an und fragte:

»Was glauben Sie, was ich hier die ganze Zeit mache, Socken stricken?«

So begann mein tägliches, mühseliges Training. Ich war so fest entschlossen wieder zu laufen, dass ich mich selbst überhaupt nicht schonte. Martha musste mich bremsen. Sie sagte, dass ich geduldig mit mir selbst sein sollte. Alles bräuchte seine Zeit, auch mein Körper und wenn ich so weitermachte, würde ich mir eine Entzündung zuziehen, die mich wieder zurückwerfen würde. Gegen dieses Argument war ich machtlos. Ich musste kürzer treten mit dem Training.

Eines Tages brachte Martha ein paar Bücher, die mich zwischendurch ablenken sollten. Chinesische Weisheiten, Buddhismus, Bewusstseinsentwicklung und vieles mehr. Das Gelesene bewegte mich dazu, einiges an meinem Dasein in Frage zu stellen. Der Inhalt erschien mir sehr logisch. Ich konnte es leicht annehmen. Nur wusste ich nicht, wie ich es in meinem Leben umsetzen sollte. Alles, was ich liebte, glaubte ich verloren zu haben. Anderseits wollte ich nicht wie bisher weitermachen. Ich fragte Martha um Rat. Sie lächelte mich wie immer an.

›Die Vergangenheit können wir nicht ändern, aber die Gegenwart und die Zukunft schon. Dinge, auf die wir uns fokussieren, nehmen immer Gestalt an.‹

Manchmal sprach sie in Rätseln und ich dachte viel über ihre Worte nach.

›Es ist nicht unsere Aufgabe die Welt zu retten, denn mit der Welt wird alles in Ordnung sein, wenn jeder sich zuerst um den eigenen Kram kümmert.‹

Dieser Satz wurde zu meinem neuen Lebensmotto.«

Harrys Erzählung bewegte Victor sehr. Er verweilte in seinen Gedanken. An seinem Gesicht konnte man deutlich erkennen, wie es in ihm arbeitete.

Nach einer Weile wollte Victor doch wissen, was aus Harrys Familie geworden war.

»Oh, es ist alles bestens. Damals, nachdem ich mein Gehvermögen wiederhatte, bemühte ich mich sehr intensiv um das Herz meiner Frau, Anja. Mir war bewusst, dass ich sie stark verletzt hatte, und dass es nie wieder so sein würde, wie es einmal war. Das wollte ich auch nicht. Denn es sollte besser werden. Natürlich hat dieser Prozess gewisse Zeit in Anspruch genommen, aber es hat sich mehr als gelohnt. Wir wurden sogar noch mal Eltern. Zwillinge! Zwei wundervolle

Prinzessinnen!«, seine Stimme wurde besonders sanft, als er von ihnen sprach.

Sogar seine Augen wurden leicht feucht. Das berührte Victor sehr und umso nachdenklicher wurde er.

Die Autobahnschilder kündigten die erste Ausfahrt nach Bremen an. Die Fahrt ging zu Ende. Die letzte halbe gemeinsame Stunde wurde überwiegend in Stille verbracht. Harry konzentrierte sich auf den Straßenverkehr und Victor dachte darüber nach, wie er das wieder gut machen sollte, wovor er seit langer Zeit weggelaufen war.

Kapitel 12

Für Richard und Svenja Stevens war Victor wie ein Familienmitglied. Wärmstens wurde er von beiden in Empfang genommen. Sein letzter Besuch im Haus der Stevens lag ein paar Jahre zurück. Alle drei umarmten sich herzlich. Nettigkeiten wurden ausgetauscht. Komplimente an Svenja verteilt, die mit ihren achtundvierzig Jahren genauso bezaubernd aussah, wie vor zwanzig Jahren, als Richard sie Victor mit den Worten »Begleiterin für den Rest meines Lebens« vorgestellt hatte.

»Victor, du weißt doch, dass eine Frau nicht älter wird, sondern interessanter«, erwiderte Svenja Victors Bewunderung mit einem Zwinkern.

»Ja. Das sagte meine Mutter auch immer«, er lächelte sie mit Begeisterung an.

»Das habe ich von Valentina gelernt. Wie geht es ihr übrigens?«, fragte Svenja.

Victors Gesichtsausdruck veränderte sich rasch. Er wirkte verloren.

»Ich habe sie lange nicht gesehen. Wir telefonieren, manchmal. Es ging ihr gut beim letzten Telefonat.«

»Victor, ein Zimmer für dich wurde vorbereitet. Du kannst dich dort frisch machen. In einer halben Stunde erwarten wir dich zu Tisch.«

Richard rettete die Situation mit seinem Angebot. Victor schätzte die Fähigkeit seines Freundes, zum richtigen Moment die richtige Aussage zu treffen, sehr. Richard war wie ein älterer Bruder für Victor und einer von den wenigen Menschen, auf dessen Meinung er großen Wert legte. Auch jetzt war er ihm sehr dankbar, dass er dieses heikle Thema, seine Familienangelegenheiten, erstmal umgehen konnte.

Zum verabredeten Zeitpunkt, saßen die drei an einem massiven handgefertigten Esstisch aus sibirischem Zedernholz. Dieser Tisch war zum Herzstück des Hauses geworden. So taufte ihn Richard, als er ihn vor vielen Jahren bei einem russischen Meister für eine enorme Geldsumme anfertigen ließ. Damals planten Richard und Svenja viele Kinder, die an diesem Tisch zusammenkommen sollten, ihren Tag besprechen und von ihren Erlebnissen berichten. Aber jahrelange Versuche, Kinder zu bekommen, scheiterten. Der Tisch war geblieben. Und somit die Erinnerung an alte Zeiten.

Es wurde reichlich gedeckt. Svenja war eine hervorragende Gastgeberin. Victor fühlte sich wohl im Kreise seiner Freunde. Ein paar Gläser Rotwein in entspannter Atmosphäre. Beide Männer erinnerten sich an die Jugendzeiten und an ihre tollpatschigen Versuche, Frauen zu verführen. Svenja lachte von Herzen, obwohl sie diese Geschichten schon mehrmals gehört hatte. Es erinnerte sie an Zeiten, als alle Beteiligten sehr glücklich gewesen waren. Zu gerne hätten sie diese zurückgeholt, aber es war leider nicht möglich. Sie und ihr Mann Richard vermissten den guten alten Victor Adams und seine Familie. Beide waren froh, dass Victor diesmal die Einladung angenommen hatte. Denn sämtliche Versuche, ihn von seinem Schmerz abzulenken, die im Laufe der Zeit unternommen worden waren, scheiterten.

Nach ein paar schönen gemeinsamen Stunden ließ Svenja die Männer unter sich. Ihr war klar, dass ihre weiblichen Ohren bei gewissen Themen nicht erwünscht waren. Sie respektierte die männlichen Gefühle, genau wie ihre Bedürfnisse. Svenja stand auf, küsste beide Männer auf die Wange und wünschte ihnen eine gute Nacht. Beim Verlassen des

Saales, drehte sich die Gastgeberin noch einmal um und sagte:

»Victor, ich freue mich, dass du hier bist.«

»Ich freue mich auch, Svenja. Das ist das beste, das ich in der letzten Zeit gemacht habe. Ab sofort wird alles anders. Gute Nacht, Liebes.«

Victors Stimme war klar und sehr sanft. Er bewunderte diese Frau, die er wie eine Schwester liebte. Als Svenja außer Sichtweite war, bot Richard sein Arbeitszimmer für die weitere Unterhaltung an. Mit guten Zigarren und hervorragendem Whisky, wie in alten Zeiten. Victor fasste sich ans Kinn:

»Ich dachte, du fragst nie, alter Fuchs.«

»Wann sollte ich das tun? Svenja wollte auch etwas von dir haben, mein Freund.«

Richard zwinkerte Victor vielversprechend zu und klopfte seinem Freund auf die Schulter:

»Meine Frau hat Recht. Schön, dass du da bist, Victor Adams!«

Richards Arbeitszimmer war seit Victors letztem Besuch unverändert geblieben: Ein eleganter Schreibtisch, der immer makellos aussah und den Eindruck machte, nie benutzt zu werden. Zwei gemütliche schwarze Ledersessel in denen bereits viele Männergespräche stattgefunden hatten. Eine geräumige Schrankwand mit zahllosen Büchern und Ordnern, ein prachtvoller persischer Teppich in der Mitte des Zimmers, passend zum Farbton einer schweren sandfarbenen Portiere, und ein paar grüne großblättrige Pflanzen, die für eine behagliche Atmosphäre sorgten.

Richard holte einen Humidor aus dem Fach seines Schreibtischs, reichte ihn Victor, der daraus eine Zigarre entnahm, und füllte zwei Whiskygläser.

»Weißt du, mein Freund, dass ich all diese Sachen«, Richard

deutete auf Whisky und Zigarre, »nur mit dir treiben darf? Svenja kontrolliert mich sehr. Sie passt auf meine Gesundheit mehr auf, als ich es selbst tue.«

Richard grinste.

»Sie liebt dich«, erwiderte Victor kurz.

»Ja, das tut sie. Und ich liebe sie. Mehr als alles andere auf dieser Welt. Dann kommen du, Victor Adams und deine Familie«, Richard machte eine kurze Pause. Als er wieder zu sprechen begann, nahm seine Stimme einen bedrückten Ton an:

»Ich würde alles für dich tun, damit du wieder glücklich bist, Victor. Du bist ein Teil meiner Familie, es zerreißt mich innerlich, sehen zu müssen, wie du leidest. Was kann ich tun? Sag es mir.«

Victor spürte, wie tiefe Dankbarkeit in ihm hochstieg. Er schätzte und liebte seinen Freund und er wusste, dass er einiges wieder geradebiegen musste.

»Richard, danke. Danke, dass du es geschafft hast, mich dazu zu bringen nach Deutschland zu kommen.«

»Dafür musste ich erst fünfzig werden«, kommentierte Richard humorvoll.

»Du hast mir ein Ultimatum gestellt.«

»Ich wusste mir nicht anders zu helfen. Möglicherweise hätte ich dich verloren, wenn du nicht gekommen wärst. Aber ich wollte diesem Elend ein Ende setzen und musste unsere Freundschaft riskieren. Victor, du hast eine große Verantwortung. Sophie braucht dich, deine Mutter braucht dich, du hast zwei Firmen am Hals und Menschen, die dort beschäftigt sind. Svenja und ich brauchen dich auch. Ich kann dir nur helfen, wenn du es zulässt. Um dir das mitteilen zu können, musste ich dich sehen«, sagte Richard mit ernster Stimme.

»Ich weiß es. Und ich bin dir unendlich dankbar. Für alles. Ich kenne dich und weiß, dass deine Aussagen ein enormes Gewicht haben. Darum bin ich hier. Ich wollte euch auf keinen Fall verlieren.«

Victor nahm einen Zug von der Zigarre und genoss für einen kurzen Moment ihre Wirkung. Richard tat es ihm gleich.

»Mein Erwachen begann auf dem Weg nach Deutschland«, fing Victor an zu erzählen.

»Zuerst traf ich auf dem Flug eine nette Flugbegleiterin, die trotz der bevorstehenden Beerdigung ihrer Mutter eine ansteckende Lebensfreude ausstrahlte. Sie sagte, dass ihre Mutter sehr unglücklich wäre, wenn sie sehen müsste, dass ihre Tochter wegen eines natürlichen Prozesses, wie dem Tod, litt. Sie müsse leben, lieben und genießen, damit ihre verstorbene Mutter stolz auf sie sei, wenn sie vom Himmel zu ihr hinuntersieht. Und da leuchtete mir zum ersten Mal ein, Richard, was für ein Egoist ich war. Ich versank im Sumpf aus Selbstmitleid. Ich wurde blind und taub für andere Menschen. Mich nervte und belastete meine Verantwortung anderen gegenüber. Ich war wütend auf das Leben, weil mir die einzige Frau weggenommen wurde, die ich von ganzem Herzen liebte. Zusammen mit Emmanuelle begrub ich unsere Träume von einer großen Familie und gemeinsamen Altwerden. Am Tag ihres Begräbnisses schwor ich mir, mich nie wieder zu verlieben. Ich bleibe ihr ewig treu.«

Richard hörte aufmerksam zu. Er fühlte mit Victor, denn er konnte es sich überhaupt nicht vorstellen, ohne seine Frau Svenja leben zu müssen. Er wusste keinen Rat für seinen Freund, weil jegliche Worte in einer solchen Situation überflüssig waren. Victor stand auf und ging zum Fenster. Er blickte in die Dunkelheit und auf die entfernten Laternenlichter.

»Dann kam Harry. Mein Chauffeur, den du übrigens toll für mich organisiert hast. Wir haben uns etwas unterhalten und ich muss sagen, dass dieser Mann mich sehr beeindruckt hat. Er schreibt wunderbare Gedichte, die ich durch Zufall zu Gesicht bekommen habe. Ich will ihn verlegen. Das erste Mal seit langer Zeit habe ich wieder Lust darauf. Richard, ich spüre, wie das Leben wieder meinen Geist befüllt. Ich muss noch so viel erledigen. Ich muss Sophie und Mutter besuchen. Ich muss bei meiner Tochter um Vergebung bitten. Die Kleine hat nicht nur ihre Mutter verloren, sondern auch den Vater. Was für ein Arsch bin ich Richard, dass ich mein eigenes Kind im Stich gelassen habe?«

Richard stellte sich neben Victor. Er legte ihm die Hand auf die Schulter. Beide Männer schwiegen. Gemeinsam würden sie alles schaffen, denn so war es immer.

»Sophie wartet auf dich. Sie ist dir nicht böse. Auch Valentina nicht. Ich telefoniere regelmäßig mit deiner Mutter.«

Mit einem hoffnungsvollen Blick sah Victor seinen Freund an.

»Glaubst du?«, fragte er unsicher.

»Ich weiß es«, gab Richard überzeugt zurück.

»Es ist Zeit schlafen zu gehen, mein Freund. Du hast einen ereignisreichen Tag hinter dir. Morgen Abend steigt die große Party und wir müssen alle in Topform sein. Svenja hat sich viel Mühe gegeben, ich hatte einfach keine Chance gegen diese Frau. Viele wichtige Menschen wurden eingeladen. Potentielle Kunden mit dicken Konten. Morgen ist Kontakteknüpfen angesagt. Übrigens, für deine Sicherheit gegen den weiblichen Ansturm ist gesorgt. Ich habe dir am Telefon versprochen, dass die Frauen dich in Ruhe lassen werden. Ich halte mein Versprechen. Svenja hat eine Begleitung für dich organisiert.«

Victor sah Richard mit einem schalkhaften Blick an, seine Stimme klang etwas sarkastisch:

»Als Svenja für mich das letzte Mal diese Art Dienstleistung organisierte, hatte es ein böses Nachspiel.«

Richard konnte sich ein Grinsen nicht verkneifen:

»Allerdings. Daran kann ich mich auch erinnern. Mila hatte große Pläne für dich. Sie ist übrigens wieder Witwe. Die Firma ihres Mannes, die Immobilien in Deutschland und Europa sowie sämtliche Wertpapiere, sind eine bescheidene Belohnung für die fünf Jahre ihrer Jugend, die sie einem achtzigjährigen Mann geschenkt hat. Mila Kosakova heißt heute Mila Kaiser und ist eine der reichsten Frauen in Norddeutschland. Vielleicht schaust du sie dir morgen genauer an.«

»Auch wenn ich bettelarm wäre, würde ich einen großen Bogen um diese Frau machen. Hinter ihrem hübschen Gesicht steckt der Teufel persönlich. Und arm ist der Mann, der in die Falle dieser Frau tappt.«

Beide Männer amüsierten sich noch eine Weile, dann verabschiedeten sie sich voneinander und verschwanden in ihren jeweiligen Zimmern.

Kapitel 13

Am nächsten Morgen als Victor von oben herunterkam, fand er Svenja in der geräumigen Küche beim versammelten Hauspersonal. Sie gab Anweisungen für den heutigen Tagesablauf und verteilte die Aufgaben mit einer gewissen Strenge in ihrer Stimme. Es herrschte höchste Aufmerksamkeit im Zimmer. Victor war bereits dabei, sich unbemerkt zurückzuziehen, um nicht zu stören, als er plötzlich seinen Namen hörte

»Guten Morgen Mr. Adams. Sie dürfen im Esszimmer am Tisch Platz nehmen. Ich kümmere mich sofort um Sie. Mr. Stevens wird jeden Augenblick dazu kommen.«

Svenjas Stimme klang professionell. Das hatte selbst ihn für einen kurzen Moment stutzig gemacht. Erst als sie mit einem:

»Guten Morgen, mein Lieber« auf ihn zukam und ihn mit einer sanften Umarmung sowie einem Kuss auf die Wange aufs Neue begrüßte, entspannte Victor sich wieder.

»Ich werde mich wohl nie an diese eiserne Lady, die du unter anderem sein kannst, gewöhnen«, flüsterte er Svenja ins Ohr, mit einem schelmischen Schmunzeln im Gesicht.

»Das musst du auch nicht«, zwinkerte sie ihm zu, »dieser Auftritt ist nur in besonderen Situationen erforderlich.«

Im Esszimmer duftete es köstlich nach Kaffee und frischen Croissants. Der Tisch war üppig mit den unterschiedlichsten Köstlichkeiten, die man sich zum Frühstück nur wünschen konnte, gedeckt. Weiße Rosen in einer eleganten Vase, eine luftige schneeweiße Tischdecke, edles Porzellan und Servietten, die künstlerisch zu einer Blüte gefaltet waren, rundeten das Bild ab.

»Werden ein paar Götter zum Frühstück erwartet? Ich komme mir vor wie im Himmel«, kommentierte Victor voller Begeisterung.

»Ja, das werden sie«, amüsierte sich Svenja.

»Du und mein Mann sind meine Götter«, fügte sie mit einer liebevollen Stimme hinzu.

Victor drehte sich zu Svenja um und umarmte sie ganz fest.

»Danke für alles.«

Victor gab sich viel Mühe, dass seine Stimme keinen sentimentalen Unterton aufwies. Das gelang ihm bei Svenja nur bedingt. Mit den Worten:

»Gern geschehen«, streichelte sie ihm kurz über den Rücken.

»Habe ich etwas verpasst?«, kam Richards Stimme von hinten.

»Du kommst genau rechtzeitig, Darling«, Svenja umarmte ihren Mann liebevoll.

»Heute ist dein Tag!«

»Alles Gute zum Geburtstag, alter Fuchs«, gratulierte Victor seinem Freund.

Beide Männer umarmten sich und klopften sich gegenseitig auf den Rücken.

»Wisst ihr was?«, begann Richard, »meine Wünsche scheinen bereits heute Morgen in Erfüllung zu gehen. So, wie es sich an einem Geburtstag gehört.«

Svenja und Victor sahen ihn gespannt an.

»Na, meine liebsten Menschen sind bei mir und verbringen mit mir diesen Tag«, erklärte Richard mit einem breiten Lächeln im Gesicht.

»Und das ist nur der Anfang«, fügte Svenja mit einer geheimnisvollen Stimme hinzu.

Mit einem Pfiff drückte Victor seine Begeisterung aus und brachte gleichzeitig alle Beteiligten zum Lachen.

»Der Kaffee wartet, meine Herren!«, Svenja deutete mit einer Handbewegung zum Tisch.

Victor drängte sich vor und zog kavaliermäßig Svenjas Stuhl heraus. Sie bedankte sich mit einem kurzen Nicken und nahm Platz. Mit einem Grinsen im Gesicht machte er das Gleiche mit Richards Stuhl. Richard machte den Spaß mit und ließ sich genussvoll von Victor bedienen.

»Aber nur weil du das Geburtstagskind bist«, sagte Victor zu seinem Freund.

Er befüllte seine Tasse mit Kaffee und legte Wurst und Käse auf seinen Teller.

»Köstlich«, murmelte Richard vor sich hin.

Svenja schmunzelte kommentarlos. Sie sah, wie glücklich ihr Mann war und wie viel es ihm bedeutete, dass Victor wieder da war.

»Jungs, lasst uns anstoßen«, rief sie, als auf ihr Zeichen drei gefüllte Champagnergläser von einer Angestellten hereingebracht wurden.

Victor stand auf. Er hustete kurz, um seine Stimme zu klären.

»Ich trinke auf das Wohl meines besten Freundes und seiner wunderschönen Frau. Ich fühle mich sehr glücklich euch beide an meiner Seite zu haben. Von Herzen Danke, für eure grenzenlose Geduld. Und dafür, dass es euch gibt. Cheers.«

»Cheers.«

»Cheers!«

Die Gläser erklangen.

In einer gemütlichen Unterhaltung wurden unter anderem die Pläne für den Tag besprochen. Svenja teilte den Männern mit, dass sie sich den Vorbereitungen für das Event widmen musste, aber sie sich am Abend wiedersehen würden. Richard schlug Victor vor die Dokumentation der gemeinsamen Firma durchzugehen. Ebenso berichtete er, dass er später einen wichtigen Termin wahrnehmen musste, den er leider nicht verschieben konnte. Er sagte genauso, dass Harry Victor weiterhin zur Verfügung stehen würde. Wenn Victor wollte, konnte er Harrys Dienste bis zum Abend in Anspruch nehmen. Victor war mehr als einverstanden. Er wollte mit Harry die Details für den Gedichtband besprechen. Außerdem gab es mit Sicherheit noch etliche Themen, die man mit einem erfahrenen Menschen wie Harry bereden konnte.

Punkt zwölf stand Harrys Wagen vor dem Tor der Stevens. Frühlingshaft gekleidet, in einer sandfarbenen Chinohose und einem karierten Kurzarmhemd, stieg Victor gutgelaunt ins Auto. Die Männer begrüßten sich. Sogleich ließ Harry den Wagen an und mit schnellem Tempo fuhren sie vom Anwesen.

»Haben Sie besondere Wünsche, Mr. Adams?«, fragte Harry Victor.

»Nein, Harry, die habe ich nicht … obwohl, ich würde mir mehr Natur und weniger Menschen wünschen«, fügte Victor hinzu.

»Genau so habe ich Sie eingeschätzt. Vertrauen Sie mir.«

»Das tue ich, Harry. Ich muss ehrlich gestehen, ich genieße Ihre Gesellschaft.«

»Danke, Sir«, kam prompt die Antwort.

Die Fahrt dauerte eine gute Stunde. Der Motor wurde still, als sie am Ufer eines breiten Flusses parkten. Victor stieg aus und dehnte sich. Eine einladende Landschaft machte sich vor seinen Augen breit. Hohe Bäume und unterschiedlich große Steine säumten sich um das Wasser herum. Victor wollte gerade runter zum Fluss gehen, als er sich umdrehte, um nach Harry zu sehen. Dieser holte zwei Angeln aus dem Kofferraum. Victor eilte zum Wagen, um Harry beim Auspacken zu helfen.

»Wir angeln?«, fragte Victor erfreut.

»Als Mr. Stevens heute Vormittag anrief und mich bat Sie zu unterhalten, wollte ich etwas Besonderes mit Ihnen unternehmen. Hafenpromenade, Cafés oder Stadtpark erschienen mir zu klischeehaft. Zumindest brauchen Sie mich nicht dafür. Ich habe nachgedacht, was mir selbst gefallen würde und kam aufs Angeln. Mein Vater nahm mich als Junge immer mit zum Angeln. Er bezeichnete es als Mentalsport. Vater lehrte mich die Kunst des Zuhörens. Er sagte, dass man alles was man braucht, von der Natur lernen könnte. Das hat mir übrigens ein paar Mal das Leben gerettet.«

Victor und Harry gingen vollgepackt zum Ufer. Harry zog seine lackierten schwarzen Schuhe aus und stellte sie weg. Er krempelte die Hose hoch und forderte Victor mit einer Kopfbewegung auf seine Schuhe ebenfalls auszuziehen. Ein paar Minuten später standen beide Männer auf einem größeren Felsen und bereiteten die Angeln vor. Victor imitierte eifrig jede Bewegung die Harry vorführte. Als Victors Angelschnur mit Maiskörnern am Haken im Wasser war, entspannte er sich ein wenig. Aber er lehnte den Campinghocker ab, den Harry ihm zum Hinsetzen anbot. Victor kam sich vor wie ein kleiner Junge. Seine Begeisterung und Aufregung standen ihm ins Gesicht geschrieben. Er wollte nichts verpassen. Harry schien sehr entspannt zu sein. Er beobachtete genussvoll das Geschehen. Es wurde nicht viel geredet, denn es herrschte höchste Konzentration. Zumindest bei Victor. Eine plötzliche Bewegung im Wasser zog die Aufmerksamkeit der Männer auf sich. Victors Angel bewegte sich. Nach genauer Anweisung zog er die Schnur aus dem Wasser. Ein Fisch war am Haken. Victor strahlte übers ganze Gesicht.

»Ein Flussbarsch. Herzlichen Glückwunsch«, sagte Harry zu ihm.

»Anfängerglück«, gab Victor verlegen zurück.

So viel Spaß, wie an diesem Nachmittag mit Harry beim Angeln, hatte Victor schon lange nicht mehr gehabt. Der weise Chauffeur weihte Victor in die Geheimnisse des Fischens ein. Er erklärte, dass viele Fische unter Artenschutz standen, und dass man nur eine bestimmte Anzahl vom Fang mitnehmen durfte. Victor erfuhr, dass man in Deutschland nur mit einem Angelschein angeln durfte. Er zwinkerte ihm zu.

»Ich habe so einen Schein, Mr. Adams, keine Sorge.«

Harry war ein erfahrener Hase, der viel darüber wusste und es sehr spannend rüberbrachte. Die Zeit verging wie im Flug. Sie mussten aufbrechen. Bis zur Geburtstagsparty waren es nur noch wenige Stunden. Die Männer packten alle Sachen ins Auto. Harry zog sich wieder an und fragte mit erster Stimme:

»Mr. Adams, was halten Sie davon, wenn Sie diesen Fisch morgen zu Mittag bei uns zu Hause serviert bekommen?«

»Ist das eine Einladung, Harry?«

»Ja, Mr. Adams.«

»Nur unter einer Bedingung: Du nennst mich ab sofort Victor. Schließlich bin ich nicht dein Auftraggeber, sondern nur eine Fracht.«

Beide Männer amüsierten sich über diesen Vergleich.

»Abgemacht, Victor. Also morgen hole ich dich gegen Mittag ab«, teilte Harry mit und ließ den Motor an.

Auf dem Rückweg unterhielten sich die Männer sehr eifrig. Victor erklärte Harry den Prozess der Buchentstehung und beschrieb einzelne Schritte, die dafür notwendig waren. Am nächsten Tag sollte die Übergabe von Harrys Gedichtheften stattfinden, damit diese in London zu einem Buch umgewandelt werden konnten. Als der Wagen in der Einfahrt der Stevens stehen blieb, informierte Harry ihn, dass er heute Abend auf Bitte von Mr. Stevens auch da sein würde und für die Mobilität der Gäste, die im Hotel einquartiert waren, zuständig war.

»Falls du mich brauchst, ruf an. Ich bin in der Nähe«, sagte Harry zum Schluss.

»Danke, Harry. Aber ich glaube, dass du für heute genug für mich getan hast. Wir sehen uns morgen. Ich freu mich unseren Fisch probieren zu können.«

Victor verabschiedete sich mit einem kräftigen Händedruck. Mit lautem Durchdrehen der Reifen verschwand der schwarze Mercedes um die Kurve. Victor schmunzelte und öffnete die schwere Metalltür, die in einen feudal gestalteten Vorgarten mit zwei großen Springbrunnen führte.

Kapitel 14

Es war Karfreitag und Lisa wurde durch die knarrende Treppenstufe geweckt. Ihre Mädels waren also schon wach. Ein freudiges ›Wuff‹ ertönte und sie wusste, dass Schoko gerade von einer der beiden gekrault wurde. Lisas Müdigkeit verschwand schlagartig, als sie an den heutigen Tag und an seinen Namen dachte: Victor Adams. Wie er wohl aussah? Welcher Mann, der ein Frauenmagnet war, buchte sich eine Begleitung? Er musste Geld besitzen, das auf jeden Fall, doch vermutlich war er hässlich, denn sonst hätte er eine Begleitung für die Veranstaltung. Ja, das würde es wohl sein. Ein hässlicher Mann mit viel Geld. Der nur seines Geldes wegen von den Frauen begehrt wurde. Damit hatte Lisa kein Problem. Sie konnte sich und die Mädchen versorgen, brauchte keinen Mann, der sie finanziell aushielt. Außerdem wollte sie sich nicht verlieben. Sie hatte derzeit einen guten Weg zu sich selbst gefunden. War endlich im Reinen mit sich und zur Ruhe gekommen.

Während des Frühstücks teilte Lisa ihren Mädchen mit, dass sie heute Abend wegmusste, aber Klara bei ihnen sein würde. Sie freuten sich darüber, denn sie mochten Klara sehr. Maxima und Alexa waren nach dem Essen mit Freundinnen im Park verabredet und nahmen Schoko mit. Klara kam pünktlich um 14 Uhr. Sie war schwer beladen mit Kleidern, die fein säuberlich in Schutzhüllen verpackt waren. Klara drängte sich an Lisa vorbei und legte die Kleider behutsam auf die Couch. Anschließend drehte sie sich auf ihrem Absatz herum, nahm Lisa an der Hand und sagte:

»Komm, das war noch nicht alles, mein Auto ist vollgepackt. Du darfst ruhig tragen helfen.«

Das tat Lisa auch und im Nu wurde das Wohnzimmer in einen Beautysalon verwandelt. Die zwei ließen die Korken knallen. Der prickelnde Sekt lockerte die Atmosphäre weiter auf. Kleider wurden ausgepackt und überall im Raum aufgehängt. Der Wohnzimmertisch wurde mit Make-up, Fön, Pinsel und Bürsten bestückt. In der Mitte des Raumes stellten sie einen Stuhl auf. Lisa ging rings um und betrachtete die Kleider. Ihr Augenmerk fiel auf ein zartrosa Kleid mit Spitze am Dekolleté.

»Schlüpf rein«, forderte Klara sie auf.

Der Stoff floss wie Wellen über ihren Körper. Sie strich sich über den Bauch. Dann ging sie langsam in den Flur und stellte sich vor den großen Spiegel. Sie flüsterte:

»Ich werde nicht weitersuchen müssen, das ist es.«

»Es ist wirklich sehr schön, aber das ist vielleicht doch nicht das richtige für eine besondere Highfashion-Veranstaltung. Hier, nimm dieses mit den Pailletten, das passt wunderbar zu deinen Augen.«

Lisa war sich nicht sicher, denn eigentlich hatte sie sich schon entschieden. Klara sah es ihr an.

»Lisa, das Kleid steht dir wirklich gut, aber bitte, versuche noch ein anderes.«

Lisa murrte kurz, tat dann aber wie geheißen. Mit Erstaunen stellte sie fest, dass ihr das zweite Kleid tatsächlich besser passte. Ihre Augen strahlten. Der seidene Stoff fühlte sich herrlich weich auf ihrer Haut an und umspielte ihre Rundungen. Sie konnte den Blick nicht von ihrem Spiegelbild abwenden. Klara schmunzelte zufrieden.

»Warte mal, bis ich dich geschminkt habe.«

Lisa setzte sich auf den Stuhl und Klara begann ihr die Haare hochzustecken.

»Willst du mir nicht verraten, was das für eine Veranstaltung ist?«, fragte sie ihre Freundin.

Lisa atmete hörbar aus.

»Ich kann noch nicht darüber sprechen, aber es ist sehr wichtig für mich. Man kann es mit einer Aufgabe vergleichen. Eine Aufgabe, die mir gestellt wurde und die ich erfüllen möchte, um meine persönlichen Grenzen auszudehnen und darüber hinauszuwachsen. Klara, glaube mir, es wird sich alles zum Positiven verändern. Ich weiß es. Und ich verspreche dir, wenn die Zeit reif ist, werde ich dir darüber berichten.«

Klara nickte und Lisa war dankbar, dass ihre Freundin keine weiteren Fragen stellte.

»Wolltest du mir nicht noch etwas erzählen? Von dem gestrigen Mittagessen beim Italiener?«

Lisa sah ihre Freundin an und bemerkte, wie sich eine sanfte Röte in ihr Gesicht legte.

»Aha«, sprach Lisa weiter, »wusste ich es doch. Wie heißt der nette Kellner?«

Klara schluckte.

»Alfonso.«

Die beiden sahen sich an und kicherten wie Teenager. Und genauso fühlte sich Lisa, zurückversetzt in die Zeit, in der noch alles so schwerelos schien, als könnte man die Welt mit einem Wort verändern.

»So so, Alfonso. Und weiter?«

»Nichts weiter, wir schreiben und vielleicht treffen wir uns nach Ostern.«

Lisa lächelte zufrieden und schloss die Augen, als Klara begann sie zu schminken.

Die Haustür ging auf und zwei erschöpfte Mädchen und

ein ausgepowerter Vierbeiner kamen herein. Sie schauten sich das Getümmel im Wohnzimmer an.

»Was geht denn hier ab?«, fragte Maxima.

Lisa erklärte ihr, dass sie zu einer wichtigen Abendveranstaltung müsse und auf viele neue Kunden treffen würde. Das war zwar halb geflunkert, aber sie wollte ihre Kinder vor der Wahrheit schützen. Alexa tippte ihrer Schwester auf die Schulter und verdrehte die Augen.

»Komm, wir gehen hoch und hören Musik.«

Gegen halb sieben war Lisa gestylt. Sie sah aus, als wäre sie einem Hochglanzmagazin entsprungen. Zufrieden betrachtete sich die junge Frau im Spiegel. Sie rief ihre Kinder, die gleich herunterkamen und ihre Mutter mit großen Augen musterten.

»Du siehst richtig super aus, Mama«, äußerte sich die dreizehnjährige euphorisch.

»Danke. Ich gehe jetzt, seid brav und hört auf Klara. In Notfällen könnt ihr mich auf dem Handy erreichen.«

»Bist du sehr aufgeregt?«, fragte Klara.

Lisa nickte verhalten, denn sie wollte nicht, dass ihre Kinder etwas von ihrer Nervosität mitbekamen. Sie verabschiedete sich herzlich und ging.

Ein Taxi brachte Lisa zur Agentur. Svenja wartete bereits auf sie. Sie trug ein elegantes schwarzes Kleid, das bis zum Boden reichte. Der Ausschnitt war ein Blickfang, aber dennoch diskret genug, um nicht mehr zu verraten, als er sollte. Die Highheels machten Svenja gute zehn Zentimeter größer und die Haare waren seitlich zu einem eleganten Knoten gebunden. Doch das waren nur Äußerlichkeiten, die Lisa sah. Svenja strahlte noch mehr aus: Klasse. Sie trug nicht nur High Fashion, diese Frau war High Class.

Kapitel 15

Svenja reichte Lisa die Hand.

»Guten Abend, Sie sehen toll aus. Sind Sie bereit für Mister Adams?«

Lisa nickte zurückhaltend.

»Danke. Das Kompliment kann ich nur zurückgeben. Und ja, ich bin bereit für Mr. Adams. Den Steckbrief habe ich mittlerweile auswendig gelernt.«

»Gut, dann lassen Sie uns gehen. Draußen wartet die Limousine.«

Der Chauffeur öffnete den beiden Damen jeweils die Tür und beugte zur Begrüßung den Oberkörper. Gegen 20 Uhr kamen sie bei der Villa an. Der Fahrer eilte aus dem Wagen und öffnete zuerst Svenja und dann Lisa die Tür. Er wünschte einen schönen Abend und fuhr die Limousine weg. Lisa war beeindruckt von der Größe des Anwesens. Vor der Villa befanden sich zwei imposante Brunnen, die beleuchtet waren. Antike Damen aus Marmor hielten Krüge in der Hand, aus denen Wasser floss. Die Einfahrt war mit kleinen weißen Kieselsteinen geschmückt. Das sah zwar schön aus, erschwerte jedoch den Gang in Stöckelschuhen. Lisa sah Svenja an und diese unterdrückte ein Lächeln, was sie für Lisa noch sympathischer machte.

»Dort vorne kommen gepflasterte Steine. Sagen Sie nichts Elisabeth, mein Mann wollte das so und manchmal muss man den Männern ihren Willen lassen.«

Lisa war erleichtert, als sie auf dem gepflasterten Weg ankamen. Dieser führte zu einer breiten Steintreppe mit schier endlosen Stufen. Geschwungene Bögen zierten die Seiten der

Treppe. Lisa fühlte sich wie Cinderella auf dem Weg zum Königsball. Ihr Herz schlug schnell und ihre Wangen glühten vor Aufregung. Mit beiden Händen raffte sie den feinen Stoff ihres Kleides. Oben angekommen erblickte sie das riesige Anwesen. Es glich einem Schloss. Lisa hatte Mühe ihren Mund geschlossen zu halten. Die Fenster reichten vom Boden bis an die Decke. Eine riesige Veranda erstreckte sich um das Gebäude. Svenja blieb stehen und Lisa automatisch auch.

»Bereit?«

Lisa bejahte, Svenja ging voraus. Zwei Männer in schwarzen Anzügen öffneten die großen Flügeltüren. Lisa atmete schwer, als sie den Saal betraten. Ihr war etwas schwindelig, als sie die Menschen sah.

Welcher hier wird wohl dieser Victor Adams sein?

Svenja führte sie herum und sie kamen zu einem adrett gekleideten Mann.

»Elisabeth, das ist mein Mann Richard.«

Er nahm ihre Hand und hauchte einen Kuss darauf.

»Freut mich Sie kennenzulernen, Elisabeth.«

»Ganz meinerseits Richard.«

Er zwinkerte ihr zu und flüsterte in ihr Ohr:

»Sie sind sicherlich gespannt meinen Freund Victor kennenzulernen, oder?«

Lisa nickte dezent. Svenja schaute ihren Mann an und nahm seine Hand. Mit seinem Zeigefinger fuhr er über ihren Handrücken.

»Kommen Sie Elisabeth, ich werde Ihnen jetzt Victor vorstellen«, sagte Svenja leise, »allerdings hatte er noch eine Bitte. Er möchte, dass Sie sich als seine Cousine ausgeben.«

Lisa war etwas irritiert, zeigte dies aber nicht, immerhin war dies ein Job, den sie zu erledigen hatte. Andererseits entspannte es sie, denn so war das Thema Sex vom Tisch, denn das hatte sie insgeheim sehr beschäftigt. Sie nickte und streckte den Rücken durch. Die Agentin führte sie an ein paar Gästen vorbei, bis sie zu einem Mann kamen, der aus einem der Fenster blickte. Er hatte eine große, stattliche Figur und trug, soweit sie das von hinten beurteilen konnte, einen sündhaft teuren Anzug. Der Stoff schimmerte im abendlichen Licht. Svenja räusperte sich und legte ihren Arm auf den des Mannes.

»Victor?«, sprach sie ihn leise an, »hier ist deine Begleitung.«

Als er sich umdrehte, stockte Lisa der Atem. Dieser Mann der hier vor ihr stand.

Das konnte nicht möglich sein.

Sie schluckte. Er lächelte sie an und dabei kamen kleine Grübchen an den Wangen zum Vorschein.

Diese Grübchen.

Er nahm sie in den Arm.

»Hallo Elisabeth, schön, dich endlich wiederzusehen.«

Lisa stockte immer noch der Atem. Dieser Mann, der sie eben hier so kameradschaftlich in den Arm nahm, war der Mann, den sie gemalt hatte. Sie hatte nicht Sky gemalt, sie hatte Victor gemalt. Victor Adams. Lisas Hände waren kalt. Ihr erster Impuls riet ihr wegzulaufen. Doch sie hielt sich zurück.

Sie mahnte sich zur Ruhe, in solchen Kreisen lief man nicht schreiend davon. Man wahrte die Contenance. Und genau das tat sie jetzt. Sie lächelte ihn freundlich an und antwortete:

»Victor, Cousin, es freut mich sehr, dich wiederzusehen. Es muss Jahre her sein, seit wir uns bei Tante Emilia auf der Hochzeit gesehen haben.«

Victor lächelte sie mehrdeutig an. Mit seiner Zunge befeuchtete er kurz die Lippen.

»Stimmt, ich glaube, es ist schon zehn Jahre her. Oder länger.«

Sie musterten sich gegenseitig und Lisa staunte, wie einfach sie einen Draht zu diesem Mann gefunden hatte.

»Möchtest du ein Glas Champagner?«, fragte Victor und hielt ihr seinen Arm zum Einhaken hin.

»Sehr gerne.«

Die beide gingen an die Bar. Lisa fielen die Blicke der anderen auf, vor allem aber auch das Getuschel. Victor reichte ihr ein Glas und prostete ihr zu. Lisa sah sich verstohlen um, eine Frau hatte ein besonderes Augenmerk auf die beiden. Eine große, schlanke Blondine in einem langen schwarzen Kleid und einem kleinen Hütchen mit schwarzem Schleier, der halb ihr Gesicht bedeckte, beobachtete die beiden genau. Ihre Blicke brannten auf Lisas Haut. Die Frau war in Begleitung eines Mannes, der ihr bis zur Schulter reichte. Offensichtlich war er nicht ihr Mann, diese Paarung hatte vielmehr etwas von einem Arbeitsverhältnis. Er trug einen kleinen Block in der Hand und flüsterte ihr hin und wieder etwas ins Ohr.

Die Blondine bahnte sich ihren Weg durch die Menschen, direkt auf Victor und Lisa zu. Sie strafte Lisa mit Ignoranz und sagte zu Victor auf Russisch: »Hallo mein Lieber, schön, dich mal wieder zu sehen.«

Victor nahm höflich ihre Hand und nickte ihr zu.

»Die Freude ist ganz meinerseits, Mila.«

Betont sprach Mila weiter:

»Wie ich sehe, ist die Zeit der Trauer bei dir vorbei? Nette Kleine, aber kann sie dir auch das Wasser reichen?«

Victor distanzierte sich und antwortete in ebenso fließendem Russisch:

»Sie ist meine Cousine. Und offensichtlich ist bei dir die Zeit der Trauer noch nicht vorbei. Einen schönen Abend noch.«

Mila verdrehte kurz die Augen und sprach auf Deutsch weiter:

»Wir sehen uns später, Victor.«

Lisa warf sie einen schrägen Blick zu und drehte sich auf dem Absatz um. Der schmierige Typ mit dem Notizblock folgte ihr. Hätte Lisa nicht verstanden, was Mila gesagt hatte, hätte sie am liebsten über diese Situation gelacht. Doch das Lachen war ihr im Halse stecken geblieben.

Was bildet sich diese Pute mit der Ratte im Schlepptau ein?

Offensichtlich erkannte Victor das Fragezeichen in Lisas Gesicht und flüsterte ihr ins Ohr:

»Das war Mila, eine ehemalige Mitarbeiterin von Svenja. Sehr fadenscheiniges Wesen. Der Mann dahinter ist ihr Assistent. Ihr Mann ist vor einem halben Jahr … hm … sehr plötzlich gestorben und seither leitet sie sein Unternehmen. Lassen Sie sich nicht von ihr beunruhigen.«

Lisa zuckte mit den Schultern, aber verschwieg weiterhin, dass sie der russischen Sprache mächtig war. Sie beschloss, dass ihr das nicht nur bei dieser Mila von Nutzen sein könnte.

»Möchtest du tanzen?«, fragte Victor etwas lauter.

Lisa bejahte. Er führte sie auf die Tanzfläche und sie schickte ein Danke in den Himmel, dass sie bereits in frühester Kindheit Tanzunterricht gehabt hatte. Elisabeth genoss die Blicke der anderen. Nach einer Weile entschuldigte sie sich bei ihm und ging ins Damenzimmer, um ihr Make-up zu überprüfen. Sie zog sich die Lippen nach und legte etwas Puder auf. Eine Frau stellte sich neben sie, wusch ihre Hände und blickte immer wieder zu ihr. Vermutlich musste sie sich im Kopf zurechtlegen, was sie zu Lisa sagen wollte, oder es fehlte ihr einfach der Mut. Doch dann platzte es ihr heraus:

»Entschuldigung! Sind Sie mit Victor Adams hier? Verzeihen Sie meine Neugierde, aber ich kannte seine Frau und er war schon sehr lange nicht mehr auf öffentlichem Parkett.«

»Ja, ich bin mit ihm hier. Sie entschuldigen.«

Mit diesen Worten verließ Lisa die Toilette. Draußen bemerkte sie die Blicke der Männer. Sie schmeichelten ihr. Einer sprach sie an:

»Guten Abend die Dame, sind Sie in Begleitung hier?«

Lisa musste wieder schmunzeln.

»Heute Abend ist doch niemand hier alleine, oder?«

Sie zwinkerte ihm zu. Lisa suchte nach Victor, konnte ihn aber nicht entdecken, also entschied sie sich an die Bar zu gehen. Kaum stand sie dort, stellte der Kellner ihr ein Glas Champagner hin.

»Oh, danke, aber ich habe nichts bestellt.«

»Sie nicht, aber der Herr dort hinten.«

Lisa drehte sich um und ein Mann Ende 50 prostete ihr zu. Höflich nickte sie und nippte an dem Glas. Der Mann verstand dies als Einladung und kam zu ihr, stellte sich direkt neben sie und reichte ihr die Hand.

»Hallo, ich bin Holger, ein langjähriger Freund von Richard. Ich habe Sie hier noch nie gesehen. Wie heißen Sie, schöne Frau?«

Lisa blieb charmant.

»Grüße Sie Holger. Dass Sie mich hier noch nie zuvor gesehen haben, liegt daran, dass ich noch nie zuvor hier gewesen bin.«

Er lachte und hustete dabei. Lisa empfand dies als befremdlich und wusste nicht, ob sie gleich erste Hilfe leisten musste, oder ob dies normal war bei Holger. Sie sah ihn ernst an. Plötzlich spürte sie eine Hand an ihrem Rücken und zuckte kurz unter der zarten Berührung zusammen. Doch die

Wärme, die von dieser Berührung ausging, beruhigte sie sofort.

»Elisabeth, ich habe dich gesucht«, sagte Victor und sah zu dem Mann neben ihr.

»Holger«, begrüßte er ihn trocken.

»Victor«, antwortete Holger und verließ die Bar. Victor Adams stellte sich ganz nah neben Lisa und sagte leise, sodass es nur für ihre Ohren bestimmt war:

»Du bist wegen mir hier, nicht für irgendeinen anderen.«

Lisa fielen sofort tausend Dinge ein, die sie am liebsten zu ihm gesagt hätte, aber sie tat es nicht. Denn er hatte Recht, sie war für ihn gebucht. Es gab keinen Grund sich aufzuregen. Sie hatte die klare Aufgabe, andere Frauen von ihm fernzuhalten und nicht an der Bar zu sitzen und zu flirten. Wenngleich das eben auch kein flirten gewesen war.

»Entschuldigung, ich habe dich nicht gleich gefunden und dachte, hier würde ich dich treffen.«

»Verzeihung Elisabeth, ich habe überreagiert. Natürlich bin ich froh, dass du hier bist. Svenja hat dir sicherlich alles gesagt, was du wissen musst.«

Zustimmend nahm Lisa seine Hand.

»Wollen wir noch eine Runde tanzen?«

Er lächelte sie an und sie rauschten übers Parkett.

Lisa hatte Spaß, sie war völlig losgelöst. Tausende Schmetterlinge flatterten in ihrem Bauch herum. Es fühlte sich großartig an, damit hatte sie gar nicht gerechnet.

»Elisabeth, ich muss etwas fürs Geschäft erledigen. Dort drüben sehe ich einen einflussreichen Mann, mit dem ich mich gerne unterhalten würde. Lass uns dort hingehen, momentan ist er allein mit seiner Frau.«

Er nahm Lisas Hand und die beiden steuerten auf das Paar zu.

»Dieter Schneider, schön Sie und Ihre reizende Gattin Marielle zu sehen.«

Er nahm die Hand der Frau und hauchte einen Handkuss darauf, dann drückte er fest die Hand des Mannes.

»Die Freude ist ganz auf meiner Seite, Mister Adams. Es ist schön, Sie mal wieder bei einem festlichen Anlass zu treffen. Wie geht es Ihnen und Ihrer...«

»Cousine. Das ist meine Cousine Elisabeth.«

Da schoss es Lisa wie ein Blitz durch den Kopf. Der Nachname! Er kannte ihn nicht. Schnell sagte sie:

»Elisabeth Adams. Die Cousine väterlicherseits«, und reichte Dieter die Hand.

Der nickte höflich. Danach wandte er sich Victor zu und die beiden verfielen sofort in den Businessmodus. Lisa machte Smalltalk mit Marielle, die ihre Botox-Lippen zur Schau trug.

Sofort hatte Lisa ein Thema mit ihr. Die Frauen sprachen über Kosmetik und Kleidung. Lisa erkannte den exquisiten Geschmack der Frau. Auch die Oberflächlichkeiten, die Lisa aber absolut nicht störten, fielen ihr auf. Marielle konnte man nicht ansehen, ob sie fröhlich oder traurig war, an ihren Gesichtszügen hatte Botox wohl etwas auszusetzen.

»Entschuldigen Sie Lisa, da ist meine Freundin Babette. Die möchte ich gerne begrüßen. Nächsten Monat veranstalten wir eine Charity Gala für Lamas in Äthiopien, wir haben noch viel zu besprechen. Vielleicht können Sie ebenfalls kommen, ich lasse Ihrem Cousin alle erforderlichen Daten zukommen«, sagte Marielle und verschwand im Getümmel.

Lisa atmete durch und drehte sich zu Victor. Er war in das Gespräch mit Dieter vertieft, doch sah kurz auf, als er ihren Blick spürte. Sie lächelte und machte eine Kopfbewegung, die ihm andeutete, dass sie sich etwas umsehen würde. Er nickte und lächelte zurück. Sie bekam eine Gänsehaut. Ihre

Atmung beschleunigte sich und sie verspürte eine innerliche Hitze. Diese Hitze brachte sie dazu schneller zu gehen, als sie es ursprünglich vorhatte. Sie sah, dass die Türe zur Terrasse geöffnet war. Kühle Luft kam von draußen herein. Lisa schloss kurz die Augen, als sie die Gerüche, die die Frühlingsluft mit sich brachte, einsog. Frisch blühender Lavendel begleitete sie auf dem Weg zur Terrasse. Sie hielt sich an dem massiven, steinernen Geländer fest und sah in die Ferne. Noch immer war sie überwältigt von der Größe und der Schönheit dieses Anwesens. Der Garten erstreckte sich über eine Weite, die mehr als vier Fußballfelder sein musste. Noch ein paar wenige Gäste suchten ebenfalls die Einsamkeit in der Kühle der Nacht auf der Terrasse. Doch alle wollten sie mit ihren Gedanken, oder ihren Gläsern Champagner, allein sein. Man nickte sich zu, sah sich kurz an, sprach aber nicht miteinander. Jeder genoss die Einsamkeit. Nach einer Weile fröstelte sie und rieb sich über die Arme. Als Lisa sich umdrehte, sah sie Victor im Getümmel von Menschen. Sie hob ihre Hand. Er kam zu ihr. Zur Begrüßung küsste er ihre Wange und legte seine Hand an ihren Oberarm.

»Oh Elisabeth, du bist ganz kalt. Lass uns rein gehen, nicht dass du dich erkältest.«

Lisa nickte und gerade als sie gehen wollten, klingelte ihr Handy in der kleinen Handtasche. Sie riss ihre Augen auf und sah Victor entschuldigend an.

»Tut mir leid, das muss ein Notfall sein. Entschuldigung.«

»Du musst dich nicht entschuldigen. Geh ran. Es wird wichtig sein.«

Lisa holte das Handy hervor, Victor ging ans Geländer und spähte in die Nacht hinaus.

»Ja?«, fragte Lisa ins Telefon, »Maxima, was ist passiert? Wo ist Klara? Wie? Sie ist eingeschlafen? Dann weck sie auf.

Nein, das werde ich nicht. Maxima, man spuckt niemandem auf den Kopf. Auch nicht, wenn es eine Wette ist. Nein. Ich sagte, ihr sollt mich nur anrufen, wenn es sich um einen absoluten Notfall handelt. Das ist keiner. Wieso wacht sie denn nicht auf? Was habt ihr mit ihr gemacht? Gib mir deine Schwester. Wieso nicht? Maxima! Na gut ich komme, aber das wird ein Nachspiel haben.«

Lisa sah hilfesuchend zu Victor und dieser eilte sofort zu ihr.

»Es tut mir leid, ich wollte nicht lauschen, aber ein paar Gesprächsfetzen habe ich dennoch mitbekommen. Ist alles in Ordnung?«

Lisa war die Situation äußerst peinlich. Jetzt musste sie das Date absagen und das fühlte sich nicht richtig an, sie hatte ihre Aufgabe nicht erfüllt. Nicht komplett.

»Tut mir leid, ich werde gehen müssen. Das war meine Tochter. Da stimmt etwas mit dem Babysitter nicht und ehrlich gesagt mache ich mir Sorgen. Verzeih mir, Victor.«

»Du brauchst dich nicht zu entschuldigen. Ich sage meinem Fahrer, dass er dich nach Hause bringen soll. So weiß ich, dass du gut ankommst.«

Lisa war überrascht und glücklich zugleich über diese freundliche Geste eines Mannes, von dem sie gerade gedacht hatte, ihn maßlos enttäuscht zu haben. Sie fühlte sich erleichtert. Victor holte sein Handy hervor und rief Harry an. Dann wandte er sich an Lisa:

»Komm, wir gehen hier hinten hinaus, du musst jetzt nicht durch die ganze Gesellschaft. Ich sage Svenja Bescheid. Mach dir keine Gedanken.«

Lisa sah ihn dankbar an. Dann führte er sie durch den Garten hindurch nach vorne auf den Parkplatz. Harry wartete bereits und öffnete die hintere Tür des Wagens. Er begrüßte

Lisa höflich. Sie verabschiedete sich mit einem Küsschen auf die Wange von Victor.

»Es war schön, dich kennengelernt zu haben, Elisabeth. Danke für den wundervollen Abend.«

»Ich habe zu danken. Es hat mich auch sehr gefreut, dich... Sie kennengelernt zu haben.«

Im Wagen nannte sie Harry ihre Adresse. Nervös zog sie ihr Handy aus der Tasche und starrte darauf, wählte Klaras Nummer, doch die meldete sich nicht. Die Straßen waren glücklicherweise leer und nach einer knappen Viertelstunde war sie zu Hause. Sie bedankte sich bei Harry und stürmte ins Haus. Der Anblick, der sich ihr hier bot, trieb ihr die Zornesröte ins Gesicht. Klara lag schlafend und mit offenem Mund auf der Couch. Maxima hatte eine riesige Schüssel Popcorn vor sich und war so von einem Horrorfilm gebannt, dass sie ihre Mutter gar nicht bemerkte. Alexa schlief auf dem Sessel. Lisa sah zu Klara, diese war mit Lippenstift angemalt, Popcorn steckte in ihrer Nase und bunte Federn schmückten ihre roten Locken. Lisa knallte die Tür zu. So sehr, dass alle drei schlagartig zu ihr sahen.

»Maxima!«, rief sie aufgebracht, »Schalt sofort den Film aus. Das ist nichts für dich. Und wieso seid ihr nicht im Bett? Klara! Du bist einfach eingeschlafen? Ich weiß du tust viel für mich. Aber Maxima hat mich angerufen und gemeint, sie bekommt dich nicht wach. Ich hatte eine Heidenangst!«

Maxima kicherte und das machte Lisa noch wütender.

»Sorry Mama, ich dachte, du merkst, dass es ein Spaß war. Wir haben einen Film angesehen. Alexa und Klara sind eingeschlafen, ich hab dann einfach umgeschaltet. Tut mir leid.«

Klara schaute sie entschuldigend an.

»Oh Lisa, sorry, ich weiß es gibt keine Entschuldigung …
aber ja, es ist nun mal passiert.«

Lisa zog die Augenbrauen hoch.

»Ich zieh mich schnell um, gehe dann mit Schoko raus. In
der Zeit habt ihr die Möglichkeit euch sauber zu machen und
ins Bett zu gehen. Ich brauche eine kurze Verschnaufpause.
Ihr habt mir einen riesen Schrecken eingejagt.«

Die drei nickten schweigend. So sauer hatten sie Lisa noch
nie erlebt.

Kapitel 16

Lisa stampfte nach oben und schälte sich aus dem Kleid. Sie legte es auf den Stuhl in ihrem Schlafzimmer und zog sich eine Jeans und einen Pullover an. Unten schnappte sie sich Schoko, ließ es sich aber nicht nehmen, den drei einen bösen Blick zuzuwerfen. Ungewohnt theatralisch verschloss sie die Tür hinter sich. Selbst Schoko spürte eine Veränderung an seinem Frauchen.

Die Straßenlaterne an der Ecke flimmerte wie immer. Wie oft hatte Lisa schon in der Stadt angerufen und darum gebeten, dass das Teil repariert wurde? Es störte sie extrem, besonders jetzt, da sie Wut im Bauch hatte. Dennoch entschied sie sich, an der flimmernden Laterne vorbeizugehen, auch wenn sie manchmal in der Dunkelheit ein mulmiges Gefühl dabei hatte. Als hätte irgendeine höhere Macht ihr Unwohlsein gefühlt, fiel genau in dem Moment die Laterne komplett aus, als sie darunter vorbeiging. Sie verdrehte die Augen und wollte weiter. Doch Schoko blieb stehen, er knurrte leise. Da stellten sich ihr die Nackenhaare auf. Sie hörte hinter sich eine Autotür zuschlagen. Blitzschnell drehte sie sich um. Lisa sah eine dunkle Gestalt auf sich zukommen. Mit feuchten Händen umklammerte sie Schokos Leine.

»Elisabeth?«, hörte sie eine Stimme, die sie nicht so genau zuordnen konnte.

Sie runzelte die Stirn. Die Stimme wiederholte sich:

»Elisabeth? Bist du das?«

»Ja«, antwortete sie leise und je näher die Gestalt kam, desto mehr entspannte sie sich.

»Victor?«, fragte sie irritiert.

»Was machen Sie hier? Habe ich etwas in Ihrem Wagen vergessen?«

Sie blickte ihm unbeirrt in die Augen. Die Situation kam ihr äußerst merkwürdig vor. Wieso fuhr er ihr hinterher? Victor sah auf seine Füße und wieder in Lisas Augen. Auch wenn er sehr kontrolliert wirkte, spürte sie einen Hauch Nervosität und Unsicherheit.

»Wir waren doch beim ›Du‹, oder?«, fragte er.

»Sie sind aber nicht den ganzen Weg hierhergefahren, um mir das zu sagen, oder?«

»Du.«

»Mir ist das ›Sie‹ lieber, denn Sie haben mich gebucht und es gibt keinen Grund mehr für mich jetzt noch Ihre Cousine zu spielen.«

Victor räusperte sich.

»Nun gut. Nein, das war nicht der Grund, wieso ich hierhergekommen bin. Auf der Party hat es mir nicht mehr gefallen und ich bat meinen Fahrer mich etwas herumzufahren. Als wir hier in diese Richtung kamen, meinte er, dass er hier kurz zuvor schon einmal war. Dann sah ich dich und bat ihn anzuhalten«

Lisa hob misstrauisch eine Augenbraue.

»Verfolgen Sie mich?«

»Nein. Komm, lass uns ein paar Schritte gehen, ich glaube, dein Hund benötigt etwas Bewegung.«

Dieser Mann hatte etwas an sich, das sich nicht erklären ließ, also willigte sie ein. Sie gingen über die spärlich beleuchtete Allee. Die Nacht war kühl und in der Luft hing der süße Duft von schlafenden Frühlingsblumen. Sie gingen eine Weile nebeneinander her, ohne etwas zu sagen. Nachdem sie fast am Ende der Allee mit endlos gewachsenen Birkenbäumen ankamen, sagte Victor:

»Ich habe mich bei Svenja über dich erkundigt. Sie sagte, ich sei dein erster Auftrag.«

Die beiden blieben stehen, sahen sich im leichten Schein der Straßenlaterne an.

»Und mein letzter. Ich werde keine weiteren Aufträge annehmen.«

Victors verzog die Miene.

»War ich so schlimm?«

»Nein, das waren Sie nicht. Das bin nicht ich. Es war eine Erfahrung und es war gut so, aber ich möchte damit nicht weitermachen. Ich habe einen guten Job und kann meine Kinder und mich gut versorgen.«

»Also gibt es keinen Mann in deinem Leben, der sich um dich kümmert?«

»Nein, es gibt keinen mehr.«

»Wie viele Kinder hast du, Elisabeth?«

»Zwei Mädchen. Alexa und Maxima. Zwei Wirbelwinde.«

»Und einen Babysitter hast du auch?«, bohrte er weiter.

»Ja, meine beste Freundin Klara. Wieso wollen Sie das alles wissen? Sollte ich mir Sorgen machen?«

Victor lachte kurz auf.

»Nein. Keineswegs. Ich bin nur neugierig.«

»Neugierig? So so. Dann will ich auch mal neugierig sein. Haben Sie öfters Dates dank Lady Svenja?«

Victor blieb kurz stehen. Er sah auf die Uhr und antwortete:

»Nein, du bist die zweite Frau, mit der ich mich dank Svenja getroffen habe. Es ist schon spät. Ich begleite dich zurück.«

Lisa verstand. Da gab es etwas, das tief bei ihm saß.

»Gerne. Das ist sehr nett. Danke.«

Sie schlenderten den Weg zurück. Ab und zu hörte man in

der Ferne eine Eule. Die Nacht war klar. Am Himmel waren außergewöhnlich viele Sterne zu sehen.

An ihrer Haustür angekommen, entstand eine Stille.

»Danke Victor, für diesen schönen Abend«, sie reichte ihm die Hand. Er setzte einen sanften Kuss darauf. Keinen ordinären, sondern so wie es sich gehörte: Seine Lippen berührten kaum ihre Haut. Lisa bemerkte, wie ihre Wangen erröteten. Sie war froh, dass es dunkel genug war und er es nicht sehen konnte. Victor sagte:

»Ich würde Sie gerne wiedersehen, Elisabeth. Denn grundlos sind wir uns nicht begegnet.«

Lisa spürte, wie diese Aussage sie erfreute. Sie ging durch die Tür und Victor machte sich nach einer kurzen Pause auf den Weg zum Wagen.

»Danke Harry, dass du so lange gewartet hast. Bringst du mich bitte zurück?«

»Natürlich Victor. Ist das eine besondere Frau?«, fragte Harry augenzwinkernd.

Im Rückspiegel sah er, wie Victor lächelte.

»So weit würde ich jetzt nicht gehen. Sie hat auf jeden Fall etwas an sich, das mich fasziniert.«

»Sie fasziniert dich so sehr, dass du hinten einsteigst?«

Victor erwiderte seinen Blick und lächelte verschmitzt. Er hatte nicht vor seinem neugewonnenen Freund zu gestehen, dass er nochmal Lisas Duft auf dem Rücksitz wahrnehmen wollte. Doch Victor bemerkte, dass dies Harry nicht entgangen war.

Lisa lehnte mit dem Rücken an der Tür und hielt noch Schokos Leine in der Hand. Er setzte sich vor sie und gab ein leises »Wuff« von sich, sodass sie wieder aus ihren Träumen erwachte.

»Entschuldigung kleiner Freund«, sagte sie und befreite ihn vom Halsband.

»Was um alles in der Welt war das eben? Wieso wurde ich rot? Ich kann, will und werde mich nicht verlieben. Nein. Stopp, Lisa. Das geht nicht!«, führte sie einen leisen Monolog.

»Mir geht es so gut gerade. Endlich habe ich mein Leben im Griff. Da ist kein Platz für einen Mann. Noch nicht. Schon gar nicht für so einen Mann. Er passt nicht zu mir.«

Im Wohnzimmer wartete Klara auf sie. Alles war ordentlich und die Mädchen lagen in ihren Betten.

»Tut mir leid Lisa, ich hätte aufmerksamer sein sollen.«

»Schon gut, ich habe überreagiert. Aber ich war in dem Moment so sauer. Ich habe mir wirklich Sorgen gemacht. Verzeih mir, dass ich so eine Furie war.«

Zur Versöhnung hielt sie ihren kleinen Finger hoch. Nachdem Lisa ihren Finger dort eingehakt hatte, war jeglicher Groll vergessen.

»Ich geh mal heim. Morgen komme ich vorbei. Ich will Details. Doch jetzt ruft mein Bett so laut, ich kann es bis hierher hören.«

»Gute Nacht meine Liebe und danke.«

Kapitel 17

Lisa war froh wieder zu Hause zu sein. Familie Schatz war bei Michael, dem Vater von Maximas Schulfreund, zum Grillen eingeladen gewesen. Es war ein netter Nachmittag. Michael war überfürsorglich, das nervte Lisa sehr. Sie verstand die Welt nicht mehr. Noch vor ein paar Tagen hätte sie sich über ein solches Verhalten gefreut, aber heute fand sie es nur noch ätzend. Lisa gab sich viel Mühe nett zu Michael zu sein. Ihr aufgesetztes Lächeln kostete sie viel Kraft. Und sie hasste sich dafür. Sie hasste sich auch dafür, dass ihre Gedanken ständig bei diesem Victor Adams waren. Der Typ verdrehte ihr den Kopf, aber genau das wollte sie vermeiden. Lisa hätte gleichzeitig heulen und schreien können. Die junge Mutter musste sich aber zusammenreißen und wollte sich vor allem ihren Töchtern gegenüber nichts anmerken lassen. Sie hoffte, dass diese Benebelung bald vorüberging und alles wieder beim Altem sein würde. Lisa hatte die Entscheidung getroffen, nicht mehr wegen der Männer zu leiden. Dafür machte sie schließlich auch den Kurs bei Sky. Und es konnte nicht sein, dass sie zurück in ihr altes Muster fiel.

Das kann einfach nicht sein, dachte sie immer wieder.

Lisa war wütend auf sich und sie war wütend auf Sky. Eigentlich war sie wütend auf die ganze Welt. Lisa konnte es sich nicht erklären, wieso sie die Situation trotz all des erlangten Wissens nicht unter Kontrolle hatte und sich so kopflos verknallte. Ihre Gefühle ähnelten einer Achterbahnfahrt.

Es war bereits Abend. Maxima quasselte ununterbrochen von ihren heutigen Eindrücken. Sogar der Mund voller Zahnpasta machte ihr nichts aus und brachte ihren wörtlichen Wasserfall nur kurz zum Stillstand. Kommentarlos lächelte die Mutter ihre jüngere Tochter an. Maxima schien die Einzige zu sein, die heute ihren Spaß gehabt hatte. Alexa hatte von Anfang an gejammert und sich gegen diesen Grillnachmittag gewehrt. Sie hätte lieber die Zeit mit ihrer Freundin verbracht, aber Lisa wollte sie unbedingt dabeihaben, was sie anschließend mehrmals bereute. Denn Alexas Lustlosigkeit stand ihr buchstäblich ins Gesicht geschrieben. Lisa konnte ihre Tochter nicht mal schimpfen, denn Alexa war ehrlich, im Gegensatz zu ihr. Sie spielte etwas vor. Zum Glück war alles überstanden. Die Mädchen waren versorgt. Lisa beschloss, mehr Zeit in sich und ihre Gefühle zu investieren. Ihr Tagebuch sollte ihr dabei helfen.

Plötzlich läutete die Türglocke. Schoko bellte freudig die Tür an. Lisa verdrehte ahnend die Augen und machte auf.

»Klara! Was für eine Überraschung!«, sagte sie mit gestellt ironischer Stimme.

»Lass mich raten, du warst zufällig in der Nähe und kommst spontan vorbei auf eine Tasse Tee.«

»Spinnst du?«, gab Klara zur Antwort und drückte eine Sektflasche und eine Pralinenschachtel in Lisas Hände, während sie sich hastig aus ihrer pinken Jacke schälte.

»Du wolltest mich doch nicht im Ernst im Ungewissen lassen und mir eine zweite schlaflose Nacht bereiten?«

Klara ging in die Küche und holte zwei Sektgläser. Lisa stand im breiten Flur und guckte ihre Freundin mit großen braunen Augen an. Ihr Blick wirkte verloren. Sie hatte nicht gewusst, dass Klara sich Sorgen machte. Aus diesem Blickwinkel hatte sie die Situation noch gar nicht betrachtet. Im Gegenteil. Lisa wollte kein Klotz am Bein sein. Für niemanden. Klara saß bereits im Wohnzimmer auf der Couch und schaute fragend zu Lisa. Sie klopfte mit der Handfläche aufs Sofa und nickte einladend mit dem Kopf. Lisa schüttelte sich kurz, ging ins Wohnzimmer und nahm Platz neben ihrer Freundin.

»Es tut mir leid«, sagte Lisa leise.

»Ich wollte dich nicht mit meinem Kram belästigen«, schluchzte sie.

Klara sah mit ernstem Blick direkt in Lisas Augen.

»In guten wie in schlechten Zeiten! Oder hast du das schon vergessen, Frau Schatz?«

»Nein, habe ich nicht.«

Lisa nahm ein Taschentuch und wischte ihre Tränen weg.

»Klara, ich habe dich so oft belästigt mit meinen Liebeskummergeschichten, dass es mir irgendwann peinlich wurde. Ich fühlte mich wie eine Versagerin, die ihr Leben nicht im Griff hat. Ich wollte dir alles erzählen. Wirklich! Aber zuerst wollte ich mir selbst beweisen, dass ich es schaffen kann glücklich zu werden.«

»Und, hast du es geschafft?« fragte Klara spitzbübisch.

»Fast! Wenn nur der gestrige Tag nicht gewesen wäre, besser gesagt der gestrige Abend.«

»So, so. Ab hier bitte keine Details mehr auslassen. Was war denn da los? War er hübsch? Hast du dich etwa in ihn verknallt? Lisa, schweige bitte nicht. Ich platze schier vor Neugier!«

Klara rutschte ungeduldig auf ihrem Platz hin und her. Sie bemerkte, wie Lisa ihre Gedanken sammelte und schenkte schon mal Sekt in die Gläser. Dann öffnete sie die Pralinenschachtel und schob sich die erste in den Mund. Lisa schien bereit zu sein, denn als sie zu erzählen begann, klang ihre Stimme sicher und klar.

»Gestern habe ich dir nur erzählt, dass ich ein Date habe,

das für mich sehr wichtig sein würde. Du hast mich nicht ausgefragt, dafür bin ich dir sehr dankbar. Nun ist es aber an der Zeit dich einzuweihen in all das, was vor dem gestrigen Tag war. Das ist wichtig für den Zusammenhang.«

Klara nahm die Schachtel mit den Pralinen auf ihren Schoß, stellte das volle Glas mit der noch sprudelnden Flüssigkeit am Rand des Tisches so ab, dass sie es mit einem Handgriff erreichen konnte, ohne ihre bequeme Sitzhaltung verändern zu müssen.

»Ich bin bereit«, sagte sie und legte sich eine weitere Praline in den Mund.

Lisa erzählte ihrer Freundin, wie sie vor einiger Zeit auf Skys Blog landete, und dass diese Information ihr Leben veränderte. Sie berichtete auch vom Onlinekurs, den sie bei ihm gebucht hatte und von sämtlichen Aufgaben, die sie erledigen sollte, um ihr eigenes Selbstwertgefühl zu steigern. Lisa erwähnte die »Emotionale Überforderung« des temperamentvollen Magnus und seiner Flucht aus dem Restaurant. Das »Männer Einkaufen« in unterschiedlichen Variationen und die damit verbundenen Erfolge wie Misserfolge, von unendlich vielen Chatanfragen, die zum Teil sehr albern waren und Lisa nur nervten. Klara war nicht nur eine hervorragende Zuhörerin, sondern auch eine fabelhafte Schauspielerin. Sie versetzte sich in die Rolle der Männer und machte sie nach. Dabei zog sie Grimassen und verstellte ihre Stimme. Beide Frauen lachten von Herzen. Sogar Alexa kam nach unten, um zu sehen, ob alles in Ordnung war. Sie verdrehte die Augen, ermahnte und erinnerte die beiden, dass Erwachsene sich normalerweise anders zu benehmen hatten. Als das Mädchen wieder nach oben ging, bekamen die beiden den nächsten Lachanfall. Diesmal wegen der Situation, dass ein Ei zwei Hühner zurechtwies.

Nachdem sie sich wieder beruhigt hatten, nahm Lisa Klaras Hand und zerrte sie mit sich.

»Ich will dir etwas zeigen«, sagte sie und zeigte auf das Bild, das in ihrem Schlafzimmer an der Wand abgestellt war.

»Ein äußerst interessanter Mann«, kommentierte Klara das Gemälde.

»Das ist Victor Adams. Für ihn wurde ich gestern von der Agentur gebucht.«

»Du spinnst!«

Klaras Verwunderung war kaum zu bremsen. Sie nahm die Leinwand und ging mit ihr ins Wohnzimmer. Dort stellte sie das Bild so ab, dass man es vom Sofa aus ungestört betrachten konnte.

»Was machst du da?«, fragte Lisa sie empört.

»Auf mich wirken lassen«, gab ihre Freundin kurz zurück.

»Das ist ein komplett anderer Typ Mann, als du bisher hattest«, kam es nach einer kurzen Pause von Klara.

»Klara, das ist nicht nur ein anderer Typ, das ist eine andere Dimension. Ich kam mir gestern vor wie Aschenputtel auf dem Königsball. So etwas habe ich bisher nur im Kino gesehen. Das ganze Ambiente, die Menschen, die Kleider. Es war so glamourös und majestätisch.«

Lisa nahm den ersten kleinen Schluck aus ihrem Glas. Klara saß auf der Couchlehne, schaute sich das Portrait von Victor an und wackelte mit ihren Beinen.

»Ich dachte, ich falle um. Bei mir drehte sich alles. Ich wollte weglaufen. Aber diese Prüfung musste ich durchstehen. Das ist eine Sache der Ehre für mich. Sonst würde ich nicht Elisabeth Schatz heißen.«

Lisa stand auf und machte ein paar Schritte im Zimmer. Sie war viel zu aufgeregt, um zu sitzen.

»Lisa hast du ihn die ganze Nacht gemalt?«, fragte Klara plötzlich.

Lisa blieb stehen.

»Nein, ich habe ihn schon vor mehreren Tagen gemalt. Das entstand einfach so aus dem Nichts.«

»Irre«, murmelte Klara vor sich hin.

»Das ist mehr als verrückt. Gestern, als ich ihn gesehen habe, fiel mir fast das Kinn runter. Und davor war ich fest überzeugt, dass dieser Mann Sky wäre«, ergänzte Lisa mit leiser Stimme.

»Ich muss sofort Lady Svenja schreiben, dass ich keine weiteren Aufträge annehmen werde. Ich kündige! Das ist nichts für mich. Diese Welt ist nichts für mich.«

Lisa schaltete mit hektischen Bewegungen den Laptop ein und loggte sich in ihrem Postfach ein.

»Oh, nein!«, schrie sie plötzlich auf.

»Was ist passiert?«, fragte Klara erschrocken, die im Nu vor dem Monitor stand und die Nachricht von Svenja las.

»Sie bietet dir einen nächsten Auftrag an. Morgen schon! Ein Tag in Paris! Lisa, sag zu! Paris, wie cool ist das denn?«, freute sich Klara und hüpfte durch das ganze Zimmer wie ein kleines Kind.

Lisa stand mit verschränkten Armen da und sah Klara mit einem wilden Blick an.

»Ich bin doch nicht komplett verrückt geworden. Das da gestern«, sie zeigte auf das Bild von Victor, »war eine einmalige Geschichte. Es gibt kein zweites Mal! Und basta!«

»Wovor hast du Angst?«, fragte Klara provokativ.

»Wieso sollte ich Angst haben? Die Vereinbarung war: nur ein Auftrag.«

»Vereinbarung mit wem?«, ließ Klara nicht locker.

»Mit mir!« gab Lisa genervt zurück.

»Wenn für dich nur ein Date in Frage gekommen ist, warum hast du in der Agentur nicht mit offenen Karten gespielt?«

»Sie hätten mich sonst nie genommen und ich hätte meine letzte Aufgabe nicht erfüllen können.«

»Also, du hast Lady Svenja und ihre Agentur für deine persönlichen Zwecke benutzt?«, pochte Klara weiter auf Lisas Gewissen.

Lisa wurde still. Sie wollte niemanden ausnutzen und sie wollte selbst nicht ausgenutzt werden.

»Glaubst du nicht, dass es nur fair wäre, diesen letzten Auftrag anzunehmen und dann Bescheid zu geben, dass du nicht mehr magst?«

»Vielleicht, ich weiß es nicht. Doch. Na gut. Ich mach es«, gab Lisa auf.

»Aber es sind noch Ferien und ich kann meine Mädchen nicht alleine lassen.«

Klara unterbrach ihre Freundin:

»Lisa, ich bin doch auch noch da. Wir werden uns morgen einen schönen Tag machen. Entspann dich. Sage lieber jetzt zu, bevor es jemand anderes tut. Wer weiß, vielleicht ist es deine Chance. Mach sie nicht kaputt, bevor du rausbekommst, was es mit dir zu tun hat. Und ihn...«

Klara zeigte mit ihren Augen auf Victors Portrait.

»... ihn hast du ja nicht umsonst gemalt. Vielleicht ist er dein Traumprinz.«

Lisa wollte nicht zugeben, dass ihre Gedanken seit gestern Abend nur bei diesem Mann waren. Sie hatte kaum geschlafen, sie konnte nichts essen und an nichts anderes denken. Dieses Gefühl war so intensiv, wie sie es noch nie erlebt hatte.

Vielleicht ist Ablenkung gar nicht so verkehrt, dachte Lisa über den bevorstehenden Tag in Paris nach.

Sie schrieb eine Nachricht an Svenja und sagte zu. Kurze Zeit später kam eine Mitteilung, dass Lisa um acht Uhr von einem Chauffeur abgeholt werden würde. Bequeme Kleidung und Schuhe seien aufgrund der vielen Spaziergänge angebracht.

Sie befände sich überwiegend draußen und wäre zu Fuß unterwegs. Am Abend würde sie wieder in Bremen sein und vom Chauffeur nach Hause gefahren werden. Als Bemerkung am Ende der Mail stand:

»Elisabeth, dieses Mal gibt es keinen Steckbrief. Mehr Infos bekommen Sie vor Ort vom Auftraggeber persönlich. Das war sein ausdrücklicher Wunsch. Haben Sie keine Bedenken, Sie sind in guten Händen. Seien Sie natürlich und genießen Sie die Reise. Ich melde mich dann wieder bei Ihnen.

Grüße Lady Svenja.«

Lisa vertraute Svenja. Sie hatte nicht viele Vorbilder in ihrem Leben, aber diese Frau gehörte innerhalb kürzester Zeit schon dazu. Weiblichkeit, Grazie, Anmut und all das, was Sky sie lehrte, waren in Svenja vereint. Zahlreiche Männer auf dem Event hatten mit begehrenden Blicken zu ihr aufgeschaut. Sie war einfach nur majestätisch und sehr weiblich.

Lisa versank kurz in ihren Erinnerungen. Sie schmunzelte. Unbewusst. Klara beobachtete ihre Freundin stillschweigend. Sie fühlte, dass mit Lisa etwas geschah, wollte aber auf keinen Fall zu aufdringlich sein und keine falschen Fragen stellen. Sie umarmte Lisa nach einer Weile sanft, um sie wieder in die Realität zurückzuholen.

»Ich bleibe bei dir diese Nacht und halte die Stellung, damit in der Früh alles reibungslos abläuft. Mit den Mädels meine ich. Du musst dich doch aufbrezeln und wir frühstücken gemütlich und besprechen unseren Tagesablauf. Bei schönem Wetter hätte ich einige Ideen, wir sind ja flexibel. Und spontan.«

»Dankeschön«, Lisa fiel ihrer Freundin stürmisch um den Hals.

»Das weiß ich zu schätzen. Ich werde mich bei dir revanchieren.«

»Hast du sie noch alle?«, unterbrach Klara sie genervt.

»Gehört für einander da zu sein etwa nicht bei einer wahren Freundschaft dazu?«, regte sich Klara in der für sie so typischen Art auf.

Lisa lächelte sie an und sagte in einem ruhigen, aber nachdenklichen Ton:

»Weißt du Liebes, ich bin es gewohnt für andere da zu sein. Aber nicht gewohnt, dass jemand auch für mich da ist. Vor allem bedingungslos. Das ist noch etwas neu für mich. Sky brachte mir bei, dass es sehr wichtig ist, auch etwas annehmen zu können und nicht nur zu geben. Er meinte, dass stark sein nicht immer angebracht ist. Er sagte sogar, dass starke Frauen einsame Frauen seien. Und ich habe gedacht, ich muss immer stark sein. Wahrscheinlich bin ich deswegen immer noch partnerlos.«

»Nicht mehr lange«, korrigierte Klara und streckte dabei ihren Zeigefinger wie eine Lehrerin in die Höhe.

»Ich hoffe.«

»Lisa, ich möchte auch den Blog von diesem Sky lesen. Vielleicht ist dort für mich etwas dabei?«

Die junge Frau tippte sofort etwas in die Suchmaschine ein. Es sprang eine komplett blaue Startseite auf. Sie klickte sich durch und öffnete den gut vertrauten Blog, drehte den Laptop zu ihrer Freundin.

»Ich gehe eine Runde mit Schoko und du kannst in aller Ruhe hier durchstöbern. Aber ich warne dich, es macht süchtig. Sogar du findest jede Menge Informationen, die dich minimal zum Nachdenken bewegen.«

»Und maximal?«, fragte Klara herausfordernd.

Lisa überlegte kurz. Mit gespielt schauriger Stimme antwortete sie:

»Die Welt, die du dein Leben lang aufgebaut hast, wird zusammenbrechen. Und die neue, die du aufbaust, wird den Vorstellungen der gesellschaftlichen Masse nicht entsprechen. Du wirst zu einer Querdenkerin.«

»Gut! Her damit! Ich bin sehr experimentierfreudig und meine Welt ist ausbaufähig.«

Klara zwinkerte ihrer Freundin zu und machte es sich zusammen mit Lisas Laptop gemütlich, während diese mit ihrem Hund beschäftigt war.

Kapitel 18

Elisabeth wollte Svenja nicht enttäuschen und das Niveau der Agentur in Frage stellen. Ihr war bewusst, dass sie dafür ihren Schlaf brauchte. Also leistete sie Überzeugungsarbeit bei ihren eigenen Gedanken, um sich von Victor abzulenken. Es gelang nur bedingt, und auch erst dann, als sie sich an Skys Worte erinnerte:

Alles was für dich bestimmt ist, kommt in dein Leben und du kannst nichts dagegen machen. Alles, was am Vorbeiziehen ist, wird gehen, und du kannst es nicht aufhalten. Menschen wie Situationen.

Lisa übte sich in Vertrauen und wurde allmählich ruhiger. Irgendwann schlief sie ein.

Der Geruch von frischem Kaffee weckte Lisa am nächsten Morgen. Fieberhaft sprang sie aus dem Bett und riss geschwind die Zimmertür auf. In der Küche fand sie eine vor sich hin summende Klara, die das Frühstück vorbereitete.

»Warum hast du mich nicht aufgeweckt? Ich bin spät dran!«, rief Lisa aufgewühlt.

»Es ist doch erst sieben Uhr. Entspanne dich, Liebes!«

Klaras Augen leuchteten und ihre Lippen verzogen sich zu einem dauerhaften Grinsen. Sie drückte Lisa die Kaffeetasse in die Hand und zeigte auf den Stuhl neben sich. Diese ließ sich erleichtert nieder.

»Du kannst dich in aller Ruhe fertig machen. Ich kümmere mich um die Kinder und den Hund«, gab Klara von sich, während sie eine zweite Tasse einschenkte.

»Übrigens, dein Sky ist einfach der Hammer! Ich habe die halbe Nacht seinen Blog durchgelesen. Vieles was er schreibt, bricht sämtliche eingefahrenen Denk- und Verhaltensmuster. Die Methoden, die er in seinem Blog preisgibt, scheinen sehr wirkungsvoll zu sein. Die Umsetzung bedarf allerdings einer gewissen Portion Mut und Durchhaltevermögen. Und weißt du was?«, fragte Klara mit einer geheimnisvollen Stimme.

»Hmm?«, schaffte Lisa von sich zu geben, denn in dem Moment hatte sie ein Schluck Kaffee im Mund.

»Ich bin total stolz, eine Person zu kennen, die diesen Mut und das Durchhaltevermögen hatte, um das Vorgenommene zu Ende zu bringen. Jede andere hätte tausend Ausreden gefunden, wieso es bei ihr nicht geht, die Veränderung des eigenen Lebens selbst in die Hand zu nehmen. Die Kinder sind zu klein, der Job ist zu stressig, der Hintern ist zu dick und vieles andere bla, bla, bla. Aber du, Lisa, hast es einfach gemacht. Ich bin davon überzeugt, dass dein Ehrgeiz und dein aktives Mitwirken an der Umgestaltung deines Lebens vom Schicksal reichlich belohnt werden.«

Lisa war sprachlos. Sie wusste, dass ihre Freundin sehr wortgewandt war, aber bis jetzt hatte es Elisabeth Schatz noch nie in diesem Ausmaß erwischt. Klaras Worte bauten sie umso mehr auf und verliehen ihr ein sicheres Gefühl. Mit Tränen in den Augen umarmte Lisa ihre Freundin.

»Danke«, flüsterte sie und schluckte die kommende Tränenwelle runter.

Die Frauen hielten einander einen Moment lang in den Armen, bis Klara sich als erste zurückzog. Sie schaute Lisa an.

»Jetzt geh und mach dich fertig. Die Männerwelt da draußen liegt dir zu Füßen. Nimm alles, was du kriegen kannst. Flirte, was das Zeug hält. Und lass dein schlechtes Gewissen bitte zu Hause, das kannst du heute nun wirklich nicht gebrauchen.«

Klaras Gesichtsausdruck war so ernst dabei, dass Lisa lachen musste.

»Ai, Ai, Kapitän!«, sagte sie feierlich.

Salutierte, drehte sich um und verließ im Soldatengang die Küche.

»Umwerfend sein – wird gemacht!«

Victor stand an diesem Morgen besonders früh auf. Er hatte sich die halbe Nacht im Bett herumgewälzt. Tausende Gedanken schossen durch seinen Kopf und die meisten davon waren seiner geheimnisvollen Begleiterin gewidmet. Er versuchte zu begreifen, was an dieser Frau so besonders war, dass er ihr gegenüber so eine immense Anziehungskraft spürte. Aber er konnte keine vernünftige Erklärung finden, egal wie sehr er sich auch anstrengte. Victor hoffte, dass dieser Tag in Paris ihn weiterbringen würde. Zuerst hatte er die Idee absurd gefunden, als Martha ihm den Vorschlag machte, sich vom Versprechen seiner verstorbenen Frau gegenüber zu lösen. Sie hatte gesagt, dass ein Ort, mit dem er viele positive und emotionale Erinnerungen an seine Frau verband, dafür am besten geeignet sei. Martha meinte, dass eine Begleitperson manchmal ganz gut wäre, denn durch die Gespräche verflüchtigte sich der Schmerz. Victor fand es logisch, was Martha sagte. Er fragte sogar Harry, ob er ihn nach Paris begleiten würde. Da mit dieser Stadt die stärksten Emotionen verbunden waren. Dort hatte er Emmanuelle, seiner Frau, damals den Heiratsantrag gemacht. Harry schaute ihn an und meinte, dass er eine Person kennen würde, die deutlich besser dafür geeignet sei als er: Elisabeth. Zuerst kam diese Option für Victor überhaupt nicht in Frage, doch mit der Zeit freundete er sich mit dem Gedanken immer mehr an. Und als er von Harry zurückkam, bat Victor Svenja, Lisa zu kontaktieren, um sie für einen Tag in Paris zu buchen. Svenja stellte keine Fragen. Nach mehreren für Victor quälenden Wartestunden, teilte sie Lisas Zusage mit. Victors Erleichterung entging Svenja nicht.

»Victor, sei bitte behutsam mit ihr. Sie ist kein Profi. Du bist ihr erster Auftrag«, ließ sie ihn wissen.

Victor saß bereits in Harrys Wagen, auf dem Weg zu Lisa.

»Um die Ecke ist ein Blumengeschäft. Wollen wir dort anhalten?«, fragte Harry.

An die Blumen hatte Victor gar nicht gedacht.

»Ja, bitte«, sagte er knapp und mit spürbarer Unsicherheit.

Was mache ich hier bloß?, fragte sich Victor, als er im Geschäft voller Blumen stand.

Dass sie so kurzfristig zugesagt hat, als Dankeschön, ist doch nichts dabei, beruhigte er sich innerlich.

Die Verkäuferin wollte wissen, für welchen Anlass der Strauß benötigt wurde. Victor kam in leichtes Stottern:

»Als Dankeschön«, sagte er mit englischem Akzent, »und um Eindruck zu machen.«

»Sie muss wohl sehr hübsch sein«, bemerkte die Frau.

»Wer?« Victor war etwas irritiert.

»Die Frau, für die die Blumen gedacht sind«, antwortete die Verkäuferin.

Sie lief um die große Auswahl an unterschiedlichen Schnittblumen herum und schaute überlegend die bunte Pracht an.

»Es muss definitiv ein besonderer Strauß sein«, beschloss die Blumenfee für sich.

Sie griff nach den pastellfarbenen Rosen und holte ein paar aus der übergroßen Keramikvase, hielt aber plötzlich inne.

»Habe ich ein bestimmtes Limit, was der Blumenstrauß kosten darf?«, fragte die Verkäuferin.

»Geld – nein, Zeit – habe ich wenig.«

»Gut, dann werde ich mich beeilen.«

Harry beobachtete, wie sein Passagier mit einem Blumenstrauß von beeindruckender Größe das Geschäft verließ. Als Victor wieder seinen Platz eingenommen hatte und die blumige Pracht nach hinten verfrachtete, nickte Harry zufrieden. Victor bemerkte wie Harrys Mundwinkel etwas in die Höhe kletterte.

»Warum grinst du?«, fragte er, während er sich anschnallte.

»Nun, ich freue mich für dich. Und finde es toll, wenn Menschen sich verlieben.«

»Wie kommst du darauf?«, Victor versuchte so zu wirken, als ob er nicht wusste, wovon Harry sprach.

»Manche Dinge sind zu offensichtlich«, sagte Harry kurz.

Victor hatte nichts einzuwenden. Er ließ es so im Raum stehen. Außerdem wusste Victor selbst nicht, was mit ihm los war. Die letzten Tage waren ohnehin sehr turbulent und lehrreich, wie seit Langem nicht mehr, gewesen. Die Bekanntschaft mit Lisa war das letzte I – Tüpfelchen, das sein Leben komplett durcheinanderbrachte. Das seinen Sinn in Frage stellte. Aber zugleich einen leisen Funken an Hoffnung auf ein glückliches Dasein schenkte.

Die restliche Zeit der Fahrt wurde im Stillen verbracht. Victor dachte über den gestrigen Tag nach, den er bei Harry und seiner Familie verbracht hatte. Es war eine ganz besondere Atmosphäre gewesen, die mit spürbarer Wärme und Zuneigung durchdrungen gewesen war. Victor hatte jede Sekunde genossen. Er hatte sich sehr wohlgefühlt und beschlossen, nochmal wieder zu kommen, aber in Begleitung seiner Tochter, die er fürchterlich vermisste.

Harrys Frau, Anja, war eine bezaubernde Person, die durch

ihre zurückhaltende und doch sehr aufmerksame Art, Victors restliche Unsicherheit komplett genommen hatte. Auch Harrys Töchter fand er reizend. Die Zwillingsmädchen waren sehr zuvorkommend. Sie kümmerten sich um Ponys und Pferde, die Anja für therapeutische Zwecke bei Kindern einsetzte. Das Haus, in dem Familie Kraus lebte, war ursprünglich ein alter, riesiger Bauernhof gewesen. Sie hatten ihn renoviert und eine kleine Pension daraus gemacht. Im Sommer kamen dorthin Kinder, die therapeutische Unterstützung brauchten. Allerdings auch Kinder, die Ferien auf einem Ponyhof verbrachten. Dabei halfen sie sich gegenseitig und es entstanden wunderbare Freundschaften, wie Victor von Anja erfuhr. »Außerdem, Natur und Tiere sind sowieso die besten Therapeuten«, behauptete Anja, während sie und die Mädchen Victor den Hof zeigten.

Sein Herz ging weiter auf, als er den liebevollen Umgang von Mensch und Tier am eigenen Leib erleben durfte.

Dazu das köstlichste Mahl, das Victor in der letzten Zeit gegessen hatte. Zumindest konnte er sich nicht erinnern, wann er das letzte Mal so genussvoll gespeist hatte. Er betonte es mehrmals und lobte Anjas Kochkünste bis in den Himmel. Harrys Frau wurde leicht rot und meinte, dass sie nichts Besonderes gemacht hatte und es wohl am Fisch lag, den er mit ihrem Mann geangelt hatte. Eins der Mädchen verriet, dass Mama eine Geheimzutat verwendete, die alle Speisen äußerst lecker machte. Und diese Zutat hieß »Liebe«.

Am Tisch wurde viel erzählt und gelacht. Auch Martha, Harrys ehemalige Krankenschwester, war dabei. Victor kam es so vor, als sei Martha ein Teil der Familie. Sie war sehr präsent und ihre Größe fand er tatsächlich bemerkenswert. Überdimensional. Aber nach kurzer Zeit schloss er sie genauso in sein Herz wie die restlichen Familienmitglieder.

Martha hatte etwas Magisches an sich. Sie sprach mit einer klaren Stimme, die auf Victor sehr vertrauenswürdig wirkte. Martha lachte viel, herzlich und ansteckend. Sie war auch diejenige, die sagte, dass das Leben immer eine zweite Chance bot und nur ein Narr eine solche Chance nicht ergreifen würde. Victor fühlte sich insgeheim angesprochen, wollte es aber nicht zeigen. Er fragte Martha, ob sie wusste, wie man lernte, emotional loszulassen, um frei für etwas Neues zu werden. Sie empfahl ihm den Ort aufzusuchen, der am stärksten mit der besagten Person in Verbindung stand.

»Man kann diesen Ort mental wie real aufsuchen, um sich von den damaligen Eindrücken, Gefühlen, Emotionen und natürlich von diesem Menschen in Dankbarkeit zu verabschieden. Aber es bedarf sehr viel Mut sich dem Ganzen zu stellen, denn all das, was man versuchte zu unterdrücken, kommt irgendwann an die Oberfläche. Angst vorm Alleinsein, ein schlechtes Gewissen, Selbstzweifel und viele andere negative Emotionen, die sich im menschlichen Unterbewusstsein verbergen. Genau diese Emotionen halten uns klein und machen uns unbeholfen. Deswegen klammern wir uns an alte Erinnerungen, weigern uns nach vorne zu sehen und verbieten uns glücklich zu sein.«

Martha schaute Harry mit einem mehrdeutigen Blick an.

»Davon kann ich ein Liedchen singen«, sagte sie zum Schluss und zwinkerte ihm zu.

Victor sah auf die Straße, nahm aber kaum etwas wahr. Er war weit weg mit seinen Gedanken, suchte nach Lösungen und neuen Wegen. Victor hatte das Gefühl, dass die Dunkelheit in seinem Inneren sich allmählich auflöste und Licht hineinkam. Ein plötzlicher Ruck der Handbremse holte ihn in die Realität zurück.

»Wir sind da«, ließ Harry ihn wissen.

»Soll ich klingeln gehen?«

»Nein, lass mal. Ich mach das.«

Ein Fuß befand sich bereits auf dem Asphalt, als Victor zu Harry sah und fragte:

»Bist du sicher, dass du nicht mitkommen willst nach Paris? Schließlich bist du noch für mich gebucht.«

In Victors Blick konnte Harry leichte Panik wahrnehmen. Er klopfte ihm auf die Schulter.

»Heute bist du in besten Händen. Nicht mal ich könnte dich besser unterstützen, als diese Frau. Geh da rein, hol sie und halte sie gut fest. Vielleicht ist sie das Geschenk des Lebens. Sei kein Narr.«

Victor atmete tief durch. Er sprang aus dem Wagen, holte die Blumen und machte sich voller Entschlossenheit auf den Weg zu Lisas Haus.

Es läutete an der Tür.

»Ich mache auf!«, schrie Klara aus der Küche nach oben.

Lisa vollendete ihr Makeup. Schoko war wie immer zur Stelle, wedelte mit dem Schwanz und bellte laut, aber freudig die noch geschlossen Tür an. »Gut gemacht, Großer, aber jetzt übernehme ich den Empfang«, sagte Klara und kraulte den Pudel kurz am Kopf.

Als sie die Haustür öffnete, machte sie einen Schritt zurück vor Überwältigung. In der Regel gehörte Klara nicht zu den Menschen, die schnell sprachlos wurden, aber in diesem Moment konnte sie keinen Ton von sich geben. Der Mann, der an Tür stand, war wie aus Lisas Bild entsprungen. Nur, dass er in Realität noch hübscher war und unglaublich gut roch. Klara musterte ihn von oben bis unten: Akkurat zur Seite gescheiteltes Haar, leuchtende Augen, geradlinige Nase, maskuliner Unterkiefer und diese Wangengrübchen. Die kamen besonders stark zur Geltung, als er sie anlächelte.

»Einen schönen guten Morgen, ich heiße Victor Adams und ich möchte Elisabeth abholen.«

Seinen ausgeprägten englischen Akzent fand Klara irgendwie sexy. Allmählich kam sie zu sich und lächelte ihn mit sichtlicher Neugier an. Er überreichte ihr den wunderschönen Blumenstrauß.

»Dankeschön! Sie sind zauberhaft«, antwortete Klara in makellosem Englisch und roch genussvoll an den Blumen.

»Wollen Sie reinkommen, Victor? Lisa wird gleich fertig sein.«

Aber Schoko unterhielt bereits den Mann mit einer Aufforderung zum Spielen. Victor lehnte die Einladung zum Reinkommen dankend ab und widmete sich dem Hund, der ihn freudig anbellte und um ihn herumrannte.

»Wer ist da?«, kam Lisas Stimme von oben.

»Kein Fremder. Nur der Mann aus dem Bild«, hörte sie Klaras Stimme, während diese in der Küche eine Vase für die Blumen suchte.

Lisas Herz schlug schneller. Sie war bereits fertig und wollte zur Tür gehen. Aber plötzlich wurde ihr schwindlig und schwarz vor Augen. Sie hielt sich am Waschbeckenrand fest und schaute in den Spiegel.

»Lisa Schatz, alles ist in bester Ordnung. Wieso sollst du dich auf weniger einlassen, wenn du mehr bekommen kannst? Es öffnet sich eine neue Tür in deinem Leben, sei mutig und gehe hinein. Das ist deine Chance, ergreife sie!« forderte sie sich selbst auf.

Sie atmete ein paar Mal ein und aus. Dann drehte sie sich zur Badezimmertür und ging entschlossen hinaus. Als sie die Treppe hinunterlief, konnte sie den mit Schoko spielenden

Victor durch die offen stehende Eingangstür beobachten. Ihr Herz pochte wild.

Victor ist also mein heutiges Date, dachte Lisa perplex.

Sie atmete tief durch und schlich in die Küche, um sich von Klara zu verabschieden. Diese betrachtete den ins Wasser gestellten Blumenstrauß von der Seite und wirkte verträumt. Aber im nächsten Moment drehte sie sich zu Lisa:

»Sei du selbst und hab viel Spaß.«

Lisa nickte. Sie war nicht wirklich in der Lage zu sprechen. Sammelte sich aber und ging zu Victor.

»Guten Morgen, Mr. Adams.«

Victor richtete sich auf, griff behutsam nach Lisas Hand und lehnte sie sanft an seine Lippen. Lisa nahm ihren ganzen Willen zusammen, um aufrecht stehen bleiben zu können. Ihr wurde wieder schwindlig und schwarz vor Augen. Lisa war sauer auf sich selbst, dass sie die Situation nicht unter Kontrolle hatte.

»Mami! Mami!«, Maxima kam aufgeregt die Treppe runter gerannt.

Die Mutter drehte sich um und ihre Tochter umklammerte mit Schwung ihre Taille.

»Was ist passiert?«, fragte Lisa besorgt.

»Ich will nicht, dass du wegfährst«, sagte die Kleine mit weinerlicher Stimme.

»Aber, Maxima, wir haben doch alles geklärt.«

»Nichts haben wir geklärt. Du hast es selbst so entschieden.«

Maxima machte ein Schritt zurück und verschränkte demonstrativ ihre Arme.

»Wenn Blicke töten könnten, dann wäre ich jetzt tot«, sagte Lisa schmunzelnd und küsste Maximas Stirn.

»Mr. Adams und ich haben eine geschäftliche Reise. Und

so weit ich mich entsinnen kann, hattest du vor einer halben Stunde nichts dagegen.«

Lisa schaute ihre Tochter mit einem strengen Blick an.

»Aber jetzt habe ich was dagegen«, blieb die Kleine stur und machte eine beleidigte Grimasse.

Victor bekam die ganze Szene mit, obwohl er nicht in Maximas Blickfeld stand. Er trat hervor und hustete kurz in seine Faust.

»Verzeihen Sie bitte, junge Lady, dass ich Ihnen solchen Kummer bereite. Gibt es vielleicht etwas, das ich tun könnte, um es wieder gut zu machen?«, fragte er.

Maxima sah Victor mit einer offensichtlichen Neugier an.

»Maxima, das ist Mr. Adams. Er kommt aus London. Das ist in Großbritannien und«, Lisa suchte nach den passenden Worten, um Victor richtig vorzustellen.

Doch Maxima plapperte munter drauf los.

»Hallo. Ich kenne dich. Meine Mama hat dich gemalt«, sagte das Mädchen geradeaus.

Anschließend schaute sie zu Lisa und fragte: »Mama, werden wir nach London ziehen?«

»Wie kommst du darauf, Kleines? Natürlich nicht. Ich mache nur eine kurze Geschäftsreise mit Mr. Adams. Mehr nicht.«

Lisa war so verlegen, dass sie zu stottern begann. Das Mädchen musterte Victor.

»Ich will ein Geschenk. Als Wiedergutmachung.«

»Maxima!«, ermahnte Lisa ihre jüngste Tochter.

»Gut. Hast du an etwas Bestimmtes gedacht?« fragte Victor und hielt gleichzeitig dem Blick des Mädchens stand.

»Nichts Bestimmtes. Aber cool soll es sein«, lautete ihre Aussage.

»Ich habe Sie verstanden, Mylady. Wenn das alles ist, würde ich Sie um Erlaubnis bitten, Ihre Mama zu entführen.«

Victor beugte sich leicht vor, um der kleinen Dame seine Anerkennung zu zeigen.

»Das wäre alles. Meine Erlaubnis haben Sie somit.«

Mit einem ernsten Gesichtsausdruck machte Maxima einen tollpatschigen Knicks. Daraufhin bot Victor Lisa seinen Ellbogen an, den sie sich mit ruhigem Gewissen nehmen konnte, denn Maximas Segen hatte sie in der Tasche. Beim Verlassen des Hauses blieb Victors Gesichtsausdruck ernst. Kein Muskel bewegte sich. Auch Lisa riss sich zusammen. Obwohl sie bei einer anderen Gelegenheit über die gerade abgespielte Szene lachen konnte, war ihr gerade gar nicht danach.

»Bitte entschuldigen Sie meine Tochter. Ich weiß nicht, was in sie gefahren ist«, sagte sie verlegen.

»Es gibt nichts zu entschuldigen. Ich raube dem Kind die Mutter für einen ganzen Tag. Eine kleine Entschädigung in Form eines Geschenks, ist das Mindeste, das ich als Wiedergutmachung tun kann.«

»Zwei«, ergänzte Lisa.

»Verzeihung?« gab Victor irritiert von sich.

»Ich habe zwei Töchter: Maxima und Alexa. Alexa ist dreizehn.«

»Ich weiß. Kein Thema. Dann brauche ich eben zwei Wiedergutmachungen«, sagte Victor mit einem Lächeln im Gesicht.

Nachdem die Haustür geschlossen war, hörte Klara Maximas lauten Freudeschrei. Die Kleine hüpfte und klatschte in die Hände.

»Der Plan waren zwei Geschenke und nicht eins«, kam es vom oberen Stockwerk.

»Mylady«, verzog die ältere Schwester ihre Miene.

»Ich wollte ja auch zwei. Nur - ich war so überrascht, als er plötzlich vor mir stand. Er war wie auf Mamas Bild. Hast du ihn gesehen, Alexa?«, versuchte Maxima sich zu rechtfertigen.

»Da weht also der Wind her«, sagte sich Klara, die alles von der Seite beobachtete, sich bislang aber zurückhielt.

»Ich dachte, dass ihr euch freut, mit mir den Tag im Safari-Park zu verbringen, aber ihr erpresst lieber euere Mutter, die ohnehin ein schlechtes Gewissen hat euch für einen Tag alleine zu lassen.«

Klaras Stimme klang streng.

»Das mit dem Park muss ich mir noch stark überlegen.«

Sie verschwand wieder in der Küche. Die Mädels schauten einander an und liefen hinter Klara her.

»Tante Klara, entschuldige. Das kommt nie wieder vor. Ich höre nicht mehr auf die dummen Ideen meiner Schwester. Ich will auch kein Geschenk. Ehrlich. Fährst du bitte mit uns in den Safari-Park?«, bettelte Maxima.

Klara sah das Mädchen mit einem Offiziersblick an.

»Es tut mir leid. Kommt nie wieder vor. Weiß auch nicht, was in mich geraten ist«, murmelte Alexa und sah dabei zu Boden.

»Und ich weiß, was mit euch los ist: Ihr seid unterfordert. Das ist nichts anderes, als Langweile. Eure Mutter schuftet von früh bis spät, um euch ein besseres Leben zu ermöglichen. Ihr bekommt alles. Und ihr kommt nur auf die Idee, sie zu erpressen? Sagt mal, geht's noch?«

Klara war außer sich vor Wut.

»Jetzt geht in eure Zimmer und überlegt, wie ihr alles wieder gut machen könnt. Und ich versuche mich zu beruhigen.«

Nach einer Stunde kamen die Schwestern wieder nach unten. Maxima nahm Klara an der Hand und zerrte sie nach oben in ihr Zimmer. Alexa grinste über beide Ohren:

»Wir haben eine Überraschung für dich, Tante Klara.«

Klara gab sich Mühe ernst zu bleiben und einen gleichgültigen Blick zu bewahren. Voller Stolz präsentierten sie ihre Zimmer, die wie geleckt aussahen. Alle Sachen befanden sich auf ihren Plätzen, die Betten waren gemacht und sogar das Bücherregal war aufgeräumt. Klara klatschte anerkennend in die Hände. Maxima übergab Klara eine Karte, die sie für ihre Mutter gebastelt hatte.

»FÜR DIE BESTE MAMA AUF DER GANZEN WELT« stand da in großen Lettern.

Zwei Mädchen und ein Hund schmückten die Innenseite der Karte.

»Sie ist toll«, lobte Klara die Kleine.

Statt einer Karte schrieb Alexa eine SMS an ihre Mutter. Sie entschuldigte sich für den Vorfall mit Maxima und wünschte Lisa einen schönen Tag. Klara war äußerst zufrieden mit den Mädchen und teilte ihnen mit, dass alle in einer halben Stunde startklar sein sollten.

»Safari-Park, wir kommen«, triumphierte Klara laut.

»Juhu!«, jubelten die Mädels.

Kapitel 19

Die Sonne schien auf Lisas Gesicht durch die hintere Scheibe eines Pariser Taxis. Sie schloss für einen kurzen Moment ihre Augen und versuchte sämtliche Ereignisse der letzten Tage nochmal ins Gedächtnis zu rufen. Vieles kam so plötzlich. So unverhofft. Alleine die Tatsache, dass sie sich gerade in Paris mit einem gutaussehenden Mann befand, von dem sie noch vor ein paar Wochen nicht mal geträumt hätte. All das lag für Lisa noch außerhalb ihrer Vorstellungskraft. Es fühlte sich wie ein magischer Traum an, aus dem Lisa auf gar keinen Fall aufwachen wollte.

Warum sollst du dich mit weniger zufriedengeben, wenn du mehr bekommen kannst? – fielen ihr Skys Worte ein, als er ihr erklärte, dass die meisten Menschen sich selbst in allem beschränkten.

In der Beziehung ist es nicht anders, betonte der Coach immer wieder.

Noch vor ein paar Wochen wäre ich ziemlich verspannt gewesen und hätte mich bemüht alles perfekt zu machen. Fehler Nummer Eins, fing Lisa in ihrem Inneren an zu zählen.

Fehler Nummer Zwei ist noch dümmer als die Nummer Eins, stellte Lisa weiter fest.

Eine Prise blühende Phantasie, Zwangskontrolle und Eifersuchtsszenen. Streit. Knallende Türen. Verheulte Kissen. Und nach einer gewissen Zeit, alles wieder von vorne. Nein! Danke! Nicht mit mir!

Diese eingefahrene Bahn wäre sie ohne Skys Coaching immer wieder gefahren, da war sie sich hundertprozentig sicher. Sie öffnete ihre Augen und schaute Victor an, der sich mit dem Taxifahrer auf Französisch unterhielt.

Außerdem, wäre ich ihm nicht begegnet, wenn Sky nicht an meinen Ansichten geschraubt hätte. Mach ja nichts kaputt, Lisa. Und kehre nicht in alte Muster zurück, ermahnte sie sich vorsichtshalber.

In ihrer Handtasche befand sich eine ausgedruckte Mail von Sky, die als eine Art Erinnerungsstütze diente, falls Lisa in Unsicherheit geraten sollte.

»Wenn du entspannt bleibst, keine Erwartungen an dich selbst und die gegenüberstehende Person hast, kann dein inneres Licht unbehindert leuchten. Diese Ausstrahlung wirkt auf Männer äußerst anziehend, sie fliegen darauf, wie Motten auf eine leuchtende Glühbirne.«

Lisa schmunzelte in sich hinein, als sie Skys Anweisungen im Kopf durchging.

Meine Güte, wie einfach das alles ist. Und ich war immer diejenige, die alles verkomplizierte.

Lisa entspannte sich allmählich. Victor drehte sich zu Lisa, um sich nach ihrem Wohlbefinden zu erkundigen. Während sie Paris aus dem Fenster des Taxis mit offensichtlicher Begeisterung bewunderte, konnte Victor seinen Blick nicht von ihr lassen. Er kannte viele schöne Frauen, aber Elisabeth besaß etwas, das die meisten von ihnen nicht hatten. Victor wusste noch nicht, was das war, aber eins konnte er sicher sagen: Er fühlte sich von ihr angezogen. Sein Interesse an Frauen war seit Jahren nicht so intensiv gewesen, wie es nun bei dieser Frau der Fall war.

Prompt erinnerte sich Victor an seine Mission in Paris und an die bevorstehenden Zukunftspläne, denen er sich unbedingt widmen musste. Er konnte und durfte sich keine Schwäche in Form von romantischen Gefühlen leisten. Außerdem war Elisabeth eines von Svenjas Mädchen. Diese Erfahrung wollte er nicht nochmals machen, denn Mila, die anfangs genauso außergewöhnlich und rein wirkte, hatte sich als hinterlistige Furie entpuppt. Er war heilfroh, dass er damals rechtzeitig geflohen war, denn Mila hatte vorgehabt ihn auf ewig an sich zu binden. In dem Moment als Victor sich umdrehen wollte, wandte Lisa ihren Blick von der Fensterscheibe ab und sah ihn an. Sie sah sehr ausgeglichen aus. Ihre Blicke trafen sich für einige Sekunden. Sekunden, die wie eine Ewigkeit wirkten und unbeschreibliche Geborgenheit in Victor hervorriefen. Die Zweifel, die er bis jetzt in sich hegte, wurden von einer massiven Welle der Vertrautheit weggespült. Sein Kopf war plötzlich so klar, wie der blaue, wolkenlose Himmel über Paris. Sein Verstand wurde endlich vom moorigen Nebel der Sinnlosigkeit befreit, der ihn bislang lähmte und seine Kraft raubte. Victor begriff, dass jeglicher Widerstand sinnlos war. Er konnte nichts aufhalten, was mit so einer Wucht auf ihn zusteuerte. Aber er konnte versuchen, auf dieser Welle zu reiten.

Das Taxi blieb an einem Park stehen. Während Victor die Fahrt bezahlte, stieg Lisa aus und sah sich um. Die hohen Bäume wirkten anziehend mit ihrer grün werdenden Pracht, die in der Zukunft für ausgiebigen Schatten sorgen würde. Mehrere Wandermöglichkeiten boten einen optimalen Verlauf für entspannte und ungestörte Spaziergänge. Lisa war außer sich vor Begeisterung. Sie konnte nicht fassen, dass inmitten einer Großstadt ein solch wunderschöner Naturfleck vorkommen konnte. Ihre Augen strahlten.

Das Taxi fuhr weg. Victor kam leise an Lisas Seite. Mit einer Handbewegung lud er sie ein, diesen sagenhaften Ort zu betreten. Lisa wollte auf keinen Fall, dass Victor etwas von der in ihr aufkommenden Nervosität spürte. Seine Nähe sorgte nicht nur für einen schnelleren Puls, sondern auch dafür, dass sich ihre Beine weich und wacklig anfühlten. Als er ihr den Arm anbot, nahm sie ihn dankend an und hakte sich ein. Allmählich spürte Lisa immer mehr den Boden unter ihren Füßen und ihre Beine gewannen an Halt. Die frische Luft tat ihr gut. Bald konnte sie sich wieder auf die schöne Aussicht und den Vogelgesang konzentrieren.

Victor schwieg. Das störte Lisa nicht. Seine Haltung und seinen Gang empfand sie als anmutig. Mühelos passte sie sich ihm an. Sie genoss seine Gegenwart und die Vorstellung etwas Besonderes zu sein.

»Elisabeth, du fragst dich sicherlich, wieso du heute hier bist«, unterbrach Victor als erster die Stille.

»Nein. Das mache ich nicht. Ich vertraue darauf, dass alles, was in meinem Leben geschieht, einen Grund hat.«

Victor schaute Lisa neugierig an.

»Machst du das immer so?«

»Was genau?«

»Zu vertrauen.«

»Ich übe das seit den letzten Wochen besonders intensiv. Aber ich hätte tatsächlich nichts dagegen, zu erfahren, was meine heutige Aufgabe ist. Muss ich wieder jemanden von Ihnen fernhalten, Mr. Adams?«

Lisas lockere Art übertrug sich allmählich auf Victor. Er grinste sie an und schüttelte kurz den Kopf.

»Du gefällst mir immer mehr, Teufelchen«, erwiderte er auf Russisch, eher zu sich, als zu Lisa.

Und fügte auf Deutsch hinzu:

»Elisabeth, du wirst alles erfahren. Vielleicht sogar mehr als dir lieb wäre. Aber zuerst habe ich eine große Bitte an dich: Nenne mich Victor. Ist das möglich?«

»Ich versuche es, Mr. Adams. Victor. Und ich bin Lisa, so nennen mich meine Freunde.«

»Hallo Lisa, schön dich erneut kennenzulernen«, gab Victor scherzhaft von sich.

Lisa lachte auf. Sämtliche Erwartungen an sich selbst und an Victor waren verschwunden.

Sei du selbst, Lisa. Der Rest fügt sich, dachte sie wieder an Skys Worte.

Und in diesem Moment wusste sie genau, was er damit sagen wollte.

Nach ein paar Metern erreichten sie eine Bank aus massivem Holz, die künstlerisch in größere Felsblöcke eingebaut war.

»Wollen wir uns kurz hinsetzen?«, fragte Victor.

Sie nahm sofort eine Veränderung in seiner Stimme wahr.

»Wie du willst.«

Lisa versuchte ihre Leichtigkeit weiterhin zu bewahren und wertungsfrei zu sein. Victor machte eine Pause, um sich zu sammeln. Lisa fühlte seine Aufregung und hörte, mit welcher Intensität er die Luft aus seiner Lunge stieß, bevor er zu sprechen begann:

»Lisa, an manchen Orten in Paris und speziell an diesem hier, leben meine Erinnerungen. Erinnerungen an eine sehr glückliche Zeit in meinem Leben. Ich liebte meine Frau Emmanuelle abgöttisch. Sie war eine Schriftstellerin, deren Bücher ich verlegt habe. Sie stammte aus Paris. Wir verbrachten unzählige Stunden an diesen wunderschönen Orten. Hier, in diesem Park, machte ich ihr einen Heiratsantrag.«

Victor wurde wieder still. Lisa fühlte, wie schwer es ihm fiel über das Thema zu reden. Sie schwieg ebenfalls und schickte jegliche Emotionen fort, die an die Oberfläche drangen, um an ihrem Ego zu kratzen. Sie musste vertrauen und das tat sie auch.

»Wir heirateten und bekamen eine Tochter. Sophie.«

Victor sah in die Ferne. Ein flüchtiges Lächeln erhellte sein Gesicht.

»Ich war der glücklichste Mensch auf dem Planeten. Wir wollten eine große Familie, viele Kinder. Emmanuelle liebte Kinder. Mutter zu sein stand ihr besonders gut, sie wurde dadurch nur noch schöner, noch bezaubernder.«

Seine Stimme klang sehr sanft und liebevoll. Lisa war berührt und zugleich erstaunt wie gefühlvoll dieser Mann über seine Frau sprach.

»Vor drei Jahren kehrte ich von einer Geschäftsreise zurück. Ich nahm den frühsten Flieger nach London. Da ich es nicht erwarten konnte, meine Liebsten in die Arme zu schließen. Emmanuelle deutete am Telefon eine Überraschung an. Doch sie wollte sie mir erst bei unserem persönlichen Treffen verraten. Oh, wie groß meine Sehnsucht nach meinen Mädels war. Am liebsten hätte ich alles hingeschmissen und wäre auf der Stelle umgekehrt, sobald ich geschäftlich verreisen musste. Aber wir hatten viel vor mit unserem Verlag: Der internationale Markt war das Ziel.«

Lisa bemerkte, wie seine Anspannung stieg. Auch ihr Herz schlug schwerer, ein kalter Schauer lief ihr über den Rücken.

»Es war ein für London typischer, verregneter Morgen. Ich nahm ein Taxi und freute mich auf mein Zuhause wie ein kleiner Junge auf Weihnachten. Ich stellte mir vor, wie ich meine liebste Emmanuelle aus dem Schlaf wachküsse und wie unsere Tochter meinen Hals mit ihren zarten Kinderhänden umschlingt, ihr kleines Näschen an meine Nase reibt und sie mir in bunten Details über die Zeit meiner Abwesenheit berichtete.«

Victors Stimme wurde auf einmal monoton, und sein Blick ins Leere gerichtet. Lisa atmete kaum, denn sie fühlte, dass sie die erste Person war, der er etwas Wichtiges und etwas sehr Schmerzhaftes offenbarte.

»Zu meiner großen Überraschung waren unser Schlafzimmer und das Kinderzimmer leer. Ich rief laut, aber bekam keine Antwort. Nur unsere Dogge Mona nahm mich sofort in Empfang. Sie war ungewöhnlich nervös und bellte mich laufend an, was sie normalerweise nie tat. Ich versuchte sie zu beruhigen. Vergebens. Ich wählte Emmanuelles Nummer. Erfolglos. Das war sehr merkwürdig, denn immer, wenn ich nach Hause kam, wurde auf mich gewartet. Plötzlich klingelte es an der Haustür. Mit großer Erleichterung eilte ich nach unten. Zwei Polizisten standen vor mir. Sie fragten, ob ich Mr. Adams sei. Mit großer Mühe presste ich aus meiner vor Angst zugeschnürten Kehle einen Laut hervor, der eine Art Bejahung darstellen sollte. Die Polizisten teilten mir mit, dass ein auf mich zugelassenes Fahrzeug einen schweren Unfall gehabt hätte und die Insassen, eine Frau und ein Kind, von einem Krankenwagen mitgenommen worden waren. Sie gaben mir die Adresse des Krankenhauses ... von da an habe ich kaum Erinnerungen. Ich weiß nicht, wie ich ins Krankenhaus kam und wie lange ich dort wartete. Für mich existierte die Zeit nicht mehr. Ich sah Menschen, aber nahm sie nicht wahr. Meine Eltern, die auch vom Unfall erfahren hatten, kamen und blieben bei mir. Unendliche Stunden warteten wir auf die Operationsergebnisse. Die Ärzte kämpften um das Leben meiner Frau und unserer Tochter. Das waren die schlimmsten und längsten Stunden meines Lebens.«

Victor unterbrach für ein paar Sekunden seine Erzählung und holte tief Luft.

»Dann kam ein Arzt auf uns zu. Er überbrachte uns die

positive Nachricht, dass Sophie außer Gefahr wäre. Der Arzt sagte, dass die Kleine von den Engeln geküsst worden sei, denn bei dieser Art Bandscheibenverletzung waren nur ein paar Millimeter ausschlaggebend. Beinahe wäre sie querschnittsgelähmt gewesen. Doch sie würde leben und wenn wir Glück hatten, auch wieder laufen können. Über meine Frau konnte er nichts sagen, denn sie wurde immer noch operiert.«

Victor stand auf.

»Wollen wir etwas gehen?«

»Ja«, gab Lisa leise von sich.

Sie wusste nicht, was sie sagen sollte, aber sie wusste, dass sie hier war, um zuzuhören. Victor musste sprechen, denn schließlich hatte er lange genug geschwiegen. Der Schmerz nagte an ihm. Intuitiv spürte Lisa, dass seine Frau diesen furchtbaren Unfall nicht überlebt hatte. Ihre Vermutung bestätigte sich bald. Victor erzählte wenige Minuten später, dass ihm und seinen Eltern mitgeteilt wurde, dass die Ärzte trotz großer Mühe nichts mehr für Emmanuelle hatten tun können. Er erfuhr zugleich von ihrer Schwangerschaft, die höchstwahrscheinlich als eine Überraschung für das persönliche Treffen geplant gewesen war. An diesem Tag verlor er seine Frau, das ungeborene Kind und sich selbst. Obwohl seine Tochter Sophie überlebte, versank Victor komplett in seinem Leid. Er offenbarte Lisa, wie er sich selbst mit großen Schuldgefühlen quälte, und dass er bis vor Kurzem der Meinung gewesen war, dass er es nicht verdiente, glücklich zu sein. Er warf sich vor, am Tod seiner Frau und der Gehbehinderung seiner Tochter Schuld zu sein. Denn schließlich waren die beiden wegen ihm zum Flughafen gefahren.

Lisa hörte aufmerksam zu. Sie fühlte mit Victor. Auch ihre Kindheitserinnerungen an den Verkehrsunfall ihrer Eltern kamen hoch, die sie jetzt schnell in den Griff kriegen musste, denn heute war Victors Tag. Der Tag der Befreiung aus den Fesseln der Vergangenheit. Und wieder musste Lisa an Skys Worte denken.

Jeder Mensch kann grenzenlos glücklich sein. Nur nicht jeder lässt es zu, weil die Menschen zu sehr in der Vergangenheit verweilen oder in der Zukunft sein wollen. Dabei geht das Glück Hand in Hand mit dem Moment. Das muss nicht gesucht werden, nur erkannt.

Lisa und Victor hielten sich bereits seit mehreren Stunden in Paris auf. Sie schlenderten durch den riesigen Park und achteten weder auf die Zeit, noch auf andere Passanten, da sie tief in eine Unterhaltung verwickelt waren. Victor erzählte Lisa von dem bewegenden Gespräch mit der Stewardess auf dem Weg nach Deutschland, die vor Kurzem ihre Mutter verloren hatte, aber dennoch Freude und Zufriedenheit ausstrahlte. Er berichtete von der neuen Freundschaft mit Harry, seinem weisen Chauffeur. Auch Harrys Gedichte, die ihm bis ins Tiefste berührt hatten, erwähnte er mit Begeisterung. Seine erste Erfahrung mit der Angel und das unvergessliche Mahl aus dem Fang, das von Harrys Frau, Anja, zubereitet wurde. Die Herzlichkeit, mit der er in Harrys Haus empfangen worden war. Und die Empfehlung, mit der Vergangenheit abzuschließen, in dem man sich ihr stellte.

Victor war ein großartiger Erzähler. Lisa faszinierte seine Wortwahl und die Kunst, die beschriebenen Szenen so zum Leben zu erwecken, dass sie das Gefühl hatte, bei allen Geschehnissen dabei gewesen zu sein. Sein englischer Akzent gab dem Ganzen eine Würze, die Lisa besonders attraktiv fand. Sie war aber nicht nur eine aufmerksame Zuhörerin. Gekonnt stellte sie Victor einige Fragen und gab dem Gespräch mit viel Feingefühl eine bestimmte Richtung. Victor fühlte sich wohl in Lisas Gegenwart und er mochte es, sich mit ihr zu unterhalten. Ihre Offenheit und Direktheit in Kombination mit ihrer ansteckenden Leichtigkeit, rissen ihn immer mehr mit. Es war befreiend für ihn, sich nach einer so langen Zeit wieder zu öffnen. Und er war froh, dass es ausgerechnet diese Frau war, die ihn dazu animierte.

»Lisa, es gibt da noch einen Ort in Paris, den ich dir unbedingt zeigen möchte. Er gehörte auch zu den Lieblingsplätzen meiner Frau und mir. Die Champs-Elysee. Diese Straße präsentiert die Großzügigkeit der Pariser Stadtplanung und unzählige Cafés, Restaurants und Boutiquen lassen einfach keine Wünsche offen«, ließ Victor Lisa wissen, als sie am Rande des Parks angekommen waren.

»Der Weg hier, würde uns direkt dorthin führen«, er zeigte auf den Pfad, auf dem sie gerade standen.

»Kannst du überhaupt noch laufen?«, fragte Victor besorgt.

»Ich habe dich für heute ohnehin ganz schön beansprucht«, fügte er nachdenklich hinzu und wollte bereits sein Angebot zurückziehen, als Lisa ihn mit Augen voller Begeisterung ansah und mit Entschlossenheit sagte:

»Aber natürlich will ich diese berühmte Straße sehen. Ich habe einiges davon gehört und wenn du mich schon fragst, würde ich dich mit großem Vergnügen dorthin begleiten. Und meinen Füßen geht es gut.«

Sie strahlte ihn an und deutete mit einer Handbewegung in Richtung der besagten Straße. Victor zögerte einen Augenblick, lachte kurz auf und holte Lisa mit ein paar Schritten ein.

»Du überraschst mich immer wieder aufs Neue«, stellte er fest.

Lisa schaute ihn schelmisch an.

»Womit genau?«

»Deine Art, deine Einstellung zum Leben und das, was du

ausstrahlst. Du bist kein typisches Escortmädchen. Du bist anders. Ich würde sogar behaupten, dass du etwas Besonderes bist.«

Lisa wurde etwas langsamer, sie sah nachdenklich in die Ferne und sprach mit weicher Stimme:

»Ist nicht jeder Mensch etwas Besonderes? Keiner von uns ist besser oder schlechter. Jeder ist einzigartig und dabei ist jeder doch anders. Nur befindet sich jeder in einem anderen Stadium der Entwicklung. Geprägt durch sein Umfeld und die gesammelten Erfahrungen.«

»Interessante Theorie. Und was ist mit den Menschen, die auf Kosten von anderen leben? Oder denen, die anderen Leid zufügen, um sich besser zu fühlen? Sind die auch besonders?«, fragte Victor mit einer unverblümten Ironie in der Stimme, die Lisa bewusst ignorierte.

»Natürlich. Nur wissen diese Menschen das selbst vielleicht nicht. Sie benehmen sich so, weil sie besonders sein wollen, um von der Gesellschaft mehr Anerkennung zu bekommen. Dabei vergessen sie völlig, dass sie bereits besonders sind. Aus eigener Erfahrung weiß ich, je mehr wir auf der Jagd nach Akzeptanz und Liebe sind, umso unglücklicher werden wir. Die Lektion, die ich daraus gelernt habe, lautet: Zuerst müssen wir selbst unsere Einzigartigkeit erkennen und uns selbst annehmen, nur dann wird es auch für andere Menschen ersichtlich sein. Umgekehrt funktioniert es nicht.«

Victor lief stillschweigend neben seiner Begleiterin und dachte intensiv über das Gesagte nach.

Der Alleeanfang war üppig mit Bäumen gesäumt, die eine breite Schattenwand auf den Gehweg warfen. Ein leichter Wind machte sich bemerkbar. Lisa mochte diesen Weg, den sie als Verlängerung des wunderschönen und irgendwie mystischen Parks ansah. Sie fand den Ort wunderbar passend zum heutigen Anliegen und zu den Gesprächsthemen, die sie mit Victor geführt hatte. Das schattige, gedimmte Licht wirkte einladend, um die Seele sprechen zu lassen.

Je mehr sie sich von diesem Ort entfernten, umso lichter wurde es. Lisa öffnete die Knöpfe an ihrem Blazer, war aber nicht bereit ihn abzulegen. Auch der luftige Schal fühlte sich angenehm auf der Haut an. Ihr fiel auf, dass entgegenkommende Passanten und Radfahrer zum größten Teil sehr sommerlich gekleidet waren. Lisa wusste nicht genau, was in der zweiten Tageshälfte auf sie wartete, doch sie freute sich auf die Sonne, der sie entgegenliefen.

Victor räusperte sich.

»Lisa, ich bin dir sehr dankbar, dass du heute hier bist, und dass du mir zuhörst. Die Gespräche mit dir haben ein kleines Wunder vollbracht. Der innere Druck ist um einiges leichter geworden. Ich verspreche dir, dass ich in Ruhe noch mal über alles nachdenken werde. Einige Ansichten, die du mir gezeigt hast, sind für mich vollkommen neu, auch wenn vieles sehr logisch klingt.«

Lisa sah Victor an, dass ihm noch etwas auf der Seele brannte. Zögernd fragte er:

»Lisa, wie gehst du mit dem Tod um?«

Sie hatte geahnt, dass diese Frage noch kommen würde, denn schließlich waren sie hier, um genau dieses Thema zu bearbeiten. Lisa hatte eine klare Position. Sie schaute Victor in die Augen und antwortete:

»Ich persönlich glaube nicht an den Tod. Hier, wo wir leben, ist alles ein ewiger Kreislauf.«

Lisa streckte beide Arme aus und zeigte auf die Natur.

»Die Fähigkeit des Wassers, seine Substanz zu verändern, ist das beste Beispiel dafür. Wenn es verdunstet, können wir es nicht sehen, aber es ist nach wie vor da. Unterschiedliche

Faktoren spielen eine Rolle wann und wo es als Wasser zurückkehren wird. Oder sieh dir diese wundervollen Bäume an. Jedes Jahr zur gleichen Zeit werfen sie ihr Gewand aus unzähligen Blättern hinunter. Sie stehen nackt und reglos da, man könnte sogar meinen, dass sie gestorben sind, wenn wir diesen Prozess nicht Jahr für Jahr mitverfolgen würden. Das alte Laub verfault und spendet somit Nahrung für den Baum und seine neue Kleidung.«

Mit kindlicher Euphorie und Reinheit philosophierte Lisa über diesen bei Menschen unbeliebten und doch so unvermeidlichen Prozess. Erstaunt über die gerade abgespielte Szene blieb Victor für einen Moment stehen. Es bereitete ihm viel Vergnügen zu beobachten, wie federleicht sich Lisa um sich selbst drehte. Sie brachte ein paar weitere anschauliche Beispiele aus der Natur, bei denen Zerstörung neues, kraftvolles Leben spendete. Lisa war der Überzeugung, dass nichts einfach so verschwand, vor allem etwas so Wertvolles wie die menschliche Seele.

»Probleme mit dem Tod haben meistens die Menschen, die bereits jemanden verloren haben«, sagte sie, als sie wieder ihr normales Schritttempo aufgenommen hatten.

»Eine Hälfte leidet, weil sie ohne diese Person weiterleben muss. Die andere Hälfte leidet, weil sie glaubt, dass das Leben von diesem Menschen endgültig vorbei ist. Aber, wenn die Menschen nur wüssten, was tatsächlich nach dem Ablegen des Körpers geschieht. Womöglich, gäbe es all das Leid nicht mehr in der Welt.«

Victor schaute sie etwas irritiert an.

»Und ist das Leben nach dem Tod schöner?«, hakte er nach.

»Das kann ich nicht sagen. Aber es ist bestimmt anders. Unser Körper gibt uns gewisse Privilegien, wie zum Beispiel eine Berührung oder Umarmung. Wir können uns ausdrücken und wir können Geräusche hören. Ich bin zu dem Entschluss gekommen, dass die Seele einen Körper braucht, um sich zu verwirklichen.«

Und wieder sah Victor etwas überrascht auf seine Begleiterin.

»So wie das klingt, hast du dich intensiv mit der Thematik auseinandergesetzt«, stellte er fest.

»Ich musste den Tod meiner Eltern verarbeiten, den ich als Kind ziemlich leicht wegstecken konnte. Alles kam erst Jahre später an die Oberfläche, als auch meine geliebte Oma gestorben ist. Ich landete in einem Kinderheim, in dem mehrere Teenager wie ich, ohne Eltern zurechtkommen mussten. Durch diese schwierigen Zeiten rutschte ich beinahe ab. Dann kam die erste Schwangerschaft. Mein neuer und damals einziger Sinn des Lebens. Mit den Jahren verarbeitete ich das Trauma dank unzähliger Bücher, die ich zum Thema Nahtoderfahrungen und Jenseitskontakte verschlungen habe. Außerdem suchte ich nach Menschen, die sich als Medium bezeichneten, um ihnen die Fragen zu stellen, die mich schon fast erdrückten.«

Lisa zog ihren Blazer aus und nahm den Schal ab. Die Straße, die immer breiter wurde, war von der Sonne überflutet. Auch Victor entledigte sich seines anthrazitfarbenen Sakkos und setzte eine Sonnenbrille auf. Lisa fand, dass sein hellblaues Hemd ihm außerordentlich gut stand, außerdem betonte es seine muskulöse Figur.

Eins muss man ihm lassen, er sieht verdammt gut aus, ertappte sie sich beim Anstarren.

»Lisa, was passierte mit deinen Eltern?«, fragte Victor vorsichtig.

»Ein Autounfall. Ich sollte auch dabei sein, aber ich bekam Fieber und blieb bei meiner Oma.«

»Mein Beileid, Lisa.«

»Es ist alles in bester Ordnung. Es mag komisch klingen, aber meine Eltern und meine Oma sind für mich nach wie vor da. Ich fühle ihre Nähe, immer wenn ich sie brauche. Dieses Thema ist für mich durch und mit meiner gewonnenen Einstellung dazu, kann ich damit wunderbar leben. Auch wenn sie körperlich nicht präsent sind, heißt es nicht, dass sie nicht fühlen. Für die Eltern gibt es nichts Schlimmeres als sehen zu müssen, wie das eigene Kind leidet. Das hat mir ein Medium gesagt. Seitdem habe ich nie wieder eines aufgesucht. Ich habe begriffen, dass auch ich meinen Kindern nicht beim Leiden zusehen möchte. Ich denke, dass es für deine Frau bestimmt genauso schmerzhaft gewesen ist, dich in solch einem Zustand wahrzunehmen. Unsere Liebsten wollen für uns nur das Beste, egal wo sie sich befinden.«

Das waren die letzten Worte, die Lisa zu diesem Thema sagen wollte. Außerdem war es nicht weiter nötig, denn in Victor hatte es gearbeitet.

»In ein paar Metern kommt eine kleine idyllische Boulangerie, die ich seit Jahren besuche, wenn ich hier bin. Dort gibt es den besten Kaffee. Lass uns eine Rast einlegen und Kräfte für die bevorstehende Shoppingtour tanken. Es wurde genug geredet, jetzt wird geshoppt.«

Lisa nickte kurz und strahlte Victor an. Es war sein Tag und sie begleitete ihn, wo immer er auch hinwollte. Aber sie würde ihre eigenen Bedürfnisse und Interessen zurückstecken, auch beim Shopping. Letztendlich war Lisa sowieso der Meinung, dass sie mit Victor nicht mithalten konnte, was die Auswahl der Geschäfte betraf.

Die Boulangerie fand Lisa sehr behaglich. Der Eingang war mit wildem Efeu bewachsen, der sich um die Tür rankte.

Das Herzstück des Cafés befand sich draußen, auf der Terrasse. Unzählige Blumenkästen und Töpfe mit Zitrusbäumchen sorgten für eine ländliche Atmosphäre. Laternen aus buntem Glas, die dazwischen verteilt worden waren, spiegelten sich in der Sonne und sorgten für ein wunderschönes Farbspiel. Lisa hatte plötzlich das Gefühl, hier schon einmal gewesen zu sein, wusste aber, dass es nicht der Fall war. Es war ein wohliges Gefühl von Vertrautheit. Sie genoss den Aufenthalt in vollen Zügen. Auch Victor tat das. Alle ernsten Themen waren vor der Tür gelassen geworden. Lockere, vielseitige Gespräche mit passendem Humor sorgten für eine entspannte Stimmung.

Kapitel 20

Lisa und Victor schlenderten die prachtvollste Straße von Paris entlang, die Champs-Élysée. Die Sonne zeigte ihr schönstes Strahlen und viele Menschen waren zum Einkaufen unterwegs. Lisa zog ihren Blazer aus und hängte ihn locker über den Unterarm.

Victor ging in die Geschäfte, die Lisa zwar schön, aber vollkommen überteuert fand. Viele andere Menschen, bepackt mit großen Taschen, strömten aus den Läden.

»Komm, dort vorne ist ein Laden, in den gehen wir rein.«

Am Eingang wurde ihnen geöffnet und Victor deutete Lisa an, hindurchzugehen. In dem Geschäft gab es nicht nur Männermode und Lisa sah sich um, wurde jedoch streng von der Verkäuferin beäugt. Sie nahm einen Sommerschal in die Hand, der Stoff fühlte sich weich und luftig in ihren Fingern an. Sie hielt ihn sich an den Hals. Die kleinen Schmetterlinge darauf gefielen ihr besonders gut. Sie lächelte in den Spiegel.

»Steht dir gut«, sagte Victor, »willst du ihn?«

Lisa blickte auf das Preisschild.

»Nein. Ich mag Schmetterlinge, deswegen wollte ich ihn mir genauer ansehen. Aber mehr auch nicht.«

»Okay, ich schlüpfe kurz in ein Hemd und würde mich freuen, deine Meinung dazu zu hören.«

Lisa nickte und Victor verschwand in der Umkleidekabine. Kurze Zeit später kam er in einem hellblauen Hemd heraus.

»Wie findest du es?«

»Hast du nicht gefühlte 100 davon? Es steht dir gut, aber ich habe dich bisher nur in so einem hellblauen Hemd gesehen.«

Victor war sprachlos. Was hatte er erwartet? Er lächelte verschmitzt.

»Gut Lisa, dann such du mir doch ein Hemd heraus, das nicht aussieht wie all die anderen.«

Lisa grinste und sah sich um. Doch sie stellte sehr schnell fest, dass ihr dieses Vorhaben hier nicht gelingen würde. Die Verkäuferin folgte ihr auf Schritt und Tritt. Lisa ging zur Umkleidekabine. Der Vorhang war verschlossen, also flüsterte sie:

»Victor? Darf ich kurz?«

»Ja«, kam es aus dem Inneren der Kabine.

Als sie ihren Kopf hindurchsteckte, war Victor noch damit beschäftig sich anzuziehen und Lisa wurde rot.

»Sorry, ich dachte, du wärst schon fertig.«

Victor zwinkerte.

»Und ich dachte, du wartest, bis ich rauskomme. Schon gut. Was ist los?«

»Ich werde hier kein Hemd für dich finden. Wir müssen woanders hin.«

»Ich hatte befürchtet, dass du das sagst. Na gut, lass uns gehen.«

Die beiden verabschiedeten sich und verließen in schnellem Tempo den Laden.

»Lisa, danke, dass du so ehrlich warst. Du hast recht. Ich komme seit Jahren hier her und kaufe mir immer ein hellblaues Hemd.«

Sie gingen weiter, schon bald kam ein anderer Laden mit Männermode. Lisa ging entschieden voran. Victor folgte ihr. Er erklärte der Verkäuferin, dass sie keine Hilfe benötigten. Lisa legte ihren Zeigefinger an die Lippen, drehte sich zu Victor um und sagte:

»Nicht bewegen.«

Victor hielt die Arme in die Höhe und Lisa versuchte mit viel Mühe ernst zu bleiben. Sie drehte sich zu den Hemden um und zog ein hellbraunes heraus.

»Hellbraun?«, fragte er und sie sah das Entsetzen in seinen Augen.

»Ja, keine Widerrede. Ab in die Umkleidekabine.«

Victor senkte den Kopf theatralisch auf die Brust und ging in die Kabine. Er kam nach ein paar Minuten heraus und Lisa stockte der Atem.

»Wenn du das nicht nimmst, bist du selbst schuld.«

»Ach ja? Bin ich das? Wieso?«

»Ich finde es klasse und außerdem steht es dir.«

Erst jetzt wurde ihr bewusst, dass sie ihm soeben ein Kompliment gemacht hatte und sie biss sich auf die Unterlippe.

»Na gut, wenn das so ist«, antwortete er »dann kaufe ich es natürlich.«

Victor bezahlte mit der schwarzen American Express, ohne mit der Wimper zu zucken. Auch die 400 € für das Hemd waren ihm wohl nicht zu teuer.

Lisa wartete auf Victor in einem kleinen Straßencafé direkt an der Einkaufsmeile. Frauen mit kleinen Hunden liefen vorüber und unterhielten sich aufgeregt. Lisa fiel auf, dass die Franzosen wahre Einparkkünstler waren. Die Autos standen Stoßstange an Stoßstange. Kurz überlegte sie sich, ob sie jemals aus oder in solch eine Parklücke kommen würde. Sie stellte sich vor, wie sie hunderte Male vorwärts und rückwärts fuhr und am Ende doch nicht aus der Parklücke kam.

Kurz erlaubte sie sich aus den Ballerinas zu schlüpfen. Ihre Füße fühlten sich heiß an, sie stellte sie auf den Asphalt. Dieser kribbelte warm unter ihr. Lisa atmete durch und schloss die Augen. Die Stadt roch nicht nach Stadt. Es roch nach Frühling, Blumen und süßen Backwaren. Elisabeth sog alles in sich auf. Erst als die Bedienung ihr einen Kaffee hinstellte, öffnete sie die Augen.

»Merci.«

Lisa sah auf ihre Finger und massierte sie. Dann trank sie einen Schluck und beobachtete die Menschen, die die Straße entlangliefen. Manchen waren geschäftig, andere ließen sich von der Stadt treiben und folgten dem Sog.

Victor holte sie aus ihren Gedanken.

»Sorry, das war ein sehr wichtiges Telefonat, das ein paar Minuten länger gedauert hat…«

»Ja, natürlich. Kein Thema. Ich war gut beschäftigt.«

Lisa sah ihn besorgt an.

»Ist alles okay?«

Victor setzte sich.

»Ja, jetzt ist wieder alles in Ordnung. Ich habe einen Spielwarenladen entdeckt und würde gerne für meine Tochter etwas kaufen. Berätst du mich?«

»Gerne, Maxima ist im Alter deiner Tochter, ich kenne mich also bestens aus, was bei den Mädels heutzutage angesagt ist. Sollen wir gleich los?«

Victor legte Geld auf den Tisch und winkte der Bedienung.

Der Begriff Spielzeugladen war untertrieben. Spielzeugparadies hätte es eher getroffen. Hier gab es nichts, was es nicht gab. Alle namhaften Spielzeughersteller waren vertreten. Vieles war handgefertigt, wie zum Beispiel das Holzspielzeug für die Kleinsten. Lisa hatte immer sehr viel Wert darauf gelegt, dass ihre Kinder nicht nur Plastikspielzeug hatten. In diesem Geschäft wurden Kinderträume wahr. Ihr Augenmerk fiel auf ein wunderschönes hölzernes Schaukelpferd. Sie strich mit ihren Fingerkuppen darüber und flüsterte:

»Ach was hätte ich dafür gegeben, hätte ich früher so ein tolles Pferdchen gehabt.«

Victor berührte sie sanft am Arm.

»Das ist wirklich sehr schön, aber ich glaube nicht das Richtige für meine Tochter.«

»Ja, die Mädchen heutzutage mögen andere Sachen. Komm, wir müssen da lang.«

»Nun gut Lisa, weise mich ein in die hohe Kunst des Mädchenspielzeuges.«

Zielstrebig ging sie auf ein Regal zu, in dem unzählige Zombiepuppen standen. Davor war eine Zombieburg aufgebaut. Sie deutete darauf und zog gleichzeitig nickend die Augenbrauen hoch.

Victor fragte verwirrt.

»Ernsthaft? Zombies?«

»Ja und die kann man schminken. Der Renner momentan. Maxima wünscht sich schon so lange diese Burg.«

Victor begutachtete die Puppen und die Burg genauer. Nahm eine Puppe in die Hand und fragte erneut:

»Schminken kann man die? Tut es dann nicht so ein Schminkkopf?«

»Nein, denn es gab da einen Film und der drehte sich um diese Zombies, die sich stylen, schminken und so. Seit dem ist da ein Fieber in jeder Schule ausgebrochen. Was sage ich? Bei jedem Mädchen. Deiner Tochter wird das sicher auch gefallen.«

Victor legte die Puppe zurück und fasste sich ans Kinn. Dann rieb er sich mit Daumen und Zeigefinger die Stirn und ging zu einer Verkäuferin. Er sprach kurz mit ihr und sie nahm ein Paket mit der Zombieburg vom Regal. Lisa sah ihn mit großen Augen an. Er zuckte die Achseln und meinte:

»Ja, ich habe da etwas gut zu machen. Auch wenn das wohl nicht der richtige Weg ist, aber es ist ein Anfang.«

Lisa schwieg. Er nahm noch zwei weitere Puppen aus dem Regal und legte sie auf den Karton. Beim Bezahlen sprach er noch einmal mit der Verkäuferin.

»Wie willst du das jetzt transportieren? Unser Flug geht erst später.«

»Daran habe ich gedacht. Ich habe sie gebeten die Burg an den Flughafen transportieren zu lassen, ihr Flugnummer und Uhrzeit durchgegeben.«

»Wow, das ist ein Service«, antwortete sie prompt und ihr wurde wieder bewusst, dass er aus einer anderen Welt kam.

Sie verließen das Geschäft und schlenderten weiter. Als sie an einem Laden, der offensichtlich für Teenager gedacht war, vorbeikamen, blieb Lisa automatisch stehen.

»Das wäre etwas für Alexa«, murmelte sie vor sich hin. »Wollen wir rein gehen?«, animierte Victor Lisa

Es gab Schmuck und angesagte Kleidung. Lisa war verwundert über die Auswahl sowie die Preise. Es erschien ihr alles sehr teuer. Klar waren das trendige, tolle Dinge und sie verdiente auch genug Geld, um sich und den Kindern ein schönes Leben bieten zu können. Dennoch ging sie sparsam mit ihren Finanzen um. Das Geld aus dem Fenster werfen wollte sie nicht. Sie wusste aus ihrer Kindheit, wie es war, mit wenig zurechtkommen zu müssen.

Lisa blieb vor einem Kleid im Marine-Look stehen, welches perfekt Alexas Geschmack treffen würde. Sie nahm es in die Hand und flüsterte:

»Das ist wie für die Figur meiner zierlichen Tochter gemacht.«

Mit großen Augen betrachtete sie das Preisschild und hängte das Kleid wieder zurück. Sie bemerkte nicht, dass Victor die Szene beobachtete. Er suchte eine Verkäuferin auf.

Während Lisa sich den Schmuck ansah, spürte sie eine leichte Berührung an ihrer Taille.

»Wir sollten demnächst Richtung Flughafen starten. Möchtest du hier etwas mitnehmen?«

»Nein, alles gut, wir können aufbrechen.«

Paris war eine schöne Stadt. Sie genoss die Zeit hier sehr. Lisa war sich sicher, dass sie von diesem Ausflug noch lange zehren würde. Die Gespräche und das Bummeln, das Kaffeetrinken, einfach alles hatte ihr gefallen. Victor erzählte ihr noch etwas über die Geschichte der Stadt, und dass sie beim nächsten Mal unbedingt in den Louvre musste, um die Mona Lisa zu betrachten.

Im Flugzeug herrschte wenig Betrieb. Victor nestelte in seinem großen Sessel herum und Lisa sah zu ihm hinüber.

»Ist alles in Ordnung?«

»Ja, ich suche nur etwas.«

»Kann ich dir helfen?«

»Nein, habs schon. Schließ bitte deine Augen.«

Lisa sah ihn verdutzt an, tat ihm dann aber den Gefallen.

»Jetzt aufmachen.«

Victor hielt ihr ein Schmuckkästchen hin.

»Für dich. Danke für diesen schönen Tag.«

Lisa nahm es entgegen, fühlte sich aber komisch dabei.

»Das kann ich nicht annehmen. Du hast heute so viel für mich getan und...«

»Nichts und. Mach es bitte auf.«

Lisa öffnete die Schatulle und sah eine Kette, an der ein Schmetterling hing, der kunstvoll mit Brillanten verziert war.

»Wow. Das ist wunderschön. Danke.«

»Ich habe sie gesehen und dachte, die musst du tragen. Darf ich?«

Mit einer gekonnten Bewegung schloss er die Halskette in ihrem Nacken. Lisas Gefühle fuhren Achterbahn, doch das sollten sie nicht. Sie wurde für diesen Ausflug bezahlt. Sehr gut bezahlt sogar und nun bekam sie auch noch ein Geschenk. Lisa fühlte sich überfordert.

»Danke. Für alles«, schaffte sie nur aus ihren Lippen hervorzupressen.

»Sehr gerne. Es war ein wunderschöner Tag mit dir und ich fühle mich richtig gut. Mir geht es gut. Das war schon lange nicht mehr so. Es war wichtig, dass ich all diese Orte wieder besucht habe. Ich danke dir, Lisa.« Lisa lehnte sich in ihrem Sitz zurück und spielte an der Kette.

Sie landeten pünktlich. Harry wartete bereits auf die beiden. Als die Zombieburg sowie ein paar andere Tüten im Kofferraum verstaut wurden, staunte Lisa nicht schlecht.

»Super, dass das geklappt hat.«

Victor drehte sich zu ihr:

»Lisa, ich muss dir etwas gestehen. Die Burg ist nicht für meine Tochter, sondern für deine. Und in dieser Tasche ist das Kleid, aus dem Laden, dass dir so gut für deine Große gefallen hat. Nimm es an. Du hast mir so viel gegeben. Ich möchte dir eine Freude machen.«

Lisas Mund stand offen.

»Das geht nicht. Victor, das ist zu viel. Ich kann das nicht annehmen.«

»Doch kannst du. Du hast keine andere Wahl.«

Elisabeth schluckte. Sie bedankte sich leise.

Als Victor sich zu ihr auf die Rückbank setzte, spürte sie

eine unglaubliche Energie. Es knisterte. Lisa biss sich auf die Unterlippe, denn das war genau das, was sie nicht zulassen wollte. Es fühlte sich an, als würden unsichtbare Ketten ihr Herz umklammern um es davon abzuhalten, schneller zu schlagen, sobald er in ihrer Nähe war. Ihr war das während des Paris-Trips nicht so aufgefallen, da sie von all den neuen Eindrücken und Orten abgelenkt gewesen war. Aber jetzt! Er saß so nah bei ihr. Sofort befahl sie sich in Gedanken:

Nein, Lisa, nein. Nicht verlieben.

Er nahm ihre Hand. Ihr stockte der Atem. Victor streichelte über ihre Handfläche.

»Du hast schöne Hände.«

Lisa war unfähig zu sprechen. Er strich ihr eine Strähne aus dem Gesicht.

»Deine Haare mag ich auch.«

»Danke.«

Jetzt hatten die unsichtbaren Ketten keine Chance mehr, sie wurden weggesprengt von der Kraft ihres schlagenden Herzens. Lisa sah Victor an und er hielt ihrem Blick stand. Er sprach zu ihr:

»Du sagtest, dass das dein letzter Auftrag für Svenja war. Dennoch würde ich dich gerne wiedersehen.«

Lisa blinzelte. Sie antwortete leise:

»Ich dich auch.«

Victors Hand wanderte in Lisas Nacken. Sanft zog er sie zu sich. Seine Lippen berührten ihre. Vorsichtig. Scheu. Sie schloss die Augen und öffnete leicht ihren Mund, bot seiner Zunge Einlass. Als ihre Zungen sich trafen, war es wie eine Explosion. Victor zog sie ganz zu sich, genoss ihre Nähe, ihre Wärme. Lisa wurde zu Wachs in seinen Händen. Sie verlor jegliche Schüchternheit und gab sich ganz dieser zartschmelzenden Vereinigung hin.

Ihnen war egal, dass Harry sie sehen konnte. Doch dieser, ganz Profi, schaute stur auf die Straße. Die Fahrt dauerte nicht lange und den beiden fiel der Abschied schwer.

Harry parkte das Auto und stieg aus, dabei verschloss er leise die Tür. Lisa und Victor gaben sich ihren Küssen hin. Victor war ein Gentleman durch und durch. Er überschritt keine Grenze, schien zu fühlen, was Lisa brauchte und was nicht. Sanft nahm er ihr Gesicht in seine Hände und küsste sie mit vielen kleinen Küsschen von den Lippen bis zum Hals. Lisa seufzte. Sie traute sich nicht, die Augen zu öffnen, aus Angst, dass dann alles vorbei war. Alles wonach sie sich sehnte, gab ihr dieser Mann. Dieser Mann, der so gar nicht in ihr Leben zu passen schien. Doch wer schrieb das schon vor? Wer sagte, wer zu wem passte und wer nicht? Niemand. Die Antwort lag in uns selbst. Wir mussten nur mutig genug sein. Und Lisa war eine mutige Frau. Doch diese Berührung, diese Küsse hier mit Victor brachten sie aus dem Konzept. Sie fand in sich den Willen sich zurückzuziehen und lächelte ihn an. Voller Zufriedenheit. Er hielt ihre Hände und führte sie an seine Lippen, liebkoste ihren Handrücken.

»Du bist eine unglaubliche Frau, Lisa.«

Sie atmete schwer und hauchte ein »Danke«.

Er streichelte mit den Fingern über ihr Gesicht und sie folgte seiner Bewegung mit geschlossenen Augen. Alles fühlte sich so echt und gut an.

»Victor, ich danke dir für alles. Es war traumhaft in Paris und die ganzen Geschenke, ich bin sprachlos. Von Herzen danke ich dir. Doch ich muss nun gehen.«

»Ich verstehe, ich werde dich noch zur Tür begleiten.«

Er ging um das Auto herum und öffnete die Tür, nahm ihre Hand und half ihr heraus. Harry hatte bereits die Taschen von der Shoppingtour vor die Haustür gestellt.

Lisa stand mit dem Rücken zur Tür und Victor kam ihr nahe, sehr nahe. Sie konnte seine Wärme spüren. Nicht nur die körperliche, auch die Wärme und Zuneigung, die seine Seele versprühte. Er beugte sich zu ihr und berührte sanft ihre Lippen, tauchte seine Zunge ein und spielte mit ihrer. Seine Hand war in ihrem Haar. Sie verzehrte sich nach ihm und das spürte er. Denn ihm ging es genauso und er wusste nicht, woher das kam. Das alles verwirrte ihn. Und doch schien alles so klar. Nach so langer Zeit. Nie hätte er erwartet, jemals wieder Gefühle für eine Frau zu haben, nachdem er seine große Liebe verloren hatte.

Sie küssten sich noch eine Weile leidenschaftlich. Lisa wurde es beinahe schwindlig, doch sie wusste auch, dass sie ihn nicht mit ins Haus bitten konnte. Es würde die zarte Blüte, die gerade zwischen ihnen aufkeimte zerstören und das wollte sie nicht, auch wenn sie Lust und Verlangen verspürte. Victor ging es genauso. Er atmete tief durch.

»Ich werde jetzt gehen, Lisa. Danke für alles.«

Lisa nickte wortlos und sah ihn an. Es lag etwas Unausgesprochenes zwischen den beiden.

Sie öffnete die Tür, drehte sich nicht mehr um, hörte, wie sich die Wagentür hinter ihr schloss und der Motor startete. Lisa packte alles ins Haus. Stellte die Geschenke ab und da stand auch schon Klara hinter ihr. Sie begrüßte Lisa überschwänglich.

»Wie wars?«, fragte Klara ohne mit der Wimper zu zucken.

»Lass mich bitte erst mal reinkommen. Es war wunderschön.«

Klaras Blicke wanderten auf die Tüten und Geschenke, da bemerkte sie:

»Und offensichtlich sehr kostspielig.«

Lisa legte die Sachen ab und ging in die Küche, um sich ein Glas Wasser zu holen. Klara war ihr dicht auf den Fersen.

»Wie war es hier?«, fragte die junge Mutter im Gegenzug.

»Es hat alles wunderbar geklappt, wir hatten viel Spaß. Die Mädchen sind vor einer Stunde hundemüde ins Bett gefallen und haben gleich geschlafen. Jetzt erzähl!«

Lisa hielt sich das Glas Wasser an die Stirn und seufzte:

»Klara, ich glaub, ich habe mich verliebt.«

»Was?«, schrie die schon fast als Antwort und schlug sich sogleich die Hände vor den Mund, da sie die Mädchen nicht wecken wollte.

Lisa atmete durch.

»Ja, ich glaube schon. Es war ein so schöner Tag. Victor ist ein toller Mann, der schon viel erlebt hat und erleiden musste. Ich habe sein Herz gesehen. Und ich habe mich verliebt. Auch wenn ich das zum jetzigen Zeitpunkt nicht wollte.«

Klara legte den Kopf schief und schmunzelte dabei.

»Verliebt. Meine Lisa ist verliebt. Habt ihr euch geküsst?«

Lisa errötete und es bedurfte keiner Antwort. Klara klatschte freudig in die Hände und fragte weiter:

»Geknutscht? So richtig? Mit Zunge? Was lief da, Lisa? Ich platze vor Neugier!«

Lisa lächelte und legte den Zeigefinger auf ihre Lippen.

Da rief Klara empört:

»Das kannst du mir jetzt nicht antun! Hey, du bist mir was schuldig! Raus damit!«

Lisa gab sich geschlagen.

»Ja, wir haben uns geküsst. Lang und innig. Mit viel Leidenschaft. Mehr lief nicht. Aber ich möchte nicht den gleichen Fehler wieder begehen. Es war sehr schmerzhaft damals. Wenn Victor Gefühle für mich hat, dann soll er jetzt erst einmal etwas dafür tun. Er soll zeigen, dass er mich verdient hat.«

Klara grinste zufrieden.

»Du hast vollkommen recht. Egal was ist, ich stehe immer hinter dir. Ich weiß, wie schrecklich die Trennung damals war und verstehe, dass du das nicht mehr möchtest. Du bist eine starke Frau, nicht nur dank Sky. Aber jetzt sag mal: Du hast ein Vermögen in Paris ausgegeben, nicht wahr? So kenne ich dich gar nicht.«

Lisa schluckte und sah zu den Taschen im Flur.

»Das alles hat Victor gezahlt. Die Zombieburg, die sich Maxima schon so ewig wünscht, ein Kleid für Alexa und sieh mal«, sie zeigte ihr die Kette, »auch die hat er mir geschenkt.«

»Wow! Wow zu allem! Entweder schwimmt er im Geld, oder du hast es ihm sehr angetan. Überleg doch mal, du warst dort als Begleitung und er gibt so viel Geld aus. Denkst du, das macht er bei jedem gebuchten Arrangement?«

Lisa schüttelte den Kopf.

»Nein, das glaube ich nicht, zumal ich auch nicht glaube, dass er sich regelmäßig ein Date bucht. Ich habe da etwas gespürt, das ich nicht beschreiben kann. Aber ich möchte mehr Bestätigung für dieses Gefühl. Er soll sich beweisen.«

»Verstehe, wie seid ihr verblieben?«

»Ich weiß, dass er nur noch morgen in Bremen ist, dann fliegt er wieder zurück nach London. Er hat meine Nummer. Wir werden sehen.«

Klara zwinkerte ihr zu.

»Trinken wir ein Glas Wein zusammen?«

Ohne auf Lisas Antwort zu warten, holte sie zwei Gläser und entkorkte eine Flasche. Lisa ließ sich auf die Couch sinken und atmete aus. Sie trank einen großen Schluck.

»Ich werde Svenja gleich schreiben.«

»Wieso?«

»Weil ich keinen Auftrag mehr annehmen möchte. Genauso wenig wie ich Geld für diesen Trip haben möchte. Victor hat so viel für mich ausgegeben. Ich will mich dafür nicht noch separat bezahlen lassen. Das fühlt sich einfach falsch an.«

Klara nickte verständnisvoll.

»Liebe Lady Svenja,

ich melde mich zurück von dem Ausflug mit Victor Adams nach Paris. Bitte haben Sie Verständnis, dass ich keine weiteren Aufträge für Ihre Agentur annehmen möchte. Des Weiteren werde ich auch keine Bezahlung für diesen Ausflug annehmen. Mr. Adams hat viel Geld für mich ausgegeben. Ich möchte keine Entlohnung für diese Reise. Dies ist meine Entscheidung.

Für die Zukunft wünsche ich Ihnen und Ihrer Agentur nur das Beste.

Freundliche Grüße
Elisabeth Schatz«

Sie las sich die Nachricht noch einmal durch, trank einen Schluck Wein und drückte auf Senden. Anschließend fuhr sie den Laptop herunter und prostete ihrer Freundin zu.

Die beiden plauderten noch ein wenig und Klara berichtete von dem Tag mit den Kindern.

Kapitel 21

Als Victor in die Villa der Stevens zurückkehrte, fand er die beiden Hausbesitzer, trotz der späten Zeit, ziemlich aufgeregt im Wohnzimmer. Svenja lief unruhig von einer Ecke in die andere und unterhielt sich mit Richard, der in einem großen Ledersessel saß und mehr zuhörte, als etwas sagte.

»Hallo Leute. Ich bin wieder da«, begrüßte Victor seine Freunde.

»Victor! Gott sei Dank! Wo warst du so lange? Dein Flug ist bereits vor drei Stunden gelandet. Aber erreichbar warst du nicht«, rief Svenja beunruhigt und vorwurfsvoll zugleich.

Victor merkte sofort, dass etwas nicht stimmte, denn das war nicht Svenjas Art. Er nahm eine angespannte Position ein. Die Freude verflog aus seinem Gesicht und seine Stimme wurde ernst.

»Was ist passiert?«

»Valentina ist im Krankenhaus«, antwortete Svenja und setzte sich auf die Lehne des Sessels, in dem Richard saß.

»Mutter?«

»Valentina fiel gestern in Ohnmacht. Sie stieß sich dabei den Kopf. Der Notarzt kam und sie wurde vom Krankenwagen mitgenommen. Ich wurde auch alarmiert. Vor ein paar Stunden wurden mir die Ergebnisse vom Chefarzt persönlich mitgeteilt«, berichtete Richard mit klarer Stimme.

Er stellte sein Glas ab, stand auf und kam auf Victor zu.

»Die Sache ist ernst. Deine Mutter hat es mir verboten, dir etwas von ihren Schwächeattacken, die sie seit längerer Zeit hat, zu erzählen. Sie hat uns versichert, dass alles unter Kontrolle ist und sie sich gut fühlt.«

»Deine Mutter ist sehr stur, Victor. Wenn sie eine Entscheidung getroffen hat, bleibt sie dabei«, unterbrach Svenja ihren Mann.

»Das weiß ich. Kann mir jemand erklären, was ihr sonst vor mir verbergt?«, forderte Victor.

Mit einer Handbewegung zeigte Richard auf einen gegenüberstehenden Sessel. Als Victor sich hinsetzte, bekam auch er ein Glas Whisky von Richard in die Hand gedrückt.

»Nimm einen Schluck, du wirst es brauchen«, sprach Richard bestimmend.

Victor kannte seinen langjährigen Freund nur zu gut, um die Ernsthaftigkeit der Lage einschätzen zu können. Er nahm ein wenig von der herben, bernsteinfarbenen Flüssigkeit und fühlte, wie sie sein Inneres mit angenehmer Wärme durchdrang.

»Deine Mutter ist todkrank«, gab Richard die ungeschminkte Wahrheit von sich.

»Bauchspeicheldrüsenkrebs, diese Diagnose wurde uns vor ein paar Stunden mitgeteilt. Valentina hat sich gegen ärztliche Hilfe und gegen eine Chemotherapie entschieden. Sie will wieder nach Hause«, fügte er hinzu.

»Du kennst ihre Einstellungen zum Leben: Alles kommt so, wie es kommen muss, denn nichts passiert umsonst«, ergänzte Svenja mit trauriger Stimme.

»Wir haben viel Überzeugungsarbeit geleistet, um Valentina dazu zu bringen, ihre Meinung zu ändern und dir wenigstens von ihrem instabilen gesundheitlichen Zustand erzählen zu dürfen. Aber sie blieb stur und sagte, dass sie dich nicht beunruhigen will. Denn momentan brauchst du alle Kraft und Energie, um dein eigenes Leben in den Griff zu bekommen.«

Victor saß regungslos da. Ein riesiges, schwarzes Loch machte sich in seinem Inneren breit. Tausende Gedanken überlappten sich in seinem Kopf und vermischten sich mit aufkommenden Schuldgefühlen.

»Victor, morgen früh geht der Flug nach Sankt Petersburg. Ich komme mit dir und kümmere mich um Sophie«, ließ Svenja ihn wissen.

Victor leerte mit einem Zug das Whiskyglas, stellte es ab und stand auf.

»Sämtliche Details bitte morgen. Das muss ich jetzt erst einmal verdauen. Ich hatte vor alles wieder gut zu machen. Jetzt ist es zu spät.«

Victor verließ mit schnellen Schritten das Zimmer. Svenja und Richard schauten sich besorgt an.

»Alles kommt so, wie es kommen muss«, flüsterte Richard seiner Frau zu und drückte sie an sich.

Svenjas Körper zitterte. Sie umarmte ihren Mann und weinte bitter.

Der Flug nach Sankt Petersburg ging früh. Die Stimmung im Hause der Stevens sowie die Fahrt zum Flughafen waren sehr angespannt. Es wurde nur das Nötigste gesprochen. Jedem war klar, dass in der nächsten Zeit wieder ein enormer Verlust eines geliebten Menschen bevorstand. Und keiner konnte etwas dagegen tun. Die Machtlosigkeit machte alle krank. Victor plagte zusätzlich das schlechte Gewissen, dass er einen wunderschönen Tag mit einer Frau in Paris verbracht hatte, während seine Mutter ins Krankenhaus gebracht und mit einer so schrecklichen Nachricht konfrontiert worden war. Wieder einmal war er nicht da, als sie ihn gebraucht hätte. Stattdessen wussten Richard und Svenja deutlich mehr als er.

Wie kann das nur sein?, fragte sich Victor.

Ihm fiel auf, dass seine innere Einstellung sich dem Zustand näherte, als seine Frau und sein Vater gestorben waren. Damals war er genauso in Selbstzweifel versunken, welches mit Gewissensbissen verschmolzen war. Panik machte sich in ihm breit und lähmte sein Bewusstsein.

Ich lasse keine Schwäche mehr zu. Ab sofort werde ich für meine Familie da sein, denn sie braucht mich.

Bei diesem Gedankengang fühlte sich Victor um einiges besser. Die Kräfte schienen zurückzukehren, zusammen mit seinem Lebensmut.

»Woran denkst du?«, fragte Victor Svenja, die seit eine Weile durch das runde Bordfenster schaute.

»Ich mache mir Gedanken, wie es weitergehen soll«, gab Svenja zur Antwort und setzte sich wieder gerade hin.

Ihre Stimme trug den leichten Beigeschmack von Reue.

»All der Stress, der Druck, die hohen Anforderungen. Das alles macht uns krank. Wir haben verlernt Spaß am Leben zu haben und spontan zu sein. Alles läuft nur noch nach Plan. Und alles muss perfekt sein. Höher. Weiter. Besser. Ich will nicht mehr so leben, Victor. Es kann so schnell zu Ende sein!«

Svenja atmete tief durch.

»Wir können nichts mitnehmen, wenn wir diesen Planeten verlassen. Nichts außer Emotionen. Ist das also die wertvollste Währung und das, worum es in diesem Leben tatsächlich geht?«

Sie wurde still. Victor schwieg mit.

»Aber was machen wir Menschen? Wir unterdrücken unsere Emotionen. Wir treten unsere Gefühle mit den Füßen und ignorieren wertvolle Impulse, die aus unserem Inneren kommen. Anschließend wundern wir uns, warum wir unglücklich sind oder wieso wir krank werden.«

Die Stewardess, die gerade Decken in der ersten Klasse

verteilte, kam zu ihren Plätzen. Victor reichte Svenja eine Decke und lehnte eine für sich dankend ab.

»Ich würde lieber einen Kaffee mit einem Schuss Rum haben, um mich aufzuwärmen«, sagte Victor zu der hübschen Brünetten.

»Für mich bitte auch einen«, meldete sich Svenja.

Die Stewardess nickte freundlich und schenkte den beiden ein nettes Lächeln. Als sie weg war, sah Victor seine Begleiterin verwundert an.

»Seit wann trinkst du Kaffee mit Rum? Die Svenja, die ich kenne, trinkt kaum Alkohol und wenn, dann nur eine ganz bestimmte Weinsorte.«

»Ab jetzt, Victor. Die Svenja, die du kennst, war eine Spießerin und Perfektionistin. Eine Langweilerin. Es gibt so vieles im Leben, das ich noch probieren und erleben möchte. Ich will unbedingt mein Emotionskonto auffüllen. Und dafür muss ich mich für neue Dinge öffnen. Dinge, die die alte Svenja vielleicht nie getan hätte. Denn nur so sammle ich neue Eindrücke und neue Ansichten. Zum Teufel mit sämtliche Regeln und Gewohnheiten. Das Leben ist zu kurz und zu wertvoll, um immer das Gleiche zu tun und wie ein Roboter zu funktionieren.«

Victor bemerkte, dass Svenjas Aussage sehr entschlossen klang. Sie wollte noch etwas hinzufügen als die Stewardess zwei Kaffee mit Rum brachte. Als Gentleman nahm Victor die Getränke entgegen, verteilte sie und gab der jungen Dame ein sattes Trinkgeld.

»Für den hervorragenden Service«, kommentierte er kurz mit einem charmanten Lächeln, das die Damenwelt zum Schmelzen brachte.

»Auf die neue Svenja«, sagte er zu seiner Begleitung und hob die Tasse.

Svenja zwinkerte ihm zu und stieß ihre Tasse gegen seine.

»Auf das Leben voller bunter Emotionen. Cheers.«

Sie roch an dem Kaffee. Der ausgeprägte Alkoholgeruch stieg ihr in die Nase. Svenja zog eine lustige Grimasse, aber nahm einen kleinen Schluck. Sie behielt die bittere Flüssigkeit im Mund und ließ sie zunächst auf sich wirken. Mit dem zweiten und dritten Schluck machte sie das gleiche.

»Es ist etwas gewöhnungsbedürftig«, kommentierte sie.

»Zu meinen Lieblingsgetränken wird dieses hier wohl kaum werden, aber ich weiß jetzt wie es schmeckt.«

»Bravo. Dein erster neuer Eindruck. Ich gratuliere dir! Die alte Svenja, die ich übrigens auch sehr mochte, hätte sich sowas nicht angetan. Die neue Svenja finde ich richtig cool.«

Die beiden lachten von Herzen und stießen erneut an.

»Ach ja, Elisabeth hat mir gestern geschrieben, nachdem ihr aus Paris zurückgekehrt seid«, teilte Svenja Victor nebenbei mit.

Sein Gesichtsausdruck nahm sofort den Status »HOCHINTERESSIERT« an. Das war so offensichtlich, dass Svenja schmunzeln musste. Er durchbohrte sie mit seinem neugierigen Blick, fragte aber nichts.

»Sie hat gekündigt«, fuhr Svenja fort.

»Und sie will keine Bezahlung.«

Jetzt sah Victor etwas verwirrt aus.

»Wieso will sie keine Bezahlung?«

»Das kann ich dir nicht sagen, aber sie wirkte sehr entschlossen«, erwiderte Svenja.

»Ich wollte sie wiedersehen. Elisabeth ist eine faszinierende Frau«, sagte Victor mit verträumter Stimme.

»Aber zuerst muss ich einiges in meinem Leben in den Griff bekommen und in Ordnung bringen. Sie hat nur das Beste verdient. Und ich kann ihr das momentan nicht bieten.

Zu viele unaufgeräumte Baustellen in meinem Leben«, stellte Victor fest.

»Dann hast du ja ein Ziel, auf das du hinarbeiten kannst«, Svenja klopfte aufmunternd auf Victors Schulter.

»Ich hoffe nur, dass ich noch in diesem Leben das Ziel erreichen werde«, entgegnete Victor und versank in seinem Gedankenkarussell.

Kapitel 22

Das Taxi stoppte vor der Einfahrt der Privatklinik, die mitten im Grünen am Rande der Stadt lag. Beim Aussteigen nahm Svenja die Reinheit der Luft wahr. Sie atmete tief durch. Der herrliche Tannenduft stieg ihr in die Nase. Es war ruhig. Kein Lärm des Straßenverkehrs. Nur Vogelgesang erfreute das Gehör.

»Schön ist es hier«, äußerte sich Svenja.

»Mhm«, bestätigte Victor wortlos.

Sein Herz raste seit der Ankunft in Sankt Petersburg. Die Nervosität wurde immer größer. Er wollte Valentina noch so viel sagen und hatte gedacht, dass er dafür alle Zeit der Welt hätte. Nur meinte das Schicksal es wieder anders mit seiner Familie und jetzt wusste Victor nicht wirklich, wie er sich seiner Mutter gegenüber verhalten sollte. Sie verabscheute Mitleid in jeglicher Form und belächelte diese menschliche Schwäche. Genau wie Dummheit. Vielleicht war das unter anderem der Grund, wieso Victor seit seiner Kindheit immer nach Wissen und neuen Erkenntnissen strebte. Nebenbei hatte er gelernt, seine Gefühle zu verbergen.

Ein langer weißer Gang führte zu einem geräumigen Empfangsbereich. Der lag mitten in einer Kreuzung von mehreren Korridoren, die zu verschiedenen Stationen führten. Freundliche Damen in hellgrüner Kleidung koordinierten sämtliche Angelegenheiten der Patienten und Besucher.

Bereits nach ein paar Minuten steuerten die beiden auf Valentinas Zimmer zu. Sie mussten wegen der Hygiene Plastiküberzüge über ihren Schuhen tragen. Svenja zog ihre

Stöckelschuhe aus und schlüpfte barfuß in die Einwegschuhe. Dabei grinste sie über beide Ohren. Sie genoss das neue Gefühl der inneren Freiheit. Noch gestern hätte sie sich nicht im kühnsten Traum vorstellen können, barfuß in eine Plastiktüte zu steigen, die als Straßenschuhabdecker gedacht war. Damit auf dem kalten Boden zu laufen und sich dabei auch noch gut zu fühlen. Wo sie ein Leben lang damit beschäftigt gewesen war, das Niveau zu halten, um der gehobenen Gesellschaft zu entsprechen. Sogar für Victor war es sehr ungewohnt Svenja in solch lockerer Verfassung zu erleben. Er schmunzelte. Die Gesamtsituation war etwas verrückt. Unabhängig voneinander, versuchten Svenja und Victor sich auf positive Gedanken zu fokussieren. Keiner wollte wahrhaben, dass ihnen etwas Schlimmes bevorstand.

An Valentinas Zimmer angekommen, klopfte Svenja leicht an die Tür. Keine Antwort. Sie klopfte nochmals und öffnete die Tür als keine Antwort kam. Am anderen Ende des geräumigen Zimmers befanden sich Valentina und Sophie. Sie saßen am Tisch und spielten ein Brettspiel. Valentina lachte laut.

»Du kleine Schlafmütze, wie konntest du das wieder übersehen?«, sprach sie mit ihrer Enkelin auf Russisch.

»Großmutter, irgendwie hab ich das Gefühl, dass du heute andauernd schummelst«, unterstellte ihr Sophie.

»Nie im Leben. Wie kommst du darauf, Sophie?«, antwortete Valentina schelmisch.

»Du hast zu mir heute Morgen gesagt, dass ich Regeln durchbrechen soll, wenn es notwendig sei. In dem du schummelst, brichst du ja auch die Regeln, oder Großmutter?«

Valentina beugte sich nach vorne und schaute ihrer Enkelin spitzbübisch in die Augen.

»Dir kann man nichts vormachen, mein Engel. Du bist so

erschreckend erwachsen geworden. Ich wollte mir ein wenig Spaß erlauben und gleichzeitig deine Reaktion testen. Weißt du, im Leben geht auch nicht alles mit rechten Dingen zu. Aber du sollst dich davon nicht verunsichern lassen. Bleibe dir selbst treu. Dein innerer Kompass zeigt dir immer die richtige Richtung. Was die Regeln anbetrifft, die schützen uns vor Chaos. Außerdem geben sie uns eine Richtung vor, die wir gehen können. Nur glücklich sind wir erst dann, wenn wir unsere eigene Richtung wählen und den Mut aufbringen sie einzuschlagen.«

Victor räusperte sich, um die Aufmerksamkeit der Damen auf sich zu lenken.

»Papa!«, schrie Sophie freudig auf.

Das Mädchen, das im Rollstuhl saß, schob ihn gekonnt in Victors Richtung. Er kam seiner Tochter entgegen, kniete sich nieder und umarmte die Kleine.

»Ich habe dich so vermisst!«, teilte Sophie ihrem Vater auf Englisch mit.

»Ich dich auch, mein Kleines!«, erwiderte er.

»Tante Svenja!«, begrüßte Sophie Svenja, die auf die beiden zukam.

»Ich freue mich dich zu sehen!«

»Ich mich auch Engelchen!«

Svenja küsste Sophie auf die Stirn und drückte sie sanft an sich.

»So, so! Wer hat mich verpfiffen?«, fragte Valentina mit theatralischer Ironie in den Raum.

Sie erhob sich vom Stuhl und machte ein paar Schritte nach vorne zu allen Beteiligten.

»Hallo, Mutter!«, begrüßte Victor sie mit einem Kuss auf die Wange.

Er erschrak innerlich, wie dürr seine Mutter geworden war, seit er sie zuletzt gesehen hatte. Ihm war zwar in England schon aufgefallen, dass sie abgenommen hatte, aber die Zeit nach Vaters Tod war für alle nicht einfach gewesen. Jedes der Familienmitglieder hatte es auf seine Art verarbeitet. Valentina sprach damals nicht über ihren Schmerz, sondern widmete sich den anderen.

Die Mutter drückte ihren Sohn an sich, dann machte sie einen Schritt zurück und betrachtete ihn genauer.

»Du siehst gut aus! Deine Augen strahlen! Für mich, als deine Mutter, ist das ein großartiges Zeichen.«

Victor lächelte Valentina mehrdeutig an.

»Ich muss dir noch so viel erzählen … aber zuerst bin ich mit dem Fragenstellen dran! Warum bist du hier und warum erfahre ich von anderen Menschen, dass es meiner Mutter seit Längerem nicht gut geht?«

Sein Gesichtsausdruck wurde ernst. Er wartete auf die Antworten. Valentina schien es damit nicht eilig zu haben. Sie begrüßte Svenja wortlos mit einer zärtlichen Umarmung, die sich eifrig mit Sophie unterhielt. Anschließend kehrte sie graziös und federleicht zu ihrem Sohn zurück.

»Ich bin nicht ganz freiwillig hier. Ich mag Orte wie diesen hier nicht. Deine Tochter bestand darauf, dass der Krankenwagen, den sie übrigens angerufen hat, uns beide mitnimmt. Sophie überzeugte alle, dass sie unter keinen Umständen von meiner Seite weichen würde. Auch das Personal hatte keine Chance gegen ihre Einwände, als sie versucht haben sie nach Hause zu schicken. Somit blieb denen nichts anderes übrig, als ein zweites Bett in dieses Einzelzimmer zu stellen.«

Valentina zeigte auf das andere Bett und grinste breit.

»Sophie ist wie ihre Mutter. Sie hat Überzeugungstalent. Und sie ist stur wie ihr Vater.«

Die Mutter ging ganz dicht an ihren Sohn heran und flüsternd ergänzte sie:

»Aber sie ist noch ein Kind und sie hat ein Recht auf ihre Kindheit. Das Mädchen hat noch nicht mal Freunde, weil sie ständig bei mir ist. Ich sehe ihre Sorge um mich, obwohl die Kleine es nicht zugibt. Du musst was dagegen unternehmen, Victor. Ich will nicht, dass meine Enkelin sich für mich aufopfert. Sie muss ihr Leben leben. Sie braucht Freunde und sie braucht eine Mutter.«

Valentina machte wieder ein paar Schritte zurück.

»Außerdem, will ich sofort nach Hause! Mit geht es blendend! Ich lasse mich hier auf nichts ein. Schon gar nicht auf irgendwelche Therapien in Form von Tabletten oder Spritzen. Meine vier Wände und mein Garten sind die besten Therapeuten für mich!«, ließ Valentina autoritär alle wissen.

»Aber Großmutter, deine Ohnmachtsanfälle werden immer häufiger und immer länger. Ich habe nicht umsonst den Notarzt angerufen, ich hatte große Angst um dich. Ich will dich nicht verlieren!«, rief Sophie dazwischen, weil sie die Aussage der Großmutter nicht unbeachtet stehen lassen wollte. »Das weiß ich mein Engelchen!«, sagte Valentina mit sanfter Stimme.

Sie beugte sich nieder und nahm die Hand ihrer Enkelin, führte sie zu ihrem Gesicht und drückte sie an die Wange. Valentina schaute direkt in Sophies Augen.

»Mein kostbares Mädchen, nichts und niemand wird uns beide je trennen können. Noch nicht einmal der Tod. Ich werde immer in deinem Herzen sein, genau wie du in meinem. Sobald du an mich denkst, werde ich erscheinen. Egal wo und egal wie. Ich werde über dich wachen, dir Trost und Kraft spenden. Mein Körper ist nicht ewig, meine Seele dagegen schon.«

Valentina küsste Sophie auf die Stirn und erhob sich.

»Und nun, bringt mich nach Hause!«, sagte sie mit einem gespielt befehlenden Ton und guckte dabei Victor und Svenja an.

Um die Wirkung ihrer Aussage zu verstärken, stampfte sie mit einem Fuß und verschränkte die Arme.

»Wird sofort gemacht, Eure Hoheit!«, spielte Victor das Stück unterwürfig mit.

Er verbeugte sich und fügte zu:

»Aber zuerst will ich mit dem Arzt reden und die nötigen Papiere für deine Entlassung unterschreiben, Mutter. Ihr könnt draußen auf mich warten.«

»Eine gute Idee! Denn hier drin bekomme ich keine Luft. Selbst die Wände erdrücken mich«, beklagte sich Valentina.

Sophie kicherte und verdrehte die Augen.

»Man kann ja auch übertreiben, Großmutter! Du wurdest hier wie eine wahre Königin behandelt, aber du beschwerst dich nur. Somit bist du keine Königin, sondern die Prinzessin auf der Erbse!«

Alle lachten, inklusive Valentina.

»Ich kann es bloß nicht leiden, wenn ich wie eine Kranke behandelt werde: mit einer überfürsorglichen Aufdringlichkeit!«, teilte sie den anderen mit.

Es wurde wieder gelacht, denn Valentina hat sehr deutlich gezeigt, dass sie es nicht ertrug, wenn man mit ihr wie mit einer Unbeholfenen umging.

»Mr. Adams, Ihre Mutter ist ein Phänomen für mich! Mit den Werten, die wir bei ihr festgestellt haben, sind Menschen normalerweise ans Bett gefesselt und leiden dazu unter starken Schmerzen. Aber Ms. Adams behauptet, schmerzfrei zu sein. Ist dazu relativ flott unterwegs, geistig topfit und verweigert jegliche weitere Untersuchung geschweige denn Behandlung. So etwas habe ich in all meinen Praxisjahren noch nie erlebt, und glauben Sie mir, Mr. Adams, es sind etliche!«, teilte der grauhaarige Chefarzt Victor seine Verwunderung mit.

»Doktor, mir wurde gesagt, dass meine Mutter eine Erkrankung hat, die man nicht heilen kann. Stimmt das?«

Victor starrte den älteren Arzt mit einem hoffnungsvollen Blick an.

»Laut den durchgeführten Tests und der Symptomatik, kann ich den Befund leider nur bestätigen. Bauchspeicheldrüsenkrebs ist sehr hinterhältig. Ich kenne leider niemanden, dem es gelungen wäre ihn zu besiegen. Ihre Mutter wäre die erste.«

Der Arzt nahm seine Brille von der Nase und schaute Victor nachdenklich an.

»Ich habe mit Mr. Stevens bereits darüber gesprochen. Die junge Lady zeigte mir einen Vollmachtbrief von ihm, in dem ausdrücklich um eine Bekanntgabe des Krankheitszustandes gebeten wird, falls ein Notfall auftritt, der einen Krankenwagen und stationären Aufenthalt erfordert«, fügte er anschließend hinzu.

»Ja, diese Information habe ich von ihm«, sagte Victor bedrückt.

»Gibt es etwas, das ich für meine Mutter tun kann, Doktor?« fragte er nach einer kurzen Pause.

»Die Krankheit ist bereits sehr weit fortgeschritten. Ihnen bleibt nicht mehr viel gemeinsame Zeit. Vielleicht ein paar Tage oder auch ein paar Monate. Ich weiß es nicht. Mein Rat an sie, Mr. Adams: Nutzen Sie sie intensiv! Und akzeptieren Sie den Wunsch Ihrer Mutter nicht von uns Ärzten behandelt zu werden. Vielleicht ist sie nur deswegen noch am Leben, weil ihre Lebenslust und ihre persönliche Überzeugung so stark sind. Manchmal können die Umgebung und die richtigen Menschen, um einen herum, viel mehr bewirken, als irgendwelche Therapien und Eingriffe. Somit wünsche ich Ihnen und Ihrer Familie alles erdenklich Gute, Mr. Adams.«

»Danke Doktor!«

Victor schüttelte die dargebotene Hand und sah aufgelöst zu, wie der Herr im weißen Kittel sich von ihm entfernte. Der kleine Hoffnungsfunke, den Victor noch gehabt hatte, erlosch endgültig. Er wusste nicht was er machen und wie er sich verhalten sollte. Diese erdrückende Wahrheit lastete auf ihm, wie ein riesiger Berg. Ihm blieb nichts anderes übrig, als das Schicksal seiner Mutter zu akzeptieren.

Ein bunter Van mit mehrmals lackiertem Rost blieb vor dem Tor zu Valentinas Haus stehen. Ein kerniger Mann von kleiner Größe sprang vom Fahrersitz und holte mit erstaunlicher Geschicklichkeit Sophie in ihrem Rollstuhl aus dem hinteren Teil des Fahrzeugs.

»Vielen Dank, Anatolij!«, bedankte sich Valentina.

Langsam stieg sie, mit Victors Hilfe, aus dem Auto.

»Kein Problem, Valentina Petrowna! Sie wissen doch, für Sie mache ich es sehr gerne!«, gab Anatolij zurück, während er Svenja beide Hände reichte, um ihr den Sprung nach unten zu erleichtern.

»Danke«, reagierte diese leicht empört, als der Mann nach einer absichtlichen Verzögerung seine Hände von ihrer Taille entfernte.

»Immer wieder gerne!«, zwinkerte Anatolij ihr zu und sprang zurück in seinen Van.

»Pass gut auf deine Großmutter auf, kleine Prinzessin!«, rief er Sophie zu, ließ den Motor an und machte sich davon.

Nur eine schwarze Abgaswolke blieb als kurzes Andenken an seine Hilfsbereitschaft.

»Mache ich«, antwortete Sophie leise und winkte eifrig zurück.

»Mutter, was war das gerade? Und wo ist der Chauffeur, den ich für euch eingestellt habe?«, fragte Victor voller Entsetzen nach der Fahrt mit dem verrosteten Auto und dessen durchgeknallten Besitzer.

»Oh, das ist Anatolij. Ein toller Kerl! Hat sieben Kinder und sechs davon sind Mädchen. Das letzte ist endlich ein Junge geworden«, lachte Valentina und führte die Gäste durch das eiserne Tor.

»Ich gebe seinen drei älteren Töchtern Englischunterricht. Sie sind einfach entzückend und sehr talentiert. Du musst sie kennenlernen, Victor.«

Valentina glitt wie eine Königin über einen mit Steinen ausgelegten Weg, der durch einen großzügig angelegten Garten im englischen Stil führte. Svenjas Mundwinkel schwangen unkontrolliert nach oben, denn sie wusste genau von Valentinas Vorliebe für landschaftliches Design. Sie selbst hatte unendlich viel von dieser Frau darüber gelernt. Als Folge daraus hatte sie in Deutschland einen der schönsten Gärten der ganzen Nachbarschaft.

Prachtvolle Tulpen in unterschiedlichsten Variationen präsentierten sich majestätisch in einer Blütenoase um das Haus herum. Blühend und duftend brachte diese Schönheit einfach jeden zum Staunen.

»All das ist das Werk von Anatolij«, verkündete Valentina voller Stolz und zeigte mit graziösen Bewegungen auf ihren Garten.

»Er betreibt ein kleines Unternehmen für Gartengestaltung und - pflege. Anatolij war sofort begeistert von der Idee des Englischen Gartens. Außerdem hat er ein tolles Gespür für natürliche Harmonie, Verständnis für Blumen und ihre Bedürfnisse.«

Valentina hätte noch viel über ihren Garten und den liebgewonnenen Gärtner erzählen können, wenn nicht der freudige Aufschrei einer kleinen molligen Frau, die aus dem Haus geschossen kam, sie unterbrochen hätte.

»Gott sei Dank, Ms. Adams! Sophie! Victor! Svenja! Ich habe mir große Sorgen gemacht … Ich freue mich so euch zu sehen … Meine Liebsten!«

Die Frau drückte jeden fest an sich und küsste sie auf beide Wangen.

»Alles ist gut, Katüscha!«, beruhigte Ms. Adams die aufgeregte Frau.

»Wir sind heil zurück und mit Unterstützung dazu.«

»Victor, wie gut, dass du da bist! Deine Mutter schont sich überhaupt nicht. Ich predige es ihr Tag für Tag. Immer das gleiche mit ihr! Sie hört einfach nicht auf mich«, beschwerte sie sich bei Victor.

»In London war das anders. Sie hat sogar nach meinem Rat gefragt.«

Mit gespielter Dramatik und einem vorwurfsvollen Blick schaute die Frau mit Schürze in Valentinas Richtung, die genauso gespielt die Augen verdrehte. Victor umarmte die kleine ältere Frau und küsste sie warmherzig in ihr graues Haar.

»Katüscha, ich freue mich so sehr dich wiederzusehen, meine Teuerste. Seit du zusammen mit meiner Mutter und meiner Tochter nach Russland gezogen bist, leide ich fürchterlich ohne deine Spezialitäten und meine heißgeliebten Blinziki.«

»Kommt rein! Essen steht bereits auf dem Tisch! Sophie ließ mich wissen, dass ihr unterwegs seid. Mein Gott, bin ich froh ... wenigstens kann ich wieder normal kochen und es wird gegessen ... dieses vegetarische Essen steht mir bis zum Hals, als ob nur Ziegen im Haus wären, die sich von Salatblättern ernähren ...«, gluckste die alte Hausdame vor sich hin und wartete vor der Tür, bis alle ins Haus gegangen waren.

Sophie grinste in sich hinein. Sie hatte ihre geliebte Katüscha schon lange nicht mehr so aufgeregt gesehen.

Am Tisch herrschte eine eifrige Unterhaltung. Sophie berichtete ihrem Vater, dass der Chauffeur, den sie aus England mitgebracht hatten, nach sehr kurzer Zeit gekündigt hatte. Er war zurück nach England gegangen, weil die Fahrweise der russischen Autofahrer ihn fertig gemacht hatte. Das Verhalten auf der Straße hatte er als unberechenbar empfunden und er war sogar fälschlicherweise beschuldigt worden, als ihm jemand anderes die Vorfahrt genommen hatte. Sophie sagte, dass sie mittlerweile darüber lachen konnte. Seit sie und die Großmutter Anatolij kennengelernt hatten, wussten sie, dass russische Fahrer ihre eigenen Verkehrsregeln hatten, die sich von den englischen enorm unterschieden.

»Manchmal sind sie sogar so erfinderisch und improvisieren mitten im Straßenverkehr!«, beendete das Mädchen seine Erzählung.

»Oh, jetzt verstehe ich etwas!«, kommentierte Svenja die gerade erfahrene Information.

»Die Russen fahren keine Achterbahn, denn der Adrenalinkick auf der Straße ist deutlich höher.«

Alle außer Valentina fanden Svenjas Bemerkung witzig. Sie schaute Sophie mit strengem Blick an.

»Anatolij muss eine neunköpfige Familie ernähren. Er nimmt jeden Auftrag an, den er kriegen kann. Heute musste er seinem Auftraggeber absagen, weil er uns vom Krankenhaus holen sollte.«

»Er musste nicht absagen. Er hat nur die Mittagspause verlängert«, verteidigte sich Sophie.

»Außerdem, wenn ich ihn nicht angerufen hätte, hätte er seinen Auftrag komplett abgesagt und vor dem Krankenhaus gewartet. Das war sein Plan, Großmutter. Und er hält, was er verspricht, du weißt es ja am besten.«

Valentinas Gesichtsausdruck milderte sich wieder.

»Ja mein Engel, das weiß ich. Und das erklärt auch seine heutige Fahrweise. Denn sonst ist er viel vorsichtiger und langsamer. Wir Russen sind zwar etwas eigen, was manche Sachen anbetrifft, aber auf uns kann man sich immer verlassen«, sagte sie stolz und schob sich etwas Salat in den Mund.

»Das kann ich nur bestätigen!«, bestärkte Katüscha, die gerade selbstgemachte Bowle in die Gläser von Svenja und Victor nachfüllte.

In Svenjas Tasche klingelte das Handy. Sie entschuldigte sich und ging in ein Nebenzimmer, um zu telefonieren. Als sie ein paar Minuten später zurückkehrte, wirkte sie etwas besorgt.

»Das war Richard. Er bestellt viele Grüße an alle. Katüscha, warum funktioniert der Festnetzanschluss nicht? Das hat ihn sehr beunruhigt.«

»Ach Gottchen, den habe ich doch ausgesteckt. Seit der Krankenwagen Valentina mitgenommen hat, klingelte das Ding ununterbrochen. Ich weiß nicht, wie alle davon erfahren haben, aber sie riefen an, um sich nach ihrem Wohlbefinden zu erkundigen. Sie stellten mir Fragen, die ich nicht beantworten konnte, da mir selbst die Informationen fehlten. Um mich nicht zu blamieren und meine Ruhe zu haben, steckte ich ihn ab. Ich werde ihn sofort wieder einschalten.«

Katüscha stand bereits auf, als Valentina sie stoppte und bat das erst später zu machen.

»Ich möchte jetzt nur für meine Familie da sein. Alles andere kann warten«, sagte sie mit gelassener, aber bestimmter Stimme.

Svenja schaltete ihr Handy aus und verstaute es in der Tasche.

»In ein paar Tagen muss ich zurück nach Deutschland. Wir haben Hochsaison und meine Anwesenheit ist dringend erforderlich«, teilte sie der Runde mit.

»Wunderbar! Dann kannst du Sophie mitnehmen«, schlug die Hausbesitzerin vor.

»Ich möchte, dass sie etwas Abwechslung erlebt, denn sie war lange genug in der Gesellschaft von zwei alten Frauen. Ich habe Bedenken, dass sie bald verlernt ein Kind zu sein.«

»Ich würde Sophie sehr gerne mitnehmen«, freute sich Svenja und zwinkerte Sophie zu.

»Aber Großmutter, wer kümmert sich um dich? Ich will hier nicht weg.«

»Mein Engel, ich bin da. Und ich kümmere mich um deine Großmutter. Sie hat recht, in Deutschland mit Tante Svenja wirst du viel Spaß haben. Richard wird sich auch riesig freuen, wenn du ihn besuchst. Ich werde dich später wieder holen«, beruhigte Victor seine Tochter, die genau wusste, dass ihre Reise nach Deutschland einen ganz anderen Grund hatte.

Kapitel 23

Lisa saß im Schneidersitz in ihrem Wohnzimmer und starrte das selbstgemalte Bild an. Immer wieder stellte sie es weg und holte es erneut hervor. Das Bild half ihr, Erinnerungen und damit verbundene Gefühle am Leben zu erhalten. Mehrere Wochen waren seit der Parisreise vergangen. Er wollte sie wiedersehen. Und sie ihn auch. Das letzte, das von ihm gekommen war, war eine kurze SMS, dass er in der nächsten Zeit verhindert sein würde, und dass es ihm unendlich leidtat, aber das Wiedersehen erst einmal verschoben werden musste.

Wahrscheinlich auf ungewisse Zeit. dachte Lisa damals mit trauriger Ironie, als sie die Nachricht las.

Sie fragte sich oft, ob Victor auch nur einer von vielen war, die Frauen für ihre Zwecke benutzten. Tief in ihrem Inneren wollte sie aber glauben, dass das nicht der Fall war, und dass Victor tatsächlich einen drastischen Grund hatte.

Wenn es so ist, warum sagt er mir das nicht? In Paris hat er mir sein Herz ausgeschüttet, aber ist nicht in der Lage eine plausible Erklärung für sein plötzliches Verschwinden zu liefern. Bin ich ihm doch nicht so wichtig?

Das immer wiederkehrende Gedankenkarussell machte Lisa fertig. Obwohl sie beschlossen hatte nicht mehr an Victor Adams zu denken und schon gar nicht wegen ihm zu leiden, war das für sie alles andere als einfach.

Lisa lebte ihr Leben, arbeitete viel und widmete sich ihren zwei Kindern. Sie versuchte sich weiterhin durch das Kennenlernen anderer Männer abzulenken. Vergeblich. Sie fühlte sich eher genervt als abgelenkt. Zu nett, zu bemüht, zu langweilig,

zu aufdringlich und viele andere Ausreden fielen ihr sofort
ein, damit das Kennenlernen eine einmalige Sache blieb. Sie
beherrschte die Kunst des Flirtens bereits perfekt und sie
wusste genau, wie man einen Mann dazu brachte »ihr aus der
Hand zu fressen«. Aber all das interessierte sie nicht mehr.
Was brachte all das wertvolle Wissen, wenn das Herz an jemanden vergeben war, der sich nicht einmal in ihrer Nähe
befand.

Hektor, der Banker, den sie im Park »eingekauft« hatte, war
besonders hartnäckig, galant und geduldig, so dass Lisa keinen
Vorwand finden konnte ihn ein für alle Mal abzuservieren. Sie
ertappte sich mehrmals bei dem Gedanken, dass es mit ihm
tatsächlich etwas werden konnte, wenn nicht Victor so fest in
ihrem Kopf sitzen würde. Hektor bot Lisa mehrmals seine
männliche Hilfe in ihrem Haushalt an. Außerdem kochte er
für sie und das Wichtigste – er drängte sie zu nichts.

Dann war da noch dieser Michael, alleinerziehender Vater
des Jungen aus Maximas Klasse. Lisa musste schmunzeln als
sie seinen treuen Gesichtsausdruck mit hoffnungsvollem
Blick vor Augen hatte. Vor Skys Zeit hätte sie gedacht, dass
Michael ideal für sie war. Genauso verlassen, wie sie selbst,
alleinerziehend, treu und ... todlangweilig. Aber vor dem letzten Punkt hätte sie einfach die Augen verschlossen. Denn
schließlich war sie ja auch schon über dreißig und alleinerziehend noch dazu. Wählerisch zu sein, war in ihrer Situation
nicht drin ... Nur all das waren Gedanken der alten Lisa. Die
neue Lisa wusste, dass sie mehr wert war. Sie würde sich auf
keinen Fall auf etwas einlassen, das sich nicht stimmig
anfühlte. Und auf Männer mit Minderwertigkeitskomplexen
schon gar nicht.

*Danke Sky, dass du in mein Leben getreten bist ... Ein geheimnis-
voller Unbekannter, der meine Ansicht über mich selbst auf den Kopf*

gestellt hat und mir zeigte, dass ich genau das bekomme, was ich mir selbst gedanklich gönne. Du kannst stolz auf mich sein, denn ich werde mich nicht mehr auf weniger einlassen, als ich bekommen kann. Nur das Beste ist gut genug für mich!

Lisa gefielen solche Gedankenwendungen. Sie triumphierte und fühlte sich wieder bestärkt. Die junge Frau erhob sich nach einer kurzen Meditation vom Boden und stellte das Gemälde mit Victor Adams in die Nähe der Eingangstür. Sie beschloss ihn morgen mit in die Arbeit zu nehmen und dort im Wartebereich aufzuhängen. Schließlich war er ein sehr attraktiver Mann und ihre Kundinnen würden Freude daran haben in seiner Gesellschaft ihre Wartezeit zu verbringen. Lisas Laune besserte sich, obwohl die Sehnsucht nach ihm noch immer sehr intensiv war.

Es läutete an der Tür. Lisa überlegte kurz, wer es wohl um diese späte Zeit sein könnte. Ihr fiel niemand ein, außer ihrer besten Freundin Klara, die plötzlich in ihrer Arbeit versank und die sie seit mehreren Wochen nicht gesehen hatte.

»Ich muss dir so viel erzählen!«

Klara umschlang mit einem freudigen Aufschrei Lisas Hals, als sie die Tür öffnete.

»Ich freue mich auch dich zu sehen! Aber pst! Die Mädchen schlafen schon.«

Beide Freundinnen umarmten sich und gingen leise tuschelnd in die Küche.

»Für mich bitte einen Espresso!«, teilte Klara mit und schaltete selbst den Kaffeeautomaten ein.

»Um diese Zeit?«, staunte Lisa.

»Zurzeit ist das bei mir die Norm. Außerdem kann ich es mir nicht leisten vor Mitternacht schlafen zu gehen. Ich muss mich für die Sendung vorbereiten.«

»Du darfst moderieren?« Lisa schaute ihre Freundin mit großen Augen und voller Begeisterung an.

Klara nickte und grinste wie ein Honigkuchenpferd.

»Das ist ja toll! Dein großer Traum geht in Erfüllung! Wie hast du das eigentlich geschafft?«

Lisa war ganz außer sich vor Freude. Sie setzte sich auf einen der Küchenhocker und wartete ungeduldig bis Klara sich mit dem Espresso dazugesellte. Der aromatische Geruch von frischem Kaffee machte sich im ganzen Raum breit. Lisa atmete ihn tief ein und schloss genussvoll die Augen. Klara machte das gleiche und nahm anschließend einen Schluck von dem heißen Getränk.

»Das habe ich dir zu verdanken!«, begann Klara ihre Erzählung.

»Mir?«, staunte Lisa.

»Ja! Der Blog von diesem Frauenversteher Sky … du weißt schon. Es hat mich so fasziniert, dass ich ihn komplett durchgelesen habe. Ich habe mir viele Gedanken darüber gemacht und habe festgestellt, dass die dort beschriebenen Methoden nicht nur in der Partnerschaft, sondern in allen Bereichen des Lebens effektiv anwendbar sind. Ich fing an es auszuprobieren. Es funktionierte. Sogar mein Selbstwertgefühl stieg um einiges.«

Lisa schmunzelte ihre Freundin an.

»Lach nicht! Ich bin nicht immer so tough wie es nach außen aussieht. Manchmal steht hinter dieser großen Klappe ein schüchternes, unsicheres Mädchen. Und all das«, Klara zeigte auf sich, »ist eine gekonnte Fassade.«

Die Freundin fuhr eifrig fort: »Vor ein paar Tagen hatten wir bei unserem Sender einen großen Krankheitsausfall an Moderatoren. Irgendein Virus ging herum … man musste bereits auf Sendung gehen … ich nutzte die Chance, fasste meinen ganzen Mut zusammen und schlug mich vor ... zuerst kamen skeptische Blicke ... danach verzweifelte Blicke ... anschließend flehende Blicke. Ich habe es getan! Und weißt du was, mir ist nichts Besseres eingefallen als über das Thema ›Aus einer Flopp-Beziehung in eine Top-Beziehung‹ zu sprechen.«

Klara machte eine kleine Pause und trank erneut einen Schluck Espresso. Lisa rutschte wieder ungeduldig auf ihrem Platz herum.

»Und dann?«

»Ich fühlte mich wie ein Fisch im Wasser. Das war ein fantastisches Gefühl, so als ob ich mein Leben lang nichts anderes gemacht hätte, als eine Radiosendung zu moderieren. Aber das Beste war, als das Telefon nach der Sendung ein Eigenleben entwickelte und ununterbrochen klingelte. Es riefen Frauen wie Männer an und stellten ihre persönlichen Fragen zur eigenen Partnerschaft. Unsere Redaktion war etwas schockiert über die vielen Anfragen. Dabei darf man natürlich nicht vergessen, dass wir ein relativ kleiner Radiosender sind. Und jetzt kommt das i-Tüpfelchen: Ich darf meine eigene Sendung moderieren und bekomme dafür feste Zeiten!«

Lisa sprang vom Hocker und umarmte Klara fest. Sie hätte am liebsten einen lauten Freudeschrei von sich gelassen, aber sie wollte die Kinder auf keinen Fall wecken.

Beide Freundinnen saßen noch ein Weilchen und plauderten über das Leben. Es wurde Mitternacht. Klara wollte sich auf den Heimweg machen, als ihr Blick auf Lisas Pinnwand fiel. Dort hing ein Gutschein in einer ungewöhnlichen Form, mit einer Art Ferienhof und einer wunderschönen Landschaft darauf.

»Was ist das?«, fragte Klara neugierig.

»Oh, das ist ein Geschenk von Lady Svenja für meine Escort-Dienste. Du weißt doch, dass ich kein Geld dafür genommen habe. Dieser Gutschein und ein Blumenstrauß wurden von einem Boten in meinen Salon gebracht. Es ist ein Sommerferien-Aufenthalt auf einem Ponyhof für meine Kinder«, antwortete Lisa emotionslos.

»Ist doch klasse! Dann sind die Kinder in den Sommerferien aufgeräumt und du brauchst kein schlechtes Gewissen zu haben, dass du so viel arbeitest.«

»So habe ich das gar nicht gesehen! Ich wollte den eigentlich nicht einlösen, weil ich für diese Dienste ja nicht bezahlt werden wollte.«

Lisas Stimme klang nicht mehr so überzeugend.

»Quatsch! Betrachte das als ein nettes Dankeschön und lerne doch endlich etwas anzunehmen. Du bist ein Profi im Geben, aber am Nehmen müssen wir noch arbeiten«, munterte die Freundin Lisa auf.

»Und außerdem beginnen die Ferien bereits nächste Woche, oder?!«, fragte Klara nach einer kurzen Denkpause.

»Weißt du was, ich rufe dort selbst an und kläre das mit den Zimmern für die Kids.«

Klara nahm sich die Karte und las den Inhalt auf der Rückseite. Danach schaute sie Lisa mit ihrem berühmten schelmischen Blick an.

»Hier steht, dass deine Kinder auf diesem Ponyhof immer willkommen sind. Eigenes Apartment und volle Verpflegung sind garantiert. Also, wie es aussieht, hat diese Svenja auf dem Hof ein Wörtchen mitzureden. Oder sie unterstützt das Ganze auf irgendeine Weise. Egal! Du wirst dieses Geschenk für deine Kinder annehmen! Ich werde mich persönlich um die Anmeldung kümmern.«

»Danke Klara, aber es muss nicht sein. Ich rufe dort selbst

an und frage nach, wann wir vorbeikommen dürfen«, sagte Lisa entschlossen.

»Sicher?«

»Ganz sicher! Ich werde üben Geschenke anzunehmen!«

»Gut so! Das könnte übrigens ein neues Thema in meiner Sendung werden«, gab Klara nachdenklich von sich, nahm ihre Sachen und eilte davon, um an der neuen Idee zu arbeiten.

Kapitel 24

Herzlich willkommen in unserem Pferdeparadies«, begrüßte Anja, die Leiterin des Hofes, die drei freundlich.

Dabei strahlte sie übers ganze Gesicht. Von ihr ging eine liebevolle Wärme aus.

»Ich bin Anja und ihr müsst Maxima und Alexa sein. Die Koffer könnt ihr erst einmal hier stehen lassen, mein Mann wird sie später auf eure Zimmer bringen. Doch erst möchte ich euch die Anlage zeigen.«

Sie reichte allen die Hand und machte eine Geste sich in Bewegung zu setzen. Es ging über staubigen Boden und Alexa hatte schon eine Vorstellung davon, was sie hier erwarten würde. Sie lächelte und freute sich auf das Abenteuer. Ein Hauch von Wildem Westen lag in der Luft. Gemeinsam betrachteten die vier die gesamte Anlage. Es gab einen Roundpen, mehrere Koppeln mit saftig grünem Gras, eine riesige Reithalle und sogar ein Pferdeschwimmbad. Sie gingen in die Stallungen und Anja stellte den dreien die Pferde vor.

»Wisst ihr, man sagt, dass sich das Pferd den Reiter aussucht und nicht anders herum. Geht hindurch und schaut sie euch an. Wenn eures dabei ist, werdet ihr es merken.«

Alexa und ihre Schwester sahen sich gegenseitig an. Maxima war total aus dem Häuschen, als sie die Pferde sah. Sie blieb vor einem stehen, das traurig und allein wirkte. Ein Pony, das mit Heu im Maul im Eck stand und dem die wilde Mähne ins Gesicht hing. Sie sah es an und das Pony trat ein paar Schritte auf sie zu. Anja beobachtete die Szene genau, wollte erst einschreiten, erinnerte sich dann aber an die eigenen Worte. Das Pony ging sehr langsam und hatte offensichtlich Mühe auf das Mädchen zuzugehen. Maxima sah zu Anja und diese kam zu ihr.

»Das ist Bonny. Sie wurde erst vor einem Monat zu uns gebracht, ihr Vorbesitzer war nicht nett zu ihr, hatte nicht mehr viel Zeit und hat sie vernachlässigt. Sie hat Schwierigkeiten mit dem Vertrauen, aber sie hat ein gutes Herz und offensichtlich erkennt sie auch dein gutes Herz. Wenn du magst, kannst du dich um sie kümmern, doch reiten wirst du sie leider nicht können.«

Maxima strahlte übers ganze Gesicht.

»Das ist völlig in Ordnung. Bonny ist mein Pferd.«

Lisa streichelte ihrer Tochter über die Schultern.

»Das ist ja schön, lass uns mal sehen, wer sich deine Schwester ausgesucht hat.«

Alexa stand in der Mitte des Stalles, breitbeinig und die Arme in die Hüften gestemmt. Sie grinste ein Pferd an. Anja atmete laut aus, als sie sah, vor wem sie da stand. Ein großer, schwarzer Friese streckte den Kopf heraus.

»Das ist Myth, unser Friesen-Wallach. Ein stolzer Kerl, der klare Regeln braucht. Offensichtlich will er, dass du dich um ihn kümmerst.«

Alexa wandte ihren Blick nicht von dem Pferd ab und gab entschlossen von sich:

»Ich nehme die Herausforderung an.«

Anja lächelte, aber Lisa schaute etwas besorgt.

»Keine Sorge, er ist auch für Anfänger geeignet. Nur hat er manchmal seinen eigenen Kopf und ist etwas faul, er braucht ein, zwei Erinnerungen, wenn er schneller laufen soll.«

Nun war Lisa beruhigt.

»Wie Alexa, also ein perfektes Team«, fügte sie hinzu.

Die Frauen lachten. Nachdem die Mädchen sich noch ein

wenig mit »ihren« Pferden bekannt gemacht hatten, gingen sie zurück zum Gästehaus.

»Ich zeige euch noch die Zimmer und dann könnt ihr euch von eurer Mama verabschieden.«

Maxima und Alexa nickten eifrig, sie sprühten vor Energie. Lisa freute sich für die Mädchen. Die Zimmer waren nicht sonderlich groß, zwei Betten, ein Nachttisch und ein großer Schrank, aber sie würden ohnehin nicht viel Zeit hier drin verbringen. Gerade als Lisa das Zimmer verlassen wollte, ging die Tür auf und ihr stockte der Atem. Der Mann, der die Koffer hereinbrachte, war kein Unbekannter. Er sah Lisa an und reichte ihr die Hand.

»Hallo, ich bin Harry. Hat Ihnen meine Frau schon die Anlage gezeigt?«

Lisa war nur fähig zu nicken, sprechen funktionierte nicht. Tausend Gedanken strömten auf sie ein und plötzlich fügte sich das Puzzle. Das Geschenk kam von Svenja und Svenja kannte Victor und Harry war Victors Fahrer. Lisa wurde blass. Harry lächelte freundlich und zwinkerte. Dann sagte er zu seiner Frau:

»Hast du den Mädchen schon unsere Töchter vorgestellt?«

»Nein, aber das werde ich gleich machen. Kommt, ich stelle euch Pia und Zoe vor.«

Als die drei aus dem Zimmer waren, flüsterte Harry:

»Ich bin sehr diskret. Sie brauchen sich keine Sorgen zu machen. Von mir erfährt niemand etwas von Ihrer Tätigkeit.«

Lisa wedelte heftig mit den Händen und gab aufgeregt von sich:

»Oh nein, nein, das war eine einmalige Geschichte. Ich mache das nicht mehr.«

Aber dann biss sie sich auf die Zunge und dachte:

Soll er doch denken, was er will.

Lächelnd fügte Harry hinzu:

»Ich weiß, Victor hat mir alles erzählt, tut mir leid, ich bin ein alter Scherzkeks. Machen Sie sich keine Gedanken. Wie geht es Ihnen?«

Lisa atmete erleichtert auf.

»Danke Harry, soweit geht es mir gut und Ihnen?«

»Auch gut, danke.«

Es brannte ihr unter den Fingernägeln, nach Victor zu fragen und beide spürten, dass diese Frage in der Luft hing, doch Lisa wollte nicht zeigen, wie sehr sie das beschäftigte. Sie rieb sich die Hände an den Schenkeln ab und verabschiedete sich:

»Gut, dann werde ich mal wieder in Richtung Heimat starten. Es war schön, Sie wieder getroffen zu haben.«

»Ganz meinerseits.«

Lisa wandte sich zur Tür, als Harry mit rauer Stimme hinzufügte:

»Es geht ihm nicht sehr gut.«

Sie drehte sich um und sah ihn irritiert an. Kommentarlos verließ Lisa den Raum. Tränen bahnten sich an, doch sie atmete tief durch, denn sie wollte diese Emotion nicht zulassen. Lisa wusste, dass etwas nicht stimmte, das hatte sie gespürt. Doch konnte sie diese Geste von Harry momentan nicht zuordnen. Sie ging an die frische Luft und musste ihre Emotionen schnell in den Griff bekommen. Lisas Töchter standen mit zwei anderen Mädchen und Anja an ihrem Auto.

»Das sind meine Töchter, Pia und Zoe.«

»Zwillinge«, bemerkte Lisa und Anjas Töchter begrüßten sie gleichzeitig.

»Jetzt ist es wohl an der Zeit sich zu verabschieden«, sprach Anja und Lisa drückte ihre Töchter fest.

»Ich wünsche euch viel Spaß. Hört auf Anja und ihren Mann. Ich liebe euch.«

Die Mädchen nickten. Lisa gefiel das freudige Strahlen in den Augen ihrer Töchter. Ohne viel Tamtam fuhr sie davon. Sie hatte ein gutes Gefühl, denn sie wusste, dass es ihren Töchtern an nichts fehlen würde.

Zu Hause angekommen, machte Lisa sich einen Tee und setzte sich in den Garten. Sie genoss die abendliche Wärme der Sonne. Dabei dachte sie an Harrys Worte. Was mochte bloß los sein mit Victor? Vielleicht ein geschäftliches Anliegen? Oder doch eine andere Frau? Oder ein Schicksalsschlag? Es juckte sie in den Fingern, ihm zu schreiben. Irgendwie ließ es sie nicht los. Es war gut, dass ihr Handy nicht in ihrer Nähe war. Denn sie wollte zunächst gründlich darüber nachdenken, was sie ihm schreiben sollte.

Inzwischen war einige Zeit vergangen und er hatte sich nicht gemeldet. Egal wie schlecht es ihm ging, er hätte ihr kurz schreiben können. Allerdings hatte sie ihm nicht auf seine Nachricht geantwortet und das war auch nicht gerade die feine englische Art. Lisa spürte einen kleinen Stich in ihrer Brust. Ihr Herz schmerzte. Sie stellte die Tasse weg, ging zurück ins Haus, holte ihr Handy und öffnete die Nachrichten. Lisa atmete tief durch. Auch wenn sie die Nachricht bereits gelöscht hatte, konnte sie sich noch genau an seine Worte erinnern. Diese brannten wie Feuer in ihrer Seele. Mit zitternden Händen tippte sie die Nachricht, die plötzlich ganz klar vor ihrem geistigen Auge schwirrte:

»Hallo Victor, ich glaube, dir geht es zurzeit nicht gut. Würde mich freuen von dir zu hören. Liebe Grüße Lisa«

Sie verschickte die Nachricht und das Zittern ließ nach.
Gerade als sie das Handy weglegen wollte, blinkte ein Briefumschlag auf. Lisa schluckte und öffnete die Nachricht. So
schnell hatte sie nicht mit einer Antwort gerechnet.

»Lisa, danke für deine Nachricht. Meine Mutter ist schwerkrank.
Wenn ich wieder in Deutschland bin, melde ich mich bei dir. Ich
denke sehr oft an dich. Bis bald, Victor«

Sie drückte das Handy mit beiden Händen an ihre Brust und
wusste nicht, ob sie sich freuen oder ob sie weinen sollte.
Lisa spürte seinen Schmerz und das fühlte sich nicht gut an.
Gerne wollte sie für ihn da sein und das sollte er auch wissen:

»Ich bin für dich da. Lisa«

Anschließend legte sie das Handy weg.

Kapitel 25

Maxima und Alexa hatten in der fremden Umgebung sehr gut geschlafen. Sie waren derzeit noch die einzigen Gäste und wurden somit komplett in die Familie von Harry und Anja integriert. Maxima freute sich besonders darauf, sich heute um ihr Pony zu kümmern. Zunächst half sie beim Ausmisten.

Alexa war im gleichen Alter wie Pia und Zoe. Die drei hatten sofort einen guten Draht zueinander. Anja ging mit Maxima zu Bonny während die Zwillinge Alexa zeigten, wie man ein Pferd longiert. Alexa war mit Feuereifer dabei und sog jedes Detail in sich auf. In ihr wurde das Pferde-Feuer entfacht.

»Wir haben auch viele Bücher über Longieren und Voltigieren, falls du Lust hast etwas darüber zu lesen.«

»Sehr gerne, doch zunächst möchte ich es selbst probieren.«

Die drei verschwanden mit Myth im Roundpen.

Maxima stellte sich vor Bonnys Box und sah sie liebevoll an.

»Möchtest du reingehen?«, fragte Anja.

Das kleine Mädchen nickte. Sie nahm sich eine sanfte Bürste und ging in die Box. Bonny machte zunächst einen Schritt zurück. Maxima blieb an der Tür stehen und schloss sie leise. Dann sah sie Bonny an, diese tippelte nervös hin und her. Maxima setzte sich im Schneidersitz auf den Boden. Das Pony entspannte sich allmählich. Anja beobachtet die Szene von der Seite. Bonny ging langsam einige Schritte auf Maxima zu. Mit ihrer weichen Schnauze schnupperte sie an dem Mädchen, das ihr so viel Vertrauen schenkte. Als Maxima ihre Hand ausstreckte, zuckte das Pferd kurz zurück. Doch das kleine Mädchen strahlte so viel Wärme und Liebe aus, dass Bonny wieder zu ihr ging und sich streicheln ließ. Anja konnte nicht glauben, was sie da sah. So nah war zuvor noch niemand auf dem Hof diesem ängstlichen Pony gekommen. Maxima stellte sich hin und streichelte Bonny weiter, fuhr ihr mit den Fingern durch die strubbelige Mähne. Vorsichtig nahm sie die Bürste und begann das Pferd am Hals zu striegeln. Die Berührung war ungewohnt für das Tier, doch es hielt still. Es genoss die Zuneigung. Maxima kämmte nicht zu lange, denn sie wollte es nicht gleich übertreiben. Nach einigen Minuten flüsterte sie in Bonnys Ohr:

»Das hast du sehr fein gemacht. Wir machen morgen weiter damit.«

Sie ging aus der Box und sah Anja an, die Tränen in den Augen hatte.

»Bonny ist ein ganz tolles Pferd«, stellte Maxima fest.

Anja nickte und sah zu, wie das kleine Mädchen aus dem Stall ging.

Es verging einige Zeit, in der sich Maxima immer mehr um Bonny kümmerte und ihr Vertrauen erlangte. Sie durfte sie an der Leine eine Runde um den Hof führen und war mächtig stolz dabei.

Alexa, Pia und Zoe wurden innerhalb kürzester Zeit zu einem eingeschworenen Team. Sie waren richtig gut darin, die Pferde zu longieren, auch Voltigieren klappte ganz gut. Alexa konnte so gut reiten, dass sie bald mit den beiden anderen einen Tagesausritt machen durfte.

Auch wenn Maxima sich hingebungsvoll um ihr Pony kümmerte, so war sie doch irgendwie einsam. Für die anderen

Mädchen war sie zu klein und sie konnte auch noch nicht mit auf einen Ausritt. Sie klebte oft an Anja.

Bis eines Tages ein großer SUV auf den Hof fuhr. Neugierig wie sie war, beobachtete Maxima das Geschehen. Aus dem Kofferraum wurde ein Rollstuhl ausgeladen und ein Mädchen hineingesetzt. Eine hübsche Frau mit großer Sonnenbrille unterhielt sich angeregt mit Harry und Anja. Das Mädchen sah traurig und desinteressiert aus. Die Frau mit der Sonnenbrille sagte etwas zu ihr und fuhr sie zur Koppel, sodass sie die Pferde ansehen konnte. Die Frau ging mit Harry und Anja ein paar Schritte weg, blieb aber dennoch in Sichtweite. Maxima nutzte ihre Chance und näherte sich dem Mädchen.

»Hallo«, rief sie aufgeregt endlich jemanden in ihrem Alter zu sehen, »ich heiße Maxima und du?«

Das Mädchen antwortete auf Englisch:

»Sorry, I don`t speak German.«

Anschließend fügte sie noch etwas auf Russisch hinzu und Maxima freute sich. Sie antwortete ebenfalls auf Russisch:

»Ich spreche diese Sprache auch, hab ich von meiner Mama gelernt.«

Das Mädchen schaute interessiert zurück.

»Ich heiße Sophie.«

»Hi Sophie, wozu brauchst du diesen Rollstuhl?«

Sophie war zunächst über die Frage überrascht, freute sich aber über das Interesse.

»Ich kann nicht laufen.«

»Oh, das ist schade, aber das macht nichts. Willst du mal mein Pferd sehen?«

Ohne ihre Antwort abzuwarten, schnappte sie sich den Rollstuhl und schob Sophie in den Stall zu Bonny.

»Das ist Bonny und irgendwie hast du den Blick, den Bonny

vor Kurzem auch noch hatte«, plapperte Maxima drauf los, »wieso bist du traurig, Sophie?«

Das Mädchen im Rollstuhl atmete durch.

»Die Erwachsenen belügen mich. Und das gefällt mir gar nicht. Sie behandeln mich wie ein kleines Kind.«

»Du bist doch noch ein Kind. So wie ich. Wollen wir Freunde sein? Wir können uns gemeinsam um Bonny kümmern, sie ist wirklich sehr lieb.«

»Ich werde nicht auf ihr reiten können«, entgegnete Sophie.

»Das macht nichts, man kann sie nicht reiten. Aber wir können sie bürsten, ihr Zöpfe flechten und sie liebhaben.«

Maximas Wangen glühten vor Freude und sie sprühte vor Tatendrang. Sie schob Sophie ein Stück zurück und holte Bonny aus der Box, dann drückte sie Sophie eine Bürste in die Hand.

»Los probier es. Glaub mir, es wird dir gefallen.«

Sophie gefiel Maximas Art und sie tat, wie ihr gesagt wurde. Zaghaft begann sie das scheue Tier zu bürsten. Maxima kraulte Bonny hinter den Ohren und flüsterte ihr beruhigende Worte zu. Sophies Gesicht hellte sich mit jedem Bürstenstrich auf. Die Mädchen waren so vertieft, sich mit dem Pony zu beschäftigen, dass sie nicht gleich bemerkten, wie drei aufgeregte Erwachsene in den Stall liefen. Die Frau mit der Sonnenbrille rief:

»Sophie, hier bist du! Da lässt man dich einmal aus den Augen!«

Die Mädchen sahen zu den Erwachsenen als Anja eine beschwichtigende Geste mit den Händen machte. Sie erklärte, wer Maxima war, und dass Bonny ein ganz besonderes Pferd war. Die Frau ging zu den beiden Mädchen und stellte sich bei Maxima vor:

»Hallo ich bin Svenja und wer bist du?«

Maxima lächelte übers ganze Gesicht.

»Hallo, ich bin Maxima. Bleibt Sophie jetzt auch hier für die Ferien?«

Svenja sah abwechselnd die Mädchen an.

»Wenn sie das möchte, kann sie morgen wiederkommen. Möchtest du das?«

Das Mädchen im Rollstuhl nickte eifrig. Svenja fiel ein Stein vom Herzen.

Sophie konnte es kaum erwarten wieder in den Stall zu kommen. Sie wurde von einer aufgeregten Maxima begrüßt. Die winkte wild und sprang in die Höhe, als sie Sophie sah. Stürmisch umarmte sie ihre neue Freundin. Svenja ließ Sophie mit einem guten Gefühl auf dem Reiterhof. Sie spürte, dass ihr der Umgang mit einer Gleichaltrigen guttat. Sophie war durch ihr Handicap, nicht Laufen zu können, sehr weit im Kopf, vor allem, wenn man sie reden hörte.

Maxima schob Sophie sofort zu Bonny in den Stall, drückte ihr eine Bürste in die Hand.

»Wenn wir sie richtig toll gebürstet haben, flechten wir ihr ein paar Zöpfchen. Das gefällt ihr.«

Sophie starrte das Pony an.

»Woher willst du das wissen? Kann sie etwa sprechen?«

Maxima wiederrum zog eine Schnute, hob die Schultern und gab mit lässiger Stimme von sich:

»Nö, aber sie würde traurig aussehen, würde es ihr nicht gefallen. Und jetzt los.«

Die Mädchen kicherten und stylten das Pferd.

»Schade, dass heute kein so tolles Wetter ist und wir Bonny nicht mehr auf die Koppel lassen können«, murmelte Maxima vor sich hin, »sie hätte sich sicher gefreut.«

»Ja, es soll leider die nächsten paar Tage nicht so schön werden. Viel Niederschlag und kühlere Temperaturen.«

Maxima stemmte die Hände in die Hüften und erwiderte:

»Niederschlag und kühlere Temperaturen? Du redest, als wärst du eine alte Frau. Sag doch einfach: Es regnet und wird kalt.«

Sophie war erst etwas verdutzt, musste dann aber lachen. Maxima fiel in ihr Gelächter mit ein.

»Komm, ich stell Bonny in ihren Stall, danach gehen wir rüber ins Haupthaus, da gibt es ein Zimmer, in dem ich meine Zombiepuppen aufgebaut habe. Kennst du diese Puppen? Damit könnten wir doch spielen.«

»Ich habe die schon mal im Fernsehen gesehen, aber ich habe keine davon. Alleine damit zu spielen macht nicht sonderlich viel Spaß.«

Maxima schnappte sich den Rollstuhl und schob Sophie davon.

»Jetzt hast du ja mich, wir können zusammen spielen.«

Sophie betrachtete die bunten Puppen mit ihren verrückten Kleidern und wilden Haaren. Durch Maximas lockere Art kam sie gleich mit ins Spiel und die beiden bemerkten nicht, wie schnell die Zeit verging.

»Weißt du Sophie, diese Puppen kann man auch schminken. Aber die Schminksachen dafür habe ich zu Hause. Das macht riesigen Spaß.«

»Das glaube ich dir. Schminken ist sicherlich toll.«

»Meine Mutter macht das von Beruf. Sie macht die Frauen hübsch und da gehört Schminken auch dazu.«

Sophie sah traurig zu Boden.

»Du hast keine Mama mehr, oder?«, fragte Maxima.

Da lief eine Träne über Sophies Wange und fiel auf ihr Knie.

»Ist sie gestorben?« Sophie nickte, strich sich dann aber tapfer die Tränen aus den Augen und erzählte:

»Ja, bei einem Autounfall. Wir wollten meinen Papa am Flughafen abholen, zur Überraschung. Ich kann mich nicht mehr daran erinnern. Als ich im Krankenhaus wach wurde, war Mama tot und ich konnte nicht mehr laufen.«

Maxima sah ihre neue Freundin traurig an, dann nahm sie sie herzlich in den Arm.

»Das tut mir echt leid. Aber weißt du, du hast die Liebe deiner Mama gehabt und wirst sie immer im Herz haben. Mein Papa lebt zwar noch, aber er möchte mich nicht kennen«, teilte Maxima ihre Überlegungen mit.

Sie hielten sich die Hände und sahen sich eine Zeit lang an. Die Verbindung die zwischen den beiden innerhalb kürzester Zeit entstanden war, sollte nie mehr gebrochen werden, doch das wussten sie zu diesem Zeitpunkt noch nicht.

»Komm, lass uns nicht mehr traurig sein. Wir haben beide schon viel geweint. Jetzt ist Zeit um Spaß zu haben und lustig zu sein. Wir haben eine wunderhübsche Bonny gemacht und hatten viel Spaß mit meinen Zombiepuppen. Und wenn du morgen wiederkommst, dann machen wir auch wieder etwas Tolles. Du bist meine Freundin.«

Sophie lächelte Maxima an, sie stimmte ihr zu:

»Du hast Recht. Wir haben Ferien und sollten glücklich und fröhlich sein. Und du bist auch meine Freundin. Ich werde Svenja sagen, dass ich jeden Tag kommen möchte, damit wir zwei immer gemeinsam spielen können.«

Gegen Abend wurde Sophie wieder abgeholt. Svenjas Herz machte einen kleinen Sprung, als sie sah, wie glücklich das kleine Mädchen im Rollstuhl strahlte.

»Morgen komme ich wieder«, rief sie Maxima zu.

Diese rannte sofort zum Telefon, um ihre Mutter anzurufen.

Kapitel 26

Lisa war erst überrascht gewesen, als ihre jüngste Tochter sie am Abend mit einem speziellen Anliegen anrief. Doch sie konnte ihr die Bitte nicht ausschlagen. Denn Maxima hatte ein gutes Herz und sie wusste, dass es einer höheren Sache diente. Also tat sie, wie ihre Tochter ihr geheißen hatte und belud das Auto. Lisa fuhr in aller Frühe zum Ferienhof. Maxima stand aufgeregt im Hof.

»Super Mama, dass du das machst. Aber du musst gleich wieder gehen. Sie darf dich nicht sehen.«

»Wieso darf sie mich nicht sehen?«

»Weil es eine Überraschung ist. Sie soll nicht wissen, wie ich es geschafft habe, es über Nacht hierher zu bringen. Mama!«

Lisa grinste ihre Tochter an.

»Ja, schon verstanden. Sag deiner Schwester einen lieben Gruß. Ich besuche euch übermorgen hochoffiziell. So, dass mich jeder sehen darf, ok?«

»Ja, okay, und jetzt geh bitte. Und danke.«

Die Tochter umarmte ihre Mutter impulsiv, anschließend verschwand sie mit ihrer Lieferung im Haus.

Maxima konnte vor Aufregung kaum frühstücken. Auch wenn sie sehr gerne Zeit mit den Pferden verbrachte, war sie froh darüber, dass der Regen tatsächlich einsetzte. Sophie wurde wie üblich von Svenja gebracht. Hektisch griff sie in die Räder ihres Rollstuhls, als sie Maxima zu Gesicht bekam.

»Sophie, langsam«, sagte die Frau und machte dabei lustige Verrenkungen, um Sophie hinterherzukommen.

»Guten Morgen, Maxima!«, begrüßte sie das Mädchen.

»Wie ich sehe, habt ihr beiden es etwas eilig. Dann werde ich euch nicht länger aufhalten. Bis später, mein Engel.«

Svenja küsste Sophies Stirn und machte einen Schritt zurück, um Maxima die Führung des Rollstuhls zu übergeben. Die Kleine schnappte sich Sophie und schob sie mit vollem Karacho aus dem Raum. Sie hatten so viel Schwung, dass sie in der Kurve fast aus der Bahn fielen. Vor Maximas Tür machten sie Halt, atmeten durch und beruhigten sich wieder.

»Okay, Sophie, du musst die Augen zumachen, sonst funktioniert es nicht.«

Sophie kniff die Augen fest zusammen, während Maxima sie in das Zimmer schob. Zum Schluss stupste sie sie kurz an. Als Sophie ihre Augen öffnete, stand ihr der Mund offen, sie hatte Mühe zu sprechen. Maxima war sichtlich zufrieden, die Überraschung schien ihr gelungen zu sein.

»Was sagst du?«

»Das ... das ist der Hammer!«, brach es aus Sophie hervor und sie hielt sich die Hände vor den Mund, wegen ihrer ungewohnten Ausdrucksweise.

»Ja, der Oberhammer. Meine Mutter hat mir das alles heute Morgen vorbeigebracht. Was willst du zuerst machen?«

Sophie brauchte nicht lange für die Antwort.

»Erst Zombiepuppen, dann Schminken.«

Maxima klatschte begeistert in die Hände.

»Okay super, so hatte ich mir das auch gedacht. Und danach besuchen wir Bonny, wenn es nicht mehr so stark regnet.«

»Ja, aber die schminken wir nicht.«

Sie brachen in Gelächter aus. Als sie sich beruhigten, bemerkte Sophie:

»Die Burg steht auf dem Boden, kannst du sie hochstellen?«

»Nein, du wirst dich auf den Boden setzen.«

»Aber wie soll ich das machen? Wollen wir einen Erwachsenen um Hilfe bitten?«

»Nein, wir machen das alleine«, sagte Maxima entschlossen.

Sie reichte ihrer Freundin die Hände und diese griff beherzt zu. Mit eisernem Willen schaffte sie es, sich hinzustellen und hielt sich sofort an dem Hochbett fest. Sie zitterte.

»Ich glaub, ich schaffe das nicht Maxima.«

»Doch! Los, langsam nach unten mit dem Hintern.«

Sophie presste ein kaum sichtbares Lächeln hervor, denn sie freute sich über Maximas Enthusiasmus. Es gelang ihr tatsächlich, sich zu setzen und die beiden spielten mit der riesigen Zombieburg. Maxima beobachtete Sophie genau, später teilte sie ihr mit:

»Dein Fuß hat sich ein paar Mal bewegt. Sollen wir mal versuchen zu laufen?« »Das sind Nervenzuckungen, sagt der Doktor. Sie können es sich zwar nicht erklären, aber es ist eben so, dass ich nicht laufen kann. Vermutlich werde ich das auch nie wieder können.«

»Ach Quatsch Sophie! Wir probieren das jetzt. Wenn dein Fuß sich bewegen kann, dann kann er auch laufen. Das ist doch logisch.«

Sophie schaute ihre neue Freundin skeptisch an, doch sie wollte ihr beweisen, dass das nicht so einfach ging, wie sie es sich vorstellte, also gab sie nach:

»Nun gut, Doktor Maxima, ich werde dir beweisen, dass es nicht funktioniert. Hilf mir bitte hoch.«

Maxima sprang auf und half Sophie auf die Beine, diese zitterte von der ungewohnten Bewegung. Dann schob sie mit ihrem Fuß den Rollstuhl weiter weg und nahm Sophies Hände. Diese stand wie angewurzelt im Raum.

»Halt dich an meinen Schultern fest, ich bewege deine Füße, im schlimmsten Fall, fällst du auf mich.«

Maxima beugte sich nach unten und machte die Bewegung mit Sophies Füßen. Ein, zwei, drei Schritte. Beim vierten Schritt musste sie nicht viel mithelfen. Sie waren am Rollstuhl angekommen und Sophie ließ sich in diesen hineinplumpsen. Das Mädchen sah erschöpft aus und verwundert.

»Wie war's?« fragte Maxima.

Sophie schüttelte den Kopf.

»Da war etwas. Beim letzten Schritt, war es, als hättest du den nicht alleine gemacht.«

»Hab ich auch nicht, da war nicht mehr viel zu tun. Also, ich sag doch. Das funktioniert. Später üben wir weiter und dann schminken wir uns.«

Mit einem lauten Geräusch sausten die beiden in die Küche.

Sie übten noch etwas weiter und machten all das, was sie sich sonst noch vorgenommen hatten. Lisa hatte ihrer Tochter auch ein paar Schminksachen eingepackt. Dank ihrer Mutter wusste Maxima einigermaßen, wie man damit umging. Doch die Farbwahl einer Achtjährigen war anders als die einer Erwachsenen. Als Sophie am Abend abgeholt wurde, sahen die beiden Mädchen aus, als würden sie zum Karneval gehen. Für Bonny war an diesem Tag keine Zeit gewesen, doch Maxima half am Abend mit der Fütterung. Sie war glücklich, endlich eine Freundin gefunden zu haben, nachdem ihre große Schwester die ganze Zeit mit den Zwillingen der Familie abhing. Alexa war sehr damit beschäftigt das Voltigieren zu lernen und sie war richtig gut darin. Es tat ihr gut, sich ganz darauf zu konzentrieren. Für die Geschwister war dieser Aufenthalt eine willkommene Abwechslung vom Alltag.

Doch auch die schönsten Ferien neigten sich irgendwann mal dem Ende zu. Sophie und Maxima wurden unzertrennlich.

»Du musst mich unbedingt besuchen Sophie.«

»Ja und du mich auch. Mein Papa ist bald in Deutschland, den musst du unbedingt kennenlernen. Vielleicht können wir gleich nächste Woche etwas ausmachen? Und wieder Zombieburg spielen.«

Maximas Wangen glühten vor Aufregung.

»Oh ja! Du kommst am besten zu mir, ich sag es meiner Mama. Dann können wir auch noch heimlich mit dem Laufen weiter üben, vielleicht kannst du deinem Papa schon ein paar Schritte zeigen, wenn er wieder in Deutschland ist.«

Die Mädchen mussten sich verabschieden.

Kapitel 27

Wohltuende Abendluft umhüllte Victors Sinne. Das süße Aroma von Blumen in sämtlichen Variationen in Verbindung mit holzigem Lavendel wirkte beruhigend und entspannend. Im Dämmerlicht beobachtete er von der Terrasse aus die zierliche Silhouette seiner Mutter, die einen Spaziergang durch den Garten machte. Immer wieder blieb sie stehen. Er wusste nicht, ob sie Pausen einlegte, um die Kräfte für weitere Schritte zu sammeln, oder ob sie nur ihre Pflanzen bewunderte. Er war sprungbereit für den Fall, dass sie wieder in Ohnmacht fiel. In der letzten Zeit hatte sich das gehäuft, darum blieb Valentina immer in Victors Visier. Der Zustand seiner Mutter beunruhigte Victor sehr. Er versuchte sie zu überzeugen nach England in eine Spezialklinik zu gehen, aber davon wollte sie nichts hören und wissen. Sie entschied, sich ihrem Schicksal zu stellen und die Zeit zu genießen, die ihr geblieben war. Katüscha erzählte Victor, dass sie regelmäßig hörte, wie seine Mutter Selbstgespräche führte. Nach ihren Vermutungen unterhielt sich Valentina mit ihrem verstorbenen Mann, Ben, denn die Bruchteile der Gespräche, die sie unbeabsichtigt mitbekam, waren sehr gefühlvoll. Anschließend hörte sie Valentina oft weinen.

Victor kam sich sehr hilflos vor. Er musste zuschauen, wie ein wichtiger Mensch immer schwächer wurde und er konnte nichts dagegen tun. Vor Verzweiflung hätte Victor am liebsten geschrien. Nur das brachte ihn auch nicht weiter. Er musste stark sein. Stärker denn je. Dies war nicht die richtige Zeit für Schwäche. Seine Mutter kehrte zur Terrasse zurück und der Sohn eilte ihr zur Hilfe. Er bot ihr den Arm, um die Treppe hochzukommen. Victor begleitete sie zu ihrem Schaukelstuhl und wartete daneben, bis sie es sich bequem gemacht hatte. Mit einer Handbewegung deutete Valentina auf einen Stuhl daneben. Als Victor sich niederließ, schaute sie ihn durchdringend an. Sie lächelte schwach und sprach mit sanfter Stimme zu ihm:

»Victor, wie lange willst du noch mein Babysitter sein? Du hast selbst dein Leben zu leben und eine Tochter, die dich braucht. Dein Platz ist bei ihr. Nicht hier, bei einer schwachen Frau, die ihr Leben bereits gelebt hat.«

Victor schaute kurz in die Ferne und wieder zu seiner Mutter.

»Sophie hätte hier sein können. Dann wären wir alle zusammen gewesen.«

Er nahm ihre Hände in seine und führte mit sanfter Stimme fort:

»Mama, ich kann dich nicht allein lassen. Ich würde es mir nie verzeihen, wenn ich nicht bei dir bin, wenn du …«,

Victor stotterte. Er suchte im Geiste nach dem richtigen Ausdruck als Valentina ergänzte:

»Du willst da sein, wenn ich sterbe. Das ist verständlich. Aber genau das will ich nicht! Ich will, dass ich in deiner und Sophies Erinnerung die Alte bleibe. Nicht so wie jetzt. Aus diesem Grund sollte Sophie mit Svenja gehen, statt hierzubleiben. Meine Seele ist ewig, dieser Körper leider nicht. Ich freue mich sogar ihn ablegen zu dürfen, denn ich habe keine Angst vor dem Tod. Es gibt keinen Tod in meinen Augen. Nur eine Art Transformation.«

Valentina musste eine kurze Pause einlegen, um eine aufkommende Schmerzwelle wegzuatmen.

»Hast du Schmerzen, Mama?«, fragte Victor besorgt, als Valentina ihre Augen schloss.

Sie schüttelte den Kopf.

»Alles ist gut!«

Ihre Mundwinkel kletterten wieder in die Höhe. Victor war irritiert, stellte aber keine Fragen mehr.

Sie saßen einen Moment lang schweigend da, bis Valentina als erste die Stille unterbrach.

»Mein Sohn, ich möchte dich um einen großen Gefallen bitten, der mir wirklich sehr am Herzen liegt.«, sagte sie behutsam.

»Alles, was du willst, Mutter!«, gab Victor zurück und richtete sich auf.

»Ich will, dass du glücklich bist. Das ist mein letzter Wunsch. Ich könnte beruhigter gehen, wenn ich wüsste, dass du es bist. Die Frau, die du in deinem Kopf trägst – liebst du sie?«

Victor schaute seine Mutter verwundert an. Er hat nie mit ihr darüber gesprochen. Woher wusste sie von Lisa? Er brauchte einen Augenblick, um sich gedanklich zu sammeln.

»Sie ist eine besondere Frau«, fing er überlegt an zu erzählen.

»Ich würde sie gerne besser kennenlernen. Momentan haben wir nicht viel Kontakt … ich weiß nicht, wie es weitergehen soll zwischen uns. Vielleicht hat sie sogar jemand anderen kennengelernt.«

Dieser laut ausgesprochene Gedanke war für Victor sehr unangenehm. Er wollte nicht, dass Lisa einen anderen Mann kennenlernte. Insgeheim hoffte er, dass sie auf ihn warten würde und genauso viel an ihn dachte, wie er an sie. Aber anderseits wusste Victor nicht, was er einer Frau wie Lisa bieten konnte. Und ob sie überhaupt bereit war, sich auf ihn einzulassen. Was, wenn nicht? Diese Gedankenachterbahn machte ihn seit Wochen fertig. Dann hatte er die Entscheidung getroffen ausschließlich für seine Mutter da zu sein und somit seine eigenen Bedürfnisse beiseitezulegen.

»Flieg zu ihr!«, unterbrach Valentinas Stimme plötzlich seinen inneren Monolog.

Verdutzt schaute der Sohn die Mutter an.

»Wenn du kein Lebenszeichen von dir gibst und stattdessen auf einen passenderen Zeitpunkt wartest, der eventuell nie kommt, sind die Chancen diese Frau besser kennenzulernen, sehr gering.«

Valentina streckte ihre Hand aus und streichelte über Victors Haar, sie verwuschelte es und strich über sein Gesicht.

»Das Leben beschenkt uns immer reichlich. Aber die meisten Menschen sind zu blind oder zu beschäftigt, um diese Gaben zu erkennen. Wenn es zu spät ist, suchen sie eine plausible Erklärung für ihre eigene Blindheit oder besser gesagt – Dummheit. Nur dem Leben ist es egal, es bestraft uns nicht für unsere Ignoranz. Das machen wir selbst. Wir hintergehen den inneren Kompass. Nur der Weg zurück kann manchmal mehrere Jahre in Anspruch nehmen und die Geschenke können bereits von jemand anderem eingesammelt worden sein. Victor, mach diesen Fehler nicht! Nimm dein Geschenk an. Entscheide aus dem Herzen heraus, nicht aus dem Kopf. Fahr zu ihr. Wenigstens für ein paar Tage. Ich verspreche, ich werde auf dich warten.«

Kapitel 28

Die Sommerferien neigten sich dem Ende zu. Auch wenn der Sommer kalendarisch jetzt erst auf Hochtouren kam, waren in Bremen die Ferien fast vorbei. Maxima und Sophie hatten ihre Telefonnummern ausgetauscht und unter Tränen ewige Freundschaft geschworen. Auf der gesamten Heimfahrt redete Maxima von nichts anderem, als dass sie etwas mit Sophie für die letzte Ferienwoche ausmachen wollte.

»Mama, kannst du mir bitte noch die russische Schrift beibringen? Ich und Sophie wollen uns Briefe schreiben, wenn sie wieder zurück nach Russland geht.«

»Ich glaube, das lässt sich machen«, antwortete Lisa lächelnd.

»Deine Sophie, scheint ein ganz besonderes Mädchen zu sein, wenn du den Rest der Ferien mit dem Erlernen einer neuen Schrift verbringen willst. Ich bin schon ganz neugierig sie persönlich kennenzulernen.«

»Mama, du wirst sie auch lieben. Sophie ist toll! Sie weiß so viele Sachen, irre! Sophie ist zwar nicht auf dem aktuellen Stand was Mädchen von heute so spielen, aber das bringe ich ihr bei. Sie ist meine aller-allerbeste Freundin!«, plapperte Maxima aufgeregt.

»Wenn es so ist, dann ist sie jederzeit herzlich willkommen bei uns zu Hause, genau wie alle anderen allerbesten Freundinnen von dir«, unterstützte Lisa mit einer theatralisch ernsten Stimme ihre Tochter.

»Danke Mama! Du bist die beste Mama auf der ganzen Welt. Ich rufe Sophie an und sage, dass sie mich morgen besuchen kommen soll.«

»Ihr habt euch doch erst heute gesehen«, sagte Lisa überrascht über solch eine Wendung.

»Wir haben aber noch so viel vor … ich meine ich habe so viele Spielsachen, die ich ihr zeigen möchte, dass ich gar nicht weiß, wann wir das alles schaffen sollen«, gab die Tochter mit einem ernsten Gesichtsausdruck zur Antwort.

»Na wenn es so ist! Morgen habe ich mir freigehalten, damit wir alle zusammen etwas Zeit verbringen können. Das heißt, ich habe morgen eine Tochter mehr!«, zwinkerte Lisa Maxima zu und küsste sie auf die Stirn.

Alexa war ungewöhnlich still, sie hatte ein Pferdebuch auf ihrem Schoß und blätterte darin herum. Die Zeit auf der Pferdefarm war mehr als nur ein Urlaub gewesen, es war eine Offenbarung für sie. Alexa hatte eine Gabe, mit diesen majestätischen Wesen umzugehen. Es fiel ihr schwer, ihre Mutter darum zu bitten, weiterhin Voltigierunterricht zu nehmen. Sie stand in engem Kontakt mit den Zwillingen, auch diese Freundschaft war sehr innig und würde lange halten. Alexa hatte Kopfhörer auf, um das Gequengel ihrer kleinen Schwester nicht anhören zu müssen. Sie war traurig, dass ihr Leben nicht ewig so weiter gehen konnte, wie in den letzten Wochen. Doch sie war sich sicher, dass es für sie keine Zukunft mehr ohne Pferde geben würde.

Lisa hatte Verständnis für die Bedürfnisse ihrer Töchter. Alexa benötigte Zeit für sich und Maxima brauchte Sophie.

Am nächsten Vormittag traf sich Alexa mit einer Freundin, um dem »kleine Mädchen Trubel«, wie sie es nannte, aus dem Weg zu gehen. Maxima war noch hibbeliger als sonst. Sie verfolgte ihre Mutter auf Schritt und Tritt, dabei hüpfte sie von einem Fuß auf den anderen vor lauter Aufregung. Lisa verdrehte die Augen und sah ihre Tochter an.

»Maxima, ich weiß, dass du dich freust, dass Sophie kommt, aber könntest du bitte aufhören so herumzuzappeln? Du machst mich ganz verrückt!«

Maxima schaute ihre Mutter mit treuen Kinderaugen an.

»Mama, ich muss dir noch etwas sagen. Es geht um Sophie. Da gibt es noch ein … Detail, das du wissen solltest.«

Lisa unterbrach ihre Tätigkeit und sah die Tochter an.

»So, so! Was ist das für ein Detail?«

»Sophie kann nicht laufen. Sie sitzt in einem Rollstuhl«, rückte Maxima heraus.

Jetzt stand sie kaum atmend da und wartete auf die Reaktion ihrer Mutter.

»Okay …, kein Problem, aber oben könnt ihr dann nicht spielen«, sagte Lisa nachdenklich.

»Pack deine Spielsachen nach unten. Wir machen hier mal alles rollstuhlgerecht.«

Maxima klatschte auf ihre übliche Art in die Hände und flitzte die Treppe hoch in ihr Zimmer.

Lisa rückte zwischenzeitlich die Möbel im Wohnzimmer und Maxima verlagerte ihre Zombieburg nach unten. Sie bauten die Burg gemeinsam auf dem Tisch auf. Lisa fragte:

»Sag mal, Maxima, wieso sitzt Sophie eigentlich im Rollstuhl?«

»Sie hatte mal einen Unfall. Seitdem hat sie eine … hm … Brücke … im Kopf.«

Lisa sah ihre jüngste Tochter verwundert an.

»Eine Brücke? Du meinst wahrscheinlich eine Blockade.«

»Ja genau. Brücke oder Blockade, ist doch fast das Gleiche.«

Lisa verkniff sich aufgrund der Ernsthaftigkeit des Gesprächs ein Lächeln.

Bald läutete es. Aufgeregt rannte Maxima in Begleitung ihres vierbeinigen Freundes zur Tür. Lisa hielt sich im Hintergrund, wollte aber Sophie als nächste in Empfang nehmen. Hinter ihr stand Harry und half dem Mädchen das Hindernis der Türschwelle zu überwinden. Seine Gegenwart überraschte Lisa, sie wollte es sich aber nicht anmerken lassen.

Sophie, ein blondes zierliches Mädchen mit hübschem Gesicht, strahlte Maxima an. Die umarmte ihre Freundin im Gegenzug temperamentvoll und flüsterte ihr etwas ins Ohr. Danach machte sie einen Schritt zurück und gab Sophie Gelegenheit ihre Mutter zu begrüßen.

»Madam!«, gab das Mädchen respektvoll von sich und nickte elegant mit dem Kopf.

»Grüße dich, Sophie!«, sagte Lisa locker in einem flüssigen Russisch und reichte dem Mädchen die Hand.

»Bitte nenne mich Lisa. Es freut mich dich persönlich kennenzulernen. Meine Tochter scheint ganz verrückt nach dir zu sein.«

Lisa lächelte Sophie, die leicht gerötete Bäckchen bekommen hatte, an.

»Ich mag Maxima auch! Sie ist ein fabelhaftes Mädchen und eine tolle Freundin.«

Kaum hatte Sophie zu Ende gesprochen, als Maxima sich den Rollstuhl schnappte und ihn ins Wohnzimmer schob.

»Nettigkeiten austauschen könnt ihr später. Jetzt wird gespielt«, rief die Kleine.

Lisa und Harry lachten.

»Die zwei wissen, was sie wollen«, bemerkte Harry humorvoll.

»Oh, ja! Das tun sie«, bestätigte Lisa freudig.

»Wollen Sie nicht reinkommen?«, fragte Lisa.

»Ich muss weiter, danke! Ein Auftrag meiner Frau muss noch erledigt werden. Momentan gibt es viel zu tun auf unserem Hof und sie kann nicht weg.«

»Ich wusste nicht, dass Sie wieder im Einsatz sind«, bemerkte Lisa mit Deutung auf Sophie.

»Nein, nein! Das bin ich bis zum Saisonende nicht. Dies ist ein rein freundschaftlicher Dienst. Übrigens, meine Prinzessinnen wollten, dass Alexa sie baldmöglichst besucht. Dieses Wochenende?«

»Alexa wird sich riesig freuen. Ich weiß nicht genau wie und was, aber Ihr Ponyhof hat etwas mit meinen Töchtern gemacht. Beide strahlen wie zwei Polarsterne und beide behaupten, dass das die besten Ferien in ihrem ganzen Leben waren. Ein großes Dankeschön an Sie und Ihre Frau, Harry!«

Dankbarkeit erfüllte Lisa, denn das Wohlbefinden ihrer Mädels lag ihr sehr am Herzen. Sie schätzte alles, was Heribert Kraus und seine Familie für sie getan hatten. Dazu noch völlig unentgeltlich, trotz mehrerer Bezahlungsversuche von Lisas Seite. Harry guckte etwas verlegen und freute sich über Lisas Worte. Er verabschiedete sich bis zum Abend und fuhr davon. Mit großer Mühe verkniff sich Lisa Harry über Victor auszufragen. Sie seufzte leicht und ging ins Zimmer zu den spielenden Mädchen.

An diesem Tag beobachtete Lisa die Mädchen besonders aufmerksam. Sophie ließ sich im Spielen ihre Behinderung nicht anmerken. Eifrig ließ sie sich auf Maximas Vorschläge ein und hatte großen Spaß bei der Umsetzung. Die Zombieburg war nach wie vor das Highlight. Als alle Puppen frisiert und geschminkt waren, nutzte Lisa die Zeit, um den Mädchen das Essen zu servieren. Wie zwei junge Wölfinnen, verputzten die beiden alles, was auf dem Tisch stand. Lisa schmunzelte über den wilden Appetit der Kinder. Immer wieder ermahnte sie die beiden langsamer zu essen, aber anscheinend war auch das ein Teil des Spiels.

»Zombies sind immer hungrig«, behauptete Maxima mit verstellter Stimme.

»Sie kennen keine Gnade was ihr Essen betrifft«, fuhr Sophie in der gleichen Tonlage fort.

»Wenn das so ist, fehlt euch nur der richtige Zombielook«, stellte Lisa scherzhaft fest.

»Habt ihr Lust darauf?«, fragte sie die beiden.

»Jaaaaaa!«

Freudiges Geschrei beider Kinder erfüllte das Zimmer.

In den nächsten Minuten wurde das Wohnzimmer zu einem Verwandlungsatelier für Zombies: grelle Lidschattenfarben und helles Gesichtspuder, Haarbürsten und Toupierkämme, schwarzer Nagellack und bunter Glitter zur Vollendung der besonderen Aufmachung der Mädchen. Zwei ausgesuchte Zombiepuppen dienten dafür als Vorlage. Ein beachtlicher Berg dunkler Kleidungsstücke, die auf dem gesamten Sofa verteilt wurden, boten eine grandiose Auswahl, um der vollkommenen Verwandlung den letzten Schliff zu verleihen.

Eine Stunde später betrachteten sich zwei glückliche Zombiegesichter begeistert im Spiegel.

»Mama, das ist ja irre! Wir sehen ober-hammer-klasse aus!«, sprudelten Maximas Emotionen heraus.

Sophie, die etwas weniger impulsiv war, lächelte sich dezent im Spiegel an.

»Dankeschön, Mad … Lisa! Ich bin tief beeindruckt! Du hast aus uns zwei richtige Zombieladys gemacht.«

»Und hübsch noch dazu«, bemerkte Maxima voller Stolz auf ihre Mutter.

Lisa konnte sich ein Lächeln nicht verkneifen. Diese Kinder brachten ihr Herz zum Singen. Plötzlich bekam Lisa eine Idee.

»Und was ist mit mir? Wer schminkt und frisiert mich? Ich will ja auch wissen, wie es sich anfühlt eine richtige Zombiedame zu sein.«

Die Mädchen kicherten. Maxima ging zum Stuhl, wo sie selbst vor Kurzem umgestylt worden war und lud Lisa mit einer Handbewegung ein, darauf Platz zu nehmen. Lisa klatschte spielerisch in die Hände und setzte sich sofort. Sie überließ ihren Look komplett den Mädchen, die gemeinsam an ihr herumwerkelten. Anschließend schlüpfte sie in die von den Kindern ausgesuchten Klamotten und durfte sich zum Schluss im Spiegel bewundern.

Ein grimmiges Gesicht mit farbenfroher Augenschminke, schwarzem Mund und einer schief gemalten Naht an der Wange schaute Lisa aus dem Spiegel an. Ihre Haare waren zu einem wilden Zopf gebunden, der durch ungekonnte Toupierung in alle Richtungen abstand. Lisa lächelte den Paradiesvogel aus dem Spiegel an. Er lächelte mit seinem schwarzen Mund, der die Naht noch mehr verhunzen ließ, zurück.

»Wie fühlt es sich an eine Zombielady zu sein?«, fragte Lisas jüngere Tochter, die ihre Mutter genauestens im Visier hatte.

»Es ist … ungewöhnlich zombieig«, gab Lisa mit einer tiefen Stimme von sich.

Beide Mädchen freuten sich, da sie Lisas Aussage als Kompliment für ihre Arbeit auffassten.

»Und jetzt halten wir unsere umwerfende Schönheit für die Nachwelt fest«, sagte Lisa laut und holte den Fotoapparat aus der Schrankwand.

»Maestro!«, sie guckte Maxima an.

»Musik bitte!«

Maxima nickte eifrig und drückte den Knopf auf dem CD-Player. Rockige Musik erfüllte den Raum. Maxima begann sofort ihre Hüften zu bewegen, dann lief sie zu Sophie, die mit der Situation leicht überforderter zu sein schien und nahm ihre Hände. Im Takt der Musik bewegte das Mädchen die Hände ihrer an den Rollstuhl gefesselten Freundin, wackelte mit dem Hintern und drehte sich hin und wieder um die eigene Achse. Allmählich taute Sophie auf. Sie fing an mit ihrem Kopf zu wackeln und bewegte dazu ihre Schultern. Als der Song zu Ende war, warf Maxima euphorisch die Hände in die Höhe und sprang von einem Bein auf das andere. Ein lautes:

»Ja, noch mehr!«, begrüßte sie den nächsten Titel. Auch Sophies Augen glänzten und ihr Gesicht glühte. Die zwei Freundinnen hatten riesen Spaß an der Bewegung und einem selbsterfundenen Zombietanz. Lisa schoss fleißig Bilder. Unmengen an Bildern. Mal stieg sie aufs Sofa, mal kniete sie sich hin. Aus unterschiedlichen Ecken und Positionen fotografierte sie die beiden Mädchen, die immer wieder Grimassen zogen, sich totstellten und die Zungen rausstreckten.

Zum Schluss platzierte Lisa die Kamera auf dem Tisch, programmierte den Selbstauslöser und gesellte sich zu den Kindern. Das zombieige Trio wurde mit einer Reihe von lustigen Fotos für alle Zeit festgehalten. Sogar der Zwergpudel Schoko wurde hin und wieder abgelichtet, nachdem er das blasse Gesicht eines Zombiekindes abschleckte. Sophie quiekte vor Freude und weil die raue Zunge des Hundes außerdem ziemlich kitzlig war.

Lisa guckte auf die Uhr und brach in Panik aus. Es war fast sechs. Harry musste jeden Augenblick kommen. Kaum hatte sie zu Ende gedacht, klingelte es an der Tür.

»Scheiße!«, fluchte sie leise vor sich hin.

Sie hatte nicht geplant in einer solchen Aufmachung vor fremden Menschen aufzutreten. Aber nun war es zu spät. Lisa blieb nichts anderes übrig, als die Tür zu öffnen und Harry hereinzubitten. Bereits im nächsten Augenblick wünschte sie sich die Kamera dabei zu haben, um Harrys entgeisterten Gesichtsausdruck festhalten zu können. Sie grinste ihn an und malte sich gleichzeitig aus, was er wohl in dem Moment dachte.

»Kommen Sie rein, wir sind friedliche Zombies!«, sagte Lisa vergnüglich, als plötzlich die beiden Mädchen mit lautem Knurren aus dem Wohnzimmer kamen.

»Onkel Harry, wir haben uns verkleidet und jede Menge Spaß gehabt«, rief Sophie begeistert.

»Oh ja! Das ist mir nicht entgangen. Das sieht tatsächlich nach sehr viel Spaß aus«, erwiderte Harry lachend.

»Das wird schwierig zu toppen sein«, fügte er nachdenklich hinzu, »denn ich möchte die beiden Ladys dieses Wochenende zu uns auf den Ponyhof einladen.«

Eine lautes »Jaaaaaa!« der beiden Kinder brachte die Erwachsenen dazu, sich die Ohren zuzuhalten.

»Bonny vermisst euch fürchterlich und ich glaube, ihr hätte sogar euer neuer Style nichts ausgemacht.«

Kapitel 29

Lisas letzter Arbeitstag diese Woche ging zu Ende. Sie befand sich gerade in einem Abschlussgespräch mit ihrer Kundin, als die Tür des Behandlungszimmers sich leicht öffnete. Christin, Lisas Arbeitskollegin und Aushilfe steckte den Kopf herein.

»Lisa, kann ich dich kurz sprechen? Es ist wichtig.«

Lisa entschuldigte sich kurz bei der Kundin.

»Was gibt es so Wichtiges? Ich komme in ein paar Minuten raus«, sagte sie leise in einem strengen Ton.

»Das ist es ja! Ich wollte dich vorwarnen.«

»Warnen? Wovor?«

»Da wartet ein Mann auf dich. Na der, von dem Bild, das du vor Kurzem im Wartebereich aufgehängt hast. Der sieht in Wirklichkeit ja noch besser aus als …«

»Victor?«, unterbrach Lisa die Kollegin.

»Ich glaube schon. Victor Ath …Ahm …Adams. Ja, genau! Er sagte Victor Adams.«

In Christins strahlenden Augen konnte man viele winzige Fragezeichen erkennen. Nur die Zeit war dafür sehr unpassend.

»Sag Mr. Adams bitte, dass ich gleich fertig bin.«

Lisa gab sich viel Mühe, ihre Stimme ruhig wirken zu lassen.

»Das habe ich doch schon längst. Er wartet nämlich seit einer Stunde. Wir haben uns sehr nett unterhalten. Oh, Lisa! Er ist so charmant! Hat er nicht zufällig einen Bruder?«

»Christin!«, unterbrach Lisa Christins Schwärmerei.

»Okay, okay! Ich gehe schon.«

Sie wollte bereits die Tür zumachen, als Lisa ihre Hand aufhielt.

»Christin!«

»Ja?«

»Danke!«

»Keine Ursache!«, flüsterte Christin und zog die Tür leise zu.

Lisas Herz pochte. Die Hände fingen an zu zittern, aber sie versuchte zu lächeln und widmete sich wieder ihrer Kundin.

Die Abschlussberatung für die Problemhaut wurde fortgesetzt, nur gedanklich war sie sehr weit weg.

Lisa, sammle dich! Er darf nichts merken!,

ermahnte sie sich innerlich, als sie das Zimmer verließ, um ihre Kundin zu verabschieden.

Im nächsten Augenblick wurde Lisa stürmisch von ihrem Hund Schoko in Empfang genommen.

»Hallo mein Kleiner, was machst du denn hier? Du sollst doch zu Hause auf mich warten.«

Sie kniete sich zu dem Hund hinunter und begrüßte ihn mit Streicheleinheiten.

»Ich bin der Schuldige. Ich habe ihn mitgebracht«, ertönte eine bekannte Stimme von oben.

Lisa erhob sich und ihr wurde leicht schwindelig. Victor stand direkt vor ihr. Er lächelte sie an. Oh, wie lange sie davon geträumt hatte ihn endlich wiederzusehen. Nun befand er sich vor ihr und sie war kurz vorm Umkippen. Peinlicher konnte es gar nicht mehr werden. Victor machte einen Schritt nach vorne, umarmte sie und küsste sie flüchtig auf die Lippen. Alles passierte so schnell, dass Lisa es kaum realisierte. Sprachlos stand sie neben ihm und fühlte die Wärme seiner Hand, in der er ihre hielt. Wie durch Watte hörte sie, dass die

Kundin ihr ein schönes Wochenende wünschte und die Türglocke den Feierabend ankündigte. Als Nächstes verabschiedete sich Christin. Ohne Worte, nur mit Handzeichen auf ein Telefonat. Fast auf Zehenspitzen verließ sie das Geschäft und drehte das Schild auf »Geschlossen« um.

Jetzt stand Lisa mit ihm allein im Raum. Es kam ihr so unreal vor. So unerwartet. Und so wunderschön. Er legte seine Hände um ihre Taille und zog sie nah an sich heran. Sein Kopf bewegte sich langsam auf sie zu. Sie hörte seinen Atem. Sie spürt ihn. Seine Lippen flüsterten ihr ins Ohr:

»Ich habe dich vermisst.«

Plötzlich wurden sie aktiver und viele heiße Küsse arbeiteten sich zu ihrem Mund vor. Gänsehaut bedeckte ihren gesamten Körper. Lisa hörte sich selbst leicht stöhnen. Ihre Beine wurden weich und ihr Körper zu schwer. Sie hielt sich an seinem Hals fest, fuhr hoch zu den Haaren und streichelte über sie. Ihre Lippen öffneten sich und ließen seine dominante Zunge ein. Bestimmend und doch zärtlich forderte er sie damit heraus. Sie antwortete ihm. Es sollte nie zu Ende gehen, denn so gut wie mit ihm, hatte es sich mit keinem Mann angefühlt.

»Wo warst du so lange?«, fragte sie ihn schwer atmend, als er seine Lippen auf ihren Hals verlagerte.

Er war nicht in der Lage zu antworten. Diese Frau vernebelte ihm den Verstand. Er wusste, dass er aufhören musste. Dass es sich so nicht gehörte. Nur hatte er Angst sie loszulassen. Er hatte Angst sie zu verlieren. Das wurde ihm endgültig klar.

Diese Frau war eine kostbare Gabe des Lebens an ihn und er wollte dieses Geschenk behalten. Sie war real und er hielt sie in seinen Armen.

Mit großer Willenskraft machte er einen Schritt zurück. Sie

stand vor ihm. Ihr Gesicht war gerötet von seinen brennenden Küssen. Ihr Haar zerzaust von seinen Händen. Er fand sie einfach bezaubernd und wunderschön.

Die beiden standen sich gegenüber und atmeten tief durch.

»Hallo!«, sagte Victor als Erster.

»Ich habe dich noch gar nicht begrüßt«, ergänzte er mit einem Lächeln.

»So weit sind wir noch gar nicht gekommen«, grinste Lisa.

Schoko, der an ihren Beinen kratzte und Aufmerksamkeit forderte, wurde gleichzeitig von beiden gestreichelt.

Lisa guckte Victor fragend an, ohne etwas auszusprechen.

»Ich war bei dir zu Hause und traf auf zwei streitende Mädchen. Es ging darum, wer von ihnen Schoko zu dir bringen muss. Beide hatten es sehr eilig und ich habe mich angeboten. Alexa hat mir erklärt, wo deine Arbeit zu finden ist, und dass sie zu der Mädchenparty auf einem Ponyhof nicht zu spät kommen wollten. Deine reizende Kollegin hat mir erlaubt hier auf dich zu warten. Sie hat mich sehr nett unterhalten und mit Kaffee versorgt. Den Rest weißt du ja.«

»Wie ich sehe, bist du bestens informiert«, fügte Lisa zwinkernd hinzu.

Victor schaute zu Boden und dann wieder zu Lisa.

»Verzeih mir mein Verhalten. Ich sollte mich besser beherrschen. Nur … deine Gegenwart versetzt mich in eine Art Rausch. Ich habe das große Bedürfnis dich anzuschauen … zu küssen … und … in meinen Armen zu halten …«

Victor brach seinen Satz ab. Eine neue Lustwelle stieg in ihm hoch. Er machte mehrere Schritte zurück und suchte nach Ablenkung. Das Gemälde, das im Wartebereich hing, zog wieder seinen Blick auf sich. Nach kurzer Betrachtungspause sprach Victor:

»Das sind ja meine Hündin Mona und ich. Und das da, ist

ein kleines Café in Paris. Dort war ich mit dir auch. Lisa, woher hast du dieses Bild?«

Lisa näherte sich Victor. Sie blieb hinter ihm stehen und schaute das Bild eine Weile an, bis sie endlich sagte:

»Ich habe dich gemalt, noch bevor du in mein Leben getreten bist. Das wird mir gerade so richtig bewusst … Ist das ein Zeichen von oben, Victor?«

Ihre Stimme war leise und nachdenklich. Victor drehte sich zu ihr. Er umarmte sie.

»Du bist mein Geschenk! Meine Rettung aus der Dunkelheit! Mein neues Lebenselixier! Ich gebe dich nicht mehr her!«

Er küsste sie aufs Haar und drückte sie behutsam an sich.

»Wenn du länger etwas von mir haben willst, musst du mich füttern. Sonst vertrocknet und verhungert dein Elixier bald.«

»Das lasse ich nicht zu! Nimm deine Sachen, wir gehen das auf der Stelle verhindern.«

Beide lachten herzhaft und machten sich auf den Weg zu einem Lokal.

Lisa zeigte Victor eine schnuckelige Bar in der Nähe, wo man sehr gemütlich eine Kleinigkeit essen und trinken konnte. Sie verbrachten die Zeit mit Erzählungen aus dem eigenen Leben. Es wurde viel gelacht und intensiv gesprochen. Sie vertieften sich so sehr, dass sie die Zeit nicht bemerkten. Als die ersten Stühle hochgestellt wurden, kehrte das Pärchen aus seiner persönlichen Welt in die Realität zurück. Lisa weckte ihren Pudel auf, der unter dem Tisch zusammengerollt schlief und sie begaben sich nach draußen. Die frische Nachtluft machte sich an Lisas unbedeckten Oberarmen bemerkbar. Sie schüttelte sich kurz. Victor, der sich vom Lokalpersonal etwas länger verabschiedete, holte Lisa mit ein paar Schritten ein. Er warf sein Sakko über ihre nackten Schultern und umarmte sie an der Taille. Seite an Seite schlenderten sie nach

Hause. Der Himmel voller Sterne leuchtete über ihren Köpfen. Lisa kam alles viel intensiver und schöner vor als sonst. Ihr Herz tanzte vor Glück. Sie wollte sich nicht von ihm trennen, zu schön war dieser Abend, um ihn jetzt einfach gehen zu lassen.

Elisabeth steckte den Schlüssel in das Schloss und öffnete die Tür. Sie drehte sich zu ihm, um eine Einladung auf ein Getränk auszusprechen, als seine Lippen bereits über ihren Mund herfielen. Beide verschmolzen in einem leidenschaftlichen Kuss, ohne über die Vernunft nachzudenken. Mit leichter, aber deutlicher Bewegung schubste Lisa Victor ins Haus und machte die Tür hinter sich zu. Gierig küsste er ihr Gesicht und streichelte ihren Körper. Das Haus gehörte nur ihnen allein. Durch das Küchenfenster beleuchtete Laternenlicht den Gang. Es reichte völlig aus, um Lisas Schlafzimmer zu erreichen. Diese Nacht war eine besondere Nacht – zwei liebende Herzen hatten sich endlich vereint.

Als Lisa ihre Augen öffnete, schlief Victor noch. Sie hatte versucht die Uhrzeit zu erraten, konnte aber nicht klar denken und eine Uhr war nicht in ihrem Blickfeld. Also blieb sie im Bett liegen. Sie betrachtete den schlafenden Victor und spürte ein angenehmes Kribbeln im Unterleib, als Erinnerungen an die vergangene Nacht hochkamen. Sie fühlte sich großartig. In ihrem Inneren sprach sie ein lautes Dankeschön an das Universum aus. Ihr Leiden in der Vergangenheit war nicht umsonst gewesen, denn die Belohnung dafür lag jetzt neben ihr. Lisa drehte sich zu Victor und fing an über seine Haare zu streicheln. Strähne für Strähne kämmte sie sanft mit ihren Fingern durch. Seine Augen waren noch geschlossen, als seine Mundwinkeln sich bewegten.

»Bin ich schon im Himmel?«, fragte er schnurrend.

»Wage es ja nicht! Zuerst ein langes glückliches Leben mit mir und erst dann das Vergnügen im Himmel«, antwortete Lisa humorvoll.

»Einverstanden!«, schnurrte er wieder.

Gegen Mittag kam das bestellte Taxi. Hupte.

»Musst du wirklich schon gehen?«, fragte Lisa bedauernd.

»Leider. Mein Flug nach Sankt Petersburg geht in ein paar Stunden. Ich muss zurückkehren. Sonst habe ich kein gutes Gefühl. Mit jeder Minute wird meine Mutter schwächer. Ich muss bei ihr sein, wenn ...«

»Verstehe.«

»Sei bitte nicht traurig. Wir bleiben in Kontakt und nichts auf dieser Welt kann uns trennen. Meine Liebste, ich kann dir noch nicht viel versprechen, aber eins kann ich dir gewiss garantieren – mein Herz gehört nur dir allein!«

Victor schloss Lisa in seine Arme, küsste sie feurig, drehte sich um und verließ mit schnellen Schritten das Haus.

Ihm fiel die Trennung genauso schwer wie Lisa. Aber er wusste, dass es momentan nicht anders ging. Es würden Zeiten kommen, wenn sie ein für alle Mal zusammen sein würden, aber noch nicht jetzt.

Kapitel 30

Als Victor um Mitternacht in Sankt Petersburg im Haus seiner Mutter ankam, brannte in der unteren Etage Licht. Das kam ihm seltsam vor.

»Victor, Gott sei Dank!«, nahm ihn die aufgeregte Haushälterin Katüscha in Empfang.

Ihr Blick strahlte Unruhe aus.

»Was ist passiert?«, fragte Victor mit angespannter Stimme.

Katüscha schaute ihn schweigend an und kämpfte mit den aufsteigenden Tränen, die bereits in ihren Augen glitzerten. Ihre Mundwinkel sanken nach unten. Im nächsten Augenblick warf sie sich um Victors Hals und brach in lautes Geheul aus. Die sonst so beherrschte Frau weinte wie ein kleines Mädchen in seinen Armen und zitterte am ganzen Körper. Victor wusste, dass er sie nicht trösten konnte, denn ihm fehlten dafür die richtigen Worte. Aber er konnte sie festhalten und einfach nur da sein. Als seine frühere Nanny sich allmählich beruhigte, schaute er sie an und fragte besorgt:

»Ist etwas mit Mutter? Ist sie …«

»Nein, nein. Sie wartet auf dich. Ich war permanent bei ihr, bis sie mich gebeten hat zu gehen. Sie sagte, dass sie allein sein wolle und ich keine Angst um sie haben müsse. Sie würde noch nicht sterben, denn sie hätte es dir fest versprochen.«

Katüscha sah Victor mit verzweifeltem Blick an.

»Victor, Valentina ist so schwach und sie hat starke Schmerzen, aber sie lässt mich nichts dagegen unternehmen. Deine Mutter gibt nicht mal zu, dass sie leidet. Immer, wenn es für sie unerträglich wird, schickt sie mich raus. Ach, mein Junge, ich wünschte, ich könnte etwas für sie tun. Ich liebe deine

Mutter sehr, aber ich bin komplett machtlos. Das macht mich fertig.«

Katüscha schluckte die wieder aufkommenden Tränen hinunter.

»Ich muss zu ihr«, sagte Victor kurz.

»Warte. Das soll ich dir geben.«

Die alte Nanny überreichte ihm einen Umschlag, der sich auf dem Esszimmertisch befand.

»Was ist das?«, fragte Victor überrascht.

»Das soll ich dir von deiner Mutter geben. Falls sie es selbst nicht mehr schaffen sollte. Sie sagte, es wäre sehr wichtig. Alles, was du wissen musst, findest du hier drin. Mehr weiß ich auch nicht.«

»Danke.«

Victor drückte Katüscha und ging in Valentinas Schlafzimmer.

Die mäßige Beleuchtung einer Nachttischlampe erhellte das geräumige Zimmer nur im Bettbereich. Valentina lag auf einem dicken Kissen in einem großen Bett aus massivem Holz. In diesem Licht erschienen ihr zierlicher Körper genau wie ihr langes, graues Haar sehr mädchenhaft. Sie schaute zum Fenster und drehte langsam ihren Kopf, als Victor nach einem leisen Klopfen hereinkam. Valentina versuchte zu lächeln. Sie streckte ihren Arm aus und nahm Victors Hand. Kraftlos drückte sie seine Finger, als ob sie sich vergewissern wollte, dass sie nicht träumte. Victor sah seine Mutter liebevoll an.

»Ich bin wieder da«, sagte er leise.

»Ich werde dich nie wieder verlassen.«

»Sag so was nicht. Du bist groß genug und brauchst mich nicht mehr. Wie geht es Sophie?«, fragte sie schmunzelnd.

»Ich habe sie leider nicht persönlich getroffen. Wir haben

nur telefoniert. Sie scheint sehr glücklich zu sein und ist viel unterwegs mit ihrer neuen Freundin. Sie hat mir sogar Andeutungen gemacht, dass sie die Mutter ihrer Freundin ganz toll findet und sie sich freuen würde, wenn ich sie kennenlerne.«

Victor grinste bei der letzten Aussage.

»Das ist keine so dumme Idee«, versuchte Valentina mit Humor zu antworten.

Aber dann fügte sie hinzu:

»Ich hoffe, dass deine Reise erfolgreich war. Denn das ist für mich sehr wichtig. Sophie wird jede deiner Entscheidungen annehmen, sie ist ein kluges Mädchen. Und sie wünscht sich eine vollständige Familie.«

»Meine Reise war mehr als erfolgreich und dafür habe ich dir zu danken, Mama. Ohne deinen Anstupser hätte ich diese Frau verloren, da ich zu feige war, mich bei ihr zu melden. Ich dachte, nicht gut genug für sie zu sein, weil mein Leben eine einzige Baustelle ist. Aber jetzt habe ich wieder Hoffnung auf eine Familie. Lisa hat zwei Töchter. Ich glaube, Sophie könnte sich mit den Mädchen gut anfreunden.«

Victors Blick war durch das Fenster in die Ferne gerichtet. Seine Stimme war gelassen und etwas verträumt. Valentina spürte die Erleichterung und Freude in ihm. Ihr letzter Wunsch schien in Erfüllung zu gehen.

»Wie fühlst du dich, Mama?«, fragte Victor, als er gedanklich wieder in die Realität zurückkehrte.

»Besser als ich aussehe. Mich belastet dieser schwache Körper nur, ich würde mich mit Leichtigkeit von ihm trennen.«

Victor sah seine Mutter verdutzt an. Er wusste nicht, was er darauf antworten sollte, denn das Thema Tod war für ihn nach wie vor mit viel Trennungsschmerz verbunden. Plötzlich fiel ihm der Umschlag von vorhin ein und er erkundigte sich danach.

»Du findest in diesem Umschlag die Telefonnummer eines Menschen, den du sofort anrufen sollst, wenn ich gegangen bin. Er kümmert sich um alles. Außerdem findest du dort Informationen über ein Projekt, das mir sehr am Herzen liegt, aber das ich auf Grund meiner Schwäche nicht abschließen konnte. Ich bitte dich, es zu Ende zu bringen. Lasse sie nicht im Stich.«

Valentinas Stimme wurde leiser. Ihre Kräfte hatten sie fast endgültig verlassen. Sie schloss ihre Augen. Victor beobachtete den Brustkorb seiner Mutter genau. Sie atmete. Beruhigt legte er seinen Kopf neben ihren und schlief bald ein.

Victor wachte in der Morgendämmerung auf. Die Luft kam ihm besonders kühl vor. Er hob seinen Kopf und sah zu Valentina auf. Ihre Augen waren geschlossen und ihr Gesicht friedlich. Nur der Brustkorb bewegte sich nicht mehr. Er griff nach ihrer Hand, sie war kalt. Stille herrschte in ihm. Er hatte sich so oft gefragt, wie es für ihn sein würde, wenn dieser Moment kam. Und jetzt war es so weit, aber er fühlte nichts.

Kapitel 31

Maxima machte sich große Sorgen um ihre neue Freundin. Am Wochenende auf dem Ponyhof, hatte Sophie plötzlich hohes Fieber bekommen. Sie glühte und redete wirres Zeug vor sich hin. Kalte Umschläge sowie fiebersenkende Mittel nutzten nichts. Harry musste den Notarzt und Sophies Tante anrufen. Anschließend kam der Krankenwagen und nahm Sophie mit. Seit drei Tagen hatte Maxima nichts mehr von ihr gehört. Auch Lisa ließ die ganze Situation keine Ruhe. Sie nahm Kontakt zu Harry auf und bekam heraus, dass die Kleine seit Tagen nicht ansprechbar war. Das Fieber hielt an. Die Ärzte taten ihr Mögliches.

Zugleich teilte Victor Lisa mit, dass seine Mutter gestorben war. Er fragte, ob sie zu ihm kommen konnte. Wenigstens für paar Tage. Lisa war im Zwiespalt. Sie machte sich Sorgen um ihre jüngste Tochter, wollte aber auch ihrem Herzensmann in so einer Situation beistehen. Beide brauchten sie. Zur Hilfe kam wie immer Klara. Sie blieb bei den Mädchen, damit Lisa zur Beerdigung nach Sankt Petersburg fliegen konnte. Alles kam so plötzlich und schnell, dass Lisa keine Zeit zum Nachdenken hatte. Sie handelte aus einem inneren Impuls heraus, dem sie mittlerweile grenzenlos vertraute.

Die Reise nach Russland war kurz, doch sehr intensiv. Lisa war beeindruckt von der Menschenmenge, die zur Beerdigung gekommen war, um sich von Valentina zu verabschieden. Noch mehr gerührt war sie, dass die Hälfte der Trauergemeinde Kinder waren. Mädchen wie Jungen im Alter von fünf bis ca. 15 Jahren. Die meisten von ihnen waren sehr bescheiden angezogen. Manche Kleiderstücke waren sogar mehrere Nummern zu groß, aber alle sehr sauber.

Nachdem der Pfarrer seine Predigt beendete, betrat ein Mädchen die Bühne. Lisa schätzte das Mädchen nicht älter als zehn Jahre. Es sagte, dass sie sich bei dieser wunderbaren Frau, die von ihnen gegangen war, mit einem Gedicht verabschieden und von Herzen bedanken wollte. Als sie begann ihr Gedicht vorzutragen, bekam Lisa am ganzen Körper Gänsehaut. Die außergewöhnlich ausdrucksstarke Stimme des kleinen Mädchens, gefüllt mit Wärme und Dankbarkeit, drängte sich augenblicklich in die Herzen der Zuhörer. Großmütig und ehrenhaft waren Wörter, die aus dem Kindermund kamen. Wie zwei Wasserfälle liefen Lisa die Tränen hinunter. Auch Victor, der sich bis jetzt beherrscht hatte, war diesem kleinen Geschöpf ausgeliefert. Kaum war sie mit dem Gedicht fertig, kam Bewegung auf die Bühne: dutzende Kinder in verschiedenen Altersstufen bildeten einen Halbkreis. Ein paar Sekunden später erklangen die ersten Töne der majestätischen Orgel und durchdrangen die Kapelle. Lisa erkannte die Musik und bekam einen neuen Gänsehautschub. Der Chor aus Mädchen und Jungen in abgetragenen Klamotten sang atemberaubend das »Ave-Maria«. Tränen liefen mit erneuter Intensität über Lisas Wangen. Sie dankte dem Himmel für dieses einmalige Erlebnis und zugleich für so eine nützliche Erfindung wie wasserfeste Wimperntusche. Als das Lied zu Ende gesungen war, blieben die Kinder stehen. Ein Mann aus dem Publikum kam nach vorne und übernahm das Mikrofon. Er bedankte sich bei der Verstorbenen und sagte, dass sie sein komplettes Leben verändert hatte. Bis zu seiner Bekanntschaft mit Valentina Petrowna war er ein gewöhnlicher Gärtner gewesen, der kaum über die Runden gekommen war, um seine Familie zu ernähren. Diese Frau buchte ihn für die Gestaltung ihres Gartens. Aber im Endeffekt, hätte er derjenige sein sollen, der diese wunderbare Frau bezahlte, für all das wertvolle Wissen, das sie ihm in der Zeit vermittelt hatte. Und die Gartengestaltung oben drauf!

Nur diese außergewöhnliche Frau ließ es nicht zu. Sie sagte, dass jeder im Leben das bekam, was er verdiente. Man musste dem Leben Vertrauen schenken und nicht vergessen auch an sich selbst zu glauben. Sie brachte ihm die Ästhetik und Gestaltung des Englischen Gartens bei, vertiefte seine Pflanzenkunde und machte ihn auf das »Zuhören« der Natur aufmerksam. Er erzählte dem Publikum, dass er es sehr bedauerte als sein Auftrag bei Valentina Petrowna zu Ende ging, denn für ihn war sie mehr als nur eine Auftraggeberin gewesen, sie war seine Lehrerin geworden. Daraus war eine tiefe, innige Freundschaft entstanden und er würde weiterhin für ihre Familie da sein. Der Mann fügte hinzu, dass er das begonnene Projekt von Valentina Petrowna mit aller Kraft unterstützen wollte, um es am Leben zu erhalten. Er richtete seinen entschlossenen Blick auf Victor. Lisa sah im Augenwinkel, wie Victor nickte.

Elisabeth Schatz wusste noch nicht viel über Victors Familie, aber eins war ihr klar, seine Mutter war eine wahrhaft besondere Frau gewesen. In der kurzen Zeit, in der Valentina wieder in Russland gelebt hatte, hatte sie es geschafft, so viel Anerkennung zu bekommen, wie viele Menschen in ihrem gesamten Leben nicht.

Jetzt sah Lisa, wie sechs Mädchen einen wunderschönen Kranz aus weißen Rosen trugen. Eine Frau mit einem Baby auf dem Arm begleitete sie. Alle näherten sich dem Mann auf der Bühne und gemeinsam zum offenen Sarg, um den Kranz abzustellen. Die Frau weinte und der Mann umarmte sie.

Die Orgel fing an zu spielen. Der Kinderchor sang ein weiteres Lied.

Das war die längste Beerdigung, die Lisa je erlebt hatte. Und die beeindruckendste zugleich.Unzählige Fragen, die in Lisas Kopf in diesen zwei Tagen aufkamen, behielt sie erstmal für sich. Victor war sehr ruhig und zurückhaltend. Lisa hatte den Eindruck, dass er sich in einer Beobachterposition befand, um etwas Wichtiges für sich zu erkennen. Aber auch da stellte sie keine Fragen. Sie beobachtete ebenfalls.

Die Herzlichkeit der Menschen und ihre Gastfreundschaft imponierten Lisa sehr. Sie war stolz auf ihre Wurzeln und die Kenntnisse der russischen Sprache, von denen Victor noch immer nichts ahnte. Erst als sie die Haushälterin Katüscha kennenlernte, hatte Lisa das Bedürfnis sich mitzuteilen und sprach mit der älteren Dame auf Russisch so vertraut, als ob die zwei Frauen sich eine Ewigkeit kennen würden. Dabei bereitete ihr Victors perplexer Gesichtsausdruck viel Freude.

Facettenreich, manchmal unberechenbar und etwas schleierhaft sollte eine Frau für einen Mann sein, dachte sie wieder an Skys Worte.

Ihr Coach verglich die Frau mit einer Abenteuerreise und verriet, dass jeder Mann in seinem tiefsten Inneren ein Abenteurer war. Und ein richtiger Abenteurer wollte nicht nur das Flachland durchkreuzen, sondern genauso Berge besteigen, Hindernisse bewältigen und den Ozean überqueren. Männer brauchten das, um sich lebendig und männlich zu fühlen.

Lisa war sehr zufrieden mit sich selbst in dieser Hinsicht. Als Victor sie zum Flughafen begleitete, sprach er sie auf ihre Herkunft an:

»Warum hast du mir nicht gesagt, dass du russische Wurzeln hast und die Sprache so wunderbar beherrschst?«

»Du hast mich nie danach gefragt«, antwortete sie mit ihrer üblichen Leichtigkeit.

»Außerdem, begegneten wir uns in einer Konstellation, in der ich zuhörte und du sprachst.«

»Das müssen wir unbedingt ausgleichen«, behauptete Victor und drückte Lisa sanft an sich.

»Du bist mein persönlicher Schatz. Danke, dass du für mich da warst. Deine Anwesenheit hat mir den Abschied von meiner Mutter um einiges erleichtert. Weiß du, sie war bereit zu gehen, aber erst als sie erfahren hat, dass ich mich wieder verlieben konnte. Ihr war es wichtig, zu wissen, dass es dich in meinem Leben gibt. Danach schlief sie friedlich ein. Für immer.«

Victor schaute in Lisas Augen. Sie hielt seinem Blick stand. Er lächelte die Frau seines Herzens an und küsste sie flüchtig auf die Lippen.

»Du bist ein Teufelchen!«

»Das hast du schon mal zu mir gesagt«, lächelte sie ihn herausfordernd an.

»Nur damals wusste ich nicht, dass du mich verstehst.«

»Das tue ich auch heute nicht immer.«

Victor sah Lisa fragend an.

»Ich meine, dass ich dich zu wenig kenne und somit nicht alles verstehe.«

»Wir werden noch genügend Zeit haben, um uns besser kennenzulernen, das verspreche ich. Aber bevor es so weit ist, vertrau mir bitte. Ich muss hier noch etwas abschließen. Danach machen wir uns Gedanken wie es weiter gehen soll.«

Lisa schaute Victor leicht verwirrt an. Seine letzte Aussage machte sie wieder unsicher. Victor bemerkte es und grinste Lisa an.

»Oder weißt du bereits, wo du leben möchtest: London oder Bremen? Außerdem sollten sich unsere Mädchen noch kennenlernen.«

Lisa verspürte große Erleichterung, als sie das hörte. Darüber hatte sie sich noch keine Gedanken gemacht. Bis jetzt war alles kaum greifbar für sie, darum wollte sie sich nicht unnötig hineinsteigern. Lisa zuckte mit den Schultern.

»Ich habe nicht darüber nachgedacht.«

Plötzlich wurde ihr Blick schärfer und sie fragte:

»Victor, wieso hast du mir deine Tochter nicht vorgestellt?«

»Sophie ist nicht hier. Sie ist in Bremen bei Freunden. Die Kleine wurde sehr krank und konnte nicht kommen. Sie fehlt mir sehr. Sobald sie wieder gesund ist, werde ich sie abholen.«

Victors Stimme klang sehr sanft, als er von seiner Tochter sprach, nur seinen Blick fand Lisa irgendwie traurig.

»Sophie ist ein entzückendes Mädchen. Sie wird dir gefallen«, fügte Victor hinzu.

»Daran zweifle ich nicht. Ich liebe Kinder über alles. Ich wollte schon immer eine große Familie haben. Vier oder fünf Kinder.«

Lisa lächelte Victor schelmisch an.

»Ich muss schleunigst das Projekt in Russland abschließen, denn wir haben noch einiges zu tun. Das vierte und fünfte Kind entsteht nicht von selbst.«

Die beiden lachten herzhaft. Ihr Glück war für alle sichtbar, denn dieses Strahlen erhellte den gesamten Flughafen. Victor hielt Lisa in seinen Armen und fühlte sich lebendiger, als jemals zuvor. Durch die vielen Verluste in seinem Leben hatte er gelernt, die kostbaren Momente zu schätzen.

Eine laute Durchsage zum Boarding trennte die beiden Liebenden wieder für eine ungewisse Zeit.

Kapitel 32

Mama, Mama, Sophie geht es wieder besser. Ich darf sie endlich besuchen. Klara sagte, ich soll auf dich warten und mit dir zu Sophie fahren«, empfing Maxima aufgeregt ihre Mutter, als sie kaum die Schwelle des Hauses betrat.

»Maxima, lass deine Mutter zuerst ankommen. Sie hat einen längeren Weg hinter sich«, eilte Klara ihrer Freundin zur Hilfe.

Nur so einfach ging es nicht und Lisa musste ihrer Tochter versprechen, dass sie morgen nach der Schule zu Sophie fahren würden. Erst als das Mädchen freudig in ihr Zimmer lief, um Sophie die gute Nachricht zu überbringen, konnten beide Freundinnen sich in Ruhe begrüßen. Klara machte Espresso und setzte sich an den Küchentisch. Damit gab sie Lisa ein Zeichen, dass sie für die Berichterstattung ihrer Reise bereit war. Lisa begann ihre Eindrücke in Worte zu verpacken. Klara staunte über das Erzählte und löcherte ihre Freundin mit Fragen zu russischen Bräuchen und deren Kultur. Als Lisa mit allem fertig war, sah Klara sie erwartungsvoll an.

»Da gibt es noch etwas, das du mir verschweigst.«

Lisa schüttelte den Kopf.

»Dich plagt etwas und vor mir kannst du so etwas nicht verbergen. Dafür kenne ich dich zu gut.«

Lisa rührte in ihrer halbleeren Teetasse und schwieg. Klaras entschlossener Blick deutete darauf hin, dass sie hier sitzen bleiben würde, bis sie die komplette Story zu hören bekam. Die junge Frau gab nach.

»Erinnerst du dich an Mila, die von Richards Geburtstagsparty?«

Klara strengte ihre Gehirnzellen an.

»Das liegt schon ein Weilchen zurück. Wer ist diese Mila?«

»Der aktuelle Stand: die Witwe eines alten Millionärs. Sie kommt ursprünglich aus der Ukraine. Hat bei Svenja als Escortmädchen gearbeitet und hatte mit Victor ein Techtelmechtel. Noch vor seiner Heirat. Jetzt ist sie auch in Sankt Petersburg und bemüht sich sehr offensichtlich um seine Aufmerksamkeit.«

»Und was macht sie dort?«, fragte Klara, die gerade versuchte das Gehörte zu sortieren.

»Sie ist genau wie ich zur Beerdigung seiner Mutter gekommen. Und verhielt sich in meinen Augen sehr aufdringlich. Öfter als mir lieb war, nahm sie ihn beiseite und besprach mit ihm etwas.«

»Hast du ihn darauf angesprochen?«, wurde Klara neugierig.

»Natürlich nicht«, verteidigte sich Lisa.

»Ich bereite doch dieser Pute nicht das Vergnügen, auf sie eifersüchtig zu sein. Zumindest nicht offiziell.«

Klara sah Lisa mit einem mehrdeutigen Blick an, sagte aber nichts. Sie wartete auf eine weitere Reaktion von Lisa, welche mit ihrem Bericht fortfuhr:

»Mila ist zwar vor langer Zeit Victors Geliebte gewesen, aber das ist Schnee von gestern. Ich habe ihn beobachtet, er hat kein bisschen Interesse an ihr gezeigt. Obwohl sie eine sehr attraktive Frau ist.«

Elisabeth leerte ihre Tasse mit einem letzten Schluck, seufzte und fügte hinzu:

»Sie ist aber dortgeblieben und ich musste zurückkehren. Bei mir kommt immer wieder der Gedanke hoch, was ist, wenn er ihr nicht widersteht?«

Sie atmete hörbar aus. Klara schwieg. In ihren Augen tanzten Feuerfunken, die sie zu bändigen versuchte.

»Diese Tatsache mit Mila beschäftigt mich zwar, aber ich übe mich in Vertrauen. Ich habe mich bereits so weit von der alten Lisa distanziert, dass ich keine Lust habe rückfällig zu werden. Auch ihm werde ich vertrauen. Er hat mich übrigens ausdrücklich darum gebeten. Ich will glauben, dass ich mit diesem Mann glücklich werde und keine Frau auf dieser Welt in der Lage ist, sich zwischen uns zu stellen. Vor allem diese oberflächliche Mila nicht.«

Kaum war Lisa mit ihrer Aussage fertig, sprang Klara vom Hocker und machte einen Bogen um den Küchentisch. Dann fiel sie Lisa um den Hals.

»Ich bin so stolz auf deine neue Denkweise und ich bin so stolz auf dich, meine Liebe«, drückte sich Klara mit Tränen der Freude in den Augen aus.

»Wenn du denkst, dass du das Beste bist, was ihm passieren konnte, wird er das Gleiche denken. Je mehr du dich selbst in Frage stellst, umso mehr schaut er auf andere Frauen.«

»Sky hat mir das am Anfang unseres Lehrgangs beigebracht«, bestätigte Lisa die Aussage ihrer Freundin.

»Aber das hört sich in der Theorie immer einfach an. Dank Mila darf ich es in die Praxis umsetzen und ein für alle Mal in jeder einzelnen Zelle meines Körpers verinnerlichen«, sagte Lisa nachdenklich und ergänzte dann, »jetzt leuchtet mir erst ein, dass ich dieser Frau eigentlich dankbar sein sollte. Sie hat mir die Lektion ermöglicht, die mich zu so einer wichtigen Erkenntnis führte.«

Lisa konnte wieder lachen, denn ihr war gerade eben ein großer Stein vom Herzen gefallen.

Am nächsten Tag eilte Maxima von der Schule nach Hause und erledigte mit Raketengeschwindigkeit alle Hausaufgaben, denn das war die Bedingung, die Lisa ihr stellte, bevor beide

Sophie einen Besuch abstatteten. Als sie ins Auto stiegen, fragte Lisa nach Sophies Adresse, die sie ins Navigationssystem eingab. Lisa sah, wie aufgeregt ihre Tochter war. Einerseits freute sie sich, dass Maxima eine so innige Freundschaft mit Sophie führte. Anderseits machte Lisa sich Sorgen, denn Sophie würde bald die Stadt verlassen und zurück zu ihrem Vater gehen. Wie würde Maxima das ertragen? Sie beschloss, sich darüber mit Sophies Tante zu unterhalten. Als sie an dem Haus der Stevens ankamen, verglich Lisa noch mal die Adresse, um einen Fehler auszuschließen.

»Maxima, bist du sicher, dass Sophie hier wohnt?«, fragte sie ihre Tochter mit nervöser Stimme.

»Ja, diese Adresse habe ich mir notiert«, antwortete das Mädchen.

»Irre, was für ein riesiges Haus ihre Tante hat, oder? Und das für nur zwei Menschen. Komm schnell, Mama, sie warten auf uns.«

Lisa zögerte, atmete kurz durch und stieg dann aus dem Auto. Sie erinnerte sich noch sehr gut an diesen Ort und an ihren ersten Auftrag als Escortmädchen. Hier, in diesem Haus war sie Victor das erste Mal begegnet.

Plötzlich durchfuhr sie ein Geistesblitz: Sophie war Victors Tochter. Rollstuhl. Unfall. Tod ihrer Mutter. Wegen der Erkrankung konnte die Kleine nicht zur Beerdigung ihrer Großmutter kommen. Lisa musste kurz innehalten. Vor lauter Aufregung wurde ihr schwindlig. Sie konnte alles kaum fassen, aber sie hatte keine Zeit sich an die Situation zu gewöhnen. Maxima hatte bereits an der Tür geklingelt, die sogleich geöffnet wurde.

Kapitel 33

Hallo, Tante Svenja«, begrüßte das Mädchen eifrig die Hausbesitzerin.

»Wir haben uns mit Sophie verabredet.«

Die Kleine strahlte über das ganze Gesicht.

»Hallo Maxima, schön dich zu sehen. Ich bin bestens informiert und begleite dich sehr gerne zu deiner Freundin, aber zuerst lass mich bitte deine Mama begrüßen.«

Maxima nickte verständnisvoll, machte einen Schritt zur Seite, hüpfte aber wie üblich vor Ungeduld von einem Bein auf das andere.

»Guten Tag, Elisabeth. Ich freue mich, Sie wiederzusehen. Ich hoffe, Sie leisten mir Gesellschaft bei einer Tasse Tee«, gab Svenja höflich von sich.

Lisa räusperte sich, um den Kloß in ihrem Hals zu entfernen.

»Guten Tag, Svenja, mit Vergnügen leiste ich Ihnen Gesellschaft.«

Svenja schmunzelte freundlich.

»Fein. Dann begleiten wir die ungeduldige kleine Lady zu der anderen ungeduldigen Lady.«

Svenja zwinkerte Maxima zu und schloss die Tür hinter Mutter und Tochter. Maxima kicherte und mit hüpfenden Schritten folgte sie Svenja, bis Lisa sie leicht am Arm zog und mit strengem Blick ermahnte. Das große Haus wirkte auf das kleine Mädchen riesig. Sie kam sich vor, wie eine Prinzessin in einem Schloss und gab kindsüblich ihre Eindrücke laut preis. Svenja schmunzelte zufrieden vor sich hin und zeigte den beiden die gesamte untere Etage. Maximas Mund ging vor Staunen nicht zu, was Svenja sehr belustigte und Lisa erröten ließ. Das letzte Zimmer, das Svenja zeigte, war Sophies Zimmer. Der geräumige Raum war lichtdurchflutet und in einem zarten rosa Ton gehalten. Sophie, die auf einem riesigen Bett mit scharenweise Kissen um sich herum, saß, winkte munter ihrem Besuch zu. Lisa umarmte das Mädchen. Maxima sprang aufs Bett und legte sich neben Sophie. Beide Mädchen brachen in Gelächter aus. Sie waren sehr glücklich sich wiederzusehen.

Nach einem kurzen Austausch verließen die Erwachsenen das Kinderreich und gingen ins Esszimmer, wo der Tee bereits serviert war. Lisa fühlte sich etwas besser, ihr Körper entspannte sich allmählich. Die Frauen führten ein neutrales, lockeres Gespräch. Nachdem die erste Teetasse leer getrunken war, lenkte Svenja das Gesprächsthema dezent in Richtung Victor und Valentinas Beerdigung. Svenja erkundigte sich nach Lisas Eindrücken von der Situation. Sie beobachtete Lisa genau. Svenjas Gesichtsausdruck entspannte sich zusehends je mehr sie durch das tiefe Gespräch erkannte, dass die junge Frau nicht spielte. Das war für die Gastgeberin ausschlaggebend. Zu viel stand auf dem Spiel, unter anderem das Wohlergehen von Sophie.

»Elisabeth, lieben Sie ihn?«, fragte Svenja direkt.

Lisa kam ins Straucheln und errötete bei dieser Frage. Sie zögerte eine Sekunde, um sich zu sammeln, daraufhin schaute sie Svenja voller Entschlossenheit an.

»Ja, das tue ich. Noch nie habe ich einen Mann so geliebt wie Victor. Manchmal macht es mir sogar Angst. Ich habe genug gelitten und hatte überhaupt nicht vor einem Mann mein Herz zu schenken. Nur war ich Victor von Anfang an ausgeliefert. Mein Kopf, wie mein Herz, spielten mir einen Streich. Und bitte Svenja, nennen Sie mich Lisa.«

»Einverstanden Lisa, das offizielle Getue können wir gerne ablegen«, stimmte Svenja zu und fuhr fort:

»Er liebt dich auch, Lisa. So beflügelt habe ich ihn schon lange nicht mehr gesehen. Seine Augen leuchten und er ist voller Elan. Beim letzten Telefonat teilte er meinem Mann mit, dass er, sobald er in Sankt Petersburg alle Projekte abgeschlossen hat, auf Immobiliensuche in Bremen ist. Er bat Richard sich für ihn umzusehen.«

Svenjas Stimme war voller Freude. Sogar ihre Augen waren etwas feucht. Lisa wusste nicht, was sie dazu sagen sollte, es waren einfach zu viele Emotionen für den heutigen Nachmittag.

Die Zeit verging wie im Flug, Lisa und Maxima mussten sich auf den Weg machen. Und für Sophie war Ausruhen angesagt. Das hartnäckige Fieber hatte sie zwar überstanden, aber die Erkrankung hatte das Mädchen viel Kraft gekostet, die wieder hergestellt werden musste.

»Kommst du morgen?«, fragte Sophie ihre allerbeste und einzige Freundin mit einer Note des Bedauerns in der Stimme, als diese gehen musste.

Maxima schaute ihre Mutter flehend an.

»Morgen bin ich leider den ganzen Tag in der Arbeit, aber übermorgen würden wir sehr gerne vorbeikommen«, vertröstete Lisa beide Kinder.

Sophies Gesicht erhellte sich.

»Ich werde auf euch warten«, sprach sie tough.

Svenja begleitete die Besucher zur Tür und umarmte sie zum Abschied.

»Dankeschön für alles, Svenja«, sagte Lisa zu ihr.

Svenja sah Lisa mehrdeutig an.

»Ich bin diejenige, die zu danken hat. Lisa, dir ist noch nicht bewusst, dass du mit deiner Anwesenheit nicht nur Victors und Sophies Leben verändert hast, sondern auch Richards und meins. Bis vor Kurzem war dieses Haus still und leer, aber die Kinder füllen es wieder mit Leben. Auch Sophie habe ich noch nie so glücklich und kindlich erlebt, wie in letzter Zeit. Ich danke Gott, dass er dich damals zu mir führte, und dass ich dich buchen musste, weil meine Personalnot so groß war.«

Svenjas Worte rührten Lisa sehr. Sie wirkten wie Balsam für ihre über Jahre verletzte Seele. Wegen der hochkommenden Emotionen war Lisa nicht in der Lage zu sprechen, stattdessen umarmte sie die neu gewonnene Freundin, presste ein leises »Dankeschön« heraus, drehte sich um und ging. Maxima wartete vor dem Auto auf ihre Mutter. Lisa musste ihre gesamte Willenskraft zusammennehmen, um nicht vor ihrer Tochter in Tränen auszubrechen. Es wären zwar Tränen des Glückes gewesen, jedoch war Lisa nicht in der Lage dies zu erklären. Ihr fiel auf, dass Maxima ungewöhnlich still war. Sie schwieg auf der gesamten Heimfahrt, schaute zum Fenster und malte etwas mit dem Finger darauf. Lisa fragte nicht nach. Momentan brauchten beide Zeit für sich, um die Geschehnisse der letzten Stunden zu verdauen.

Am Abend als die junge Mutter dachte, dass die Kinder längst im Bett waren, kam ihre jüngste Tochter tränenüberströmt herunter. Sie schluchzte und brummte etwas Undeutliches vor sich hin. Lisa kannte Maximas schauspielerisches Talent, auf das sie bereits ein paar Mal hereingefallen war. Mit Ruhe und Geduld beruhigte sie ihre Tochter, indem sie sie auf die Knie setzte und hin und her schaukelte. Dabei sang Lisa ein Kinderlied. Als Maxima sich beruhigte und ihr Schluchzen weniger wurde, fragte Lisa nach dem Grund ihrer Tränen.

»Ich hasse ihn! Ich hasse Sophies Vater!«, fast schreiend gab das Mädchen die Worte von sich.

Lisa wurde hellhörig.

»Kennst du ihn etwa?«, fragte sie vorsichtig.

»Ja. Nein. Das spielt keine Rolle. Er will mich und Sophie trennen. Das ist Grund genug, um ihn zu hassen.«

»Wie kommst du darauf, dass er euch trennen will?«, wollte Lisa von ihrer Tochter wissen.

»Sophie hat es mir heute erzählt. Sie sagte, dass sie höchstwahrscheinlich nächste Woche nach Russland fliegt. Dort bekommt sie wieder Privatunterricht, weil sie nicht in die Schule gehen kann.«

Maxima schluchzte stärker.

»Beruhige dich, mein Schatz. Sophie und du wisst nicht die ganze Wahrheit.«

Maxima sah ihre Mutter hoffnungsvoll an, wischte die Tränen aus dem Gesicht und fragte:

»Mama, heißt das, dass sie bleibt?«

»Das kann ich dir momentan nicht sagen, aber eins habe ich sehr gut gelernt in der Schule des Lebens: Alles entwickelt sich nur zu unseren Gunsten.«

»Was ist daran gut, wenn meine beste Freundin, die für mich wie eine Schwester ist, tausende Kilometer wegzieht? Wo ist da die blöde Gerechtigkeit?«, murmelte das Mädchen zornig.

Lisa überkam eine Gänsehaut, als Maxima Sophie eine Schwester nannte. Doch Lisa blieb nach außen hin ruhig. Sie sprach mit viel Wärme in ihrer Stimme:

»Weißt du meine Süße, manchmal muss man zurückkehren, um das Alte abzuschließen, damit man sich komplett aufs Neue konzentrieren kann.«

»Mama, denkst du, dass Sophie nochmal nach Bremen kommt?«, fragte die Kleine gähnend.

»Ich schlage vor, dass ihr Vertrauen habt, dass sich alles

nur zu eurem Besten entwickeln wird. Das ist immer so im Leben. Auch dann, wenn man das gar nicht erkennen kann.«

»Okay, wir werden es versuchen«, gab Maxima mit bereits geschlossenen Augen von sich.

Lisa brachte ihre Tochter ins Bett und dachte selbst noch lange über das Gesagte nach. In den letzten Monaten hatte sie dem Leben mehr vertraut denn je und ihre Belohnung sprengte jegliche Vorstellungen.

Kapitel 34

Es vergingen Wochen, sogar Monate. Victor und Sophie lebten in Sankt Petersburg. Der Kontakt zwischen Lisa und Victor war zwar konstant, aber seine Anwesenheit fehlte ihr fürchterlich. Manchmal war er weit weg in seinen Gedanken, als sie telefonierten und manchmal war er Feuer und Flamme. Lisa war des Öfteren überfordert mit seinen Stimmungsschwankungen. Am härtesten war für sie die Vorstellung, dass diese komische Mila immer noch bei ihm war. Lisa wusste, dass beide ein gemeinsames Projekt abschließen mussten. Sie vertraute ihm voll und ganz, doch manchmal war der negative Gedankenstrudel einfach zu heftig.

Dafür waren die zwei Mädchen umso inniger in ihrer Freundschaft. Keine Entfernung der Welt wirkte sich darauf aus. Maxima bewegte Sophie dazu, tägliche Übungen für ihre Beine zu machen. Sie hatte ihr schmackhaft gemacht, wie großartig es wäre miteinander laufen zu können, Fahrrad zu fahren oder zu schwimmen. Als Victor von dem unerwarteten Wunsch seiner Tochter erfuhr, besorgte er ihr auf der Stelle den besten Physiotherapeuten, den er finden konnte. Das Mädchen übte fleißig und machte täglich Fortschritte. Manchmal ging es ihr nicht schnell genug, denn bis Weihnachten wollte sie unbedingt auf eigenen Beinen stehen, da wollten sie wieder nach Deutschland kommen.

Victor war viel unterwegs. Er arbeitete ununterbrochen, um das Projekt seiner Mutter rechtzeitig abschließen zu können. Es ging aber nicht nur darum, schneller zu seiner Geliebten zu kommen, sondern auch den bedürftigen, schutzlosen und teilweise obdachlosen Kindern ein anständiges Zuhause zu bieten. Valentina hatte sich ihr Leben lang für Kinder eingesetzt. Als sie erfahren hatte, in welch katastrophalem Zustand sich das Waisenhaus in ihrer unmittelbaren Nähe befand, hatte sie diese Situation zu ihrer persönlichen Aufgabe gemacht. Das Gebäude musste von Grund auf saniert werden. Die Kinder brauchten eine vorübergehende Unterkunft, in der sie warmes Essen, eine Schlafmöglichkeit und eine anständige Betreuung bekamen. Jeder Cent zählte, denn das war eine sehr kostspielige Aktion. Sämtliche potentiellen Investoren waren von Valentina zu ihren Lebzeiten angeschrieben worden. Selbstverständlich gehörte auch die Familie Stevens dazu, die nicht nur ihre finanzielle Unterstützung zugesichert hatte, sondern auch ihre Kontakte spielen ließ. So ein Kontakt war die millionenschwere Witwe Mila Kaiser, die erst nach Valentinas Tod ihre Unterstützung zusagte. Mila verfolgte ihre eigenen Ziele. Das Endziel war Victor. Sie war überzeugt, dass ihre Chancen auf eine Beziehung mit ihm deutlich höher waren, als vor ein paar Jahren.

Das Projekt mit dem Waisenhaus passte ideal zu ihrem Plan. Victor liebte Kinder, das wusste sie, obwohl sie selbst Kinder nicht ausstehen konnte. In diesem Fall waren sie aber ein gutes Mittel zum Zweck. Fast täglich waren Victor und Mila gemeinsam unterwegs und ihr Plan entwickelte sich fast perfekt, wenn da nicht ein kleiner Waisenjunge gewesen wäre. Gerade im Waisenhaus verbrachte Mila die meiste Zeit mit Victor, denn außerhalb war er für sie nicht zugänglich. Sie spielte eine liebenswerte Person und überschüttete die Kinder mit Geschenken. Nur dieser Junge nahm nie ein Geschenk von ihr an. Der fünfjährige Konstantin war voll und ganz auf Victor fixiert. Er redete nie. Er sah Victor nur mit treuen Kinderaugen an, da er für ihn so etwas wie ein Held wurde und folgte ihm auf Schritt und Tritt. Wenn Victor in ein Gespräch mit einem anderen Erwachsenen verwickelt war, und das war meistens der Fall, wartete Konstantin geduldig auf diskreter Distanz. Doch wollte Mila etwas von Victor, war Konstantin sofort zur Stelle und griff nach Victors Hand. Mila war außer sich vor Wut. Anfangs beherrschte sie sich noch und versuchte auf den Jungen mit Engelszungen einzureden, ihn zum Spielen zu schicken. Das Kind rührte sich aber nicht von der Stelle. Allmählich verlor sie die Geduld. Als sämtliche, unter anderem sehr teuren Geschenke nichts brachten, zeigte sie immer mehr ihr wahres Gesicht.

Auch Sophie mochte Mila nicht. Eines Tages, nachdem sie ihren Vater zu den Kindern begleitet hatte, fragte sie ihn direkt, wie er zu dieser Frau stand. Mila benahm sich ihres Erachtens unmöglich den Kindern und zu aufdringlich ihrem Vater gegenüber. Und als seine Antwort »Nur geschäftlich, mehr nicht« war, jubelte Sophie innerlich. Sie ergriff wieder die Gelegenheit und erwähnte begeistert die Mutter ihrer allerliebsten Freundin, die übrigens wunderbar Russisch sprach und dazu noch toll aussah.

»Gegen so eine Mama hätte ich nichts einzuwenden«, rundete das Mädchen ihren Mini-Vortrag ab.

Victor lächelte seine Tochter verständnisvoll an.

»Was sagst du aber dazu, wenn ich bereits die Richtige für mich gefunden habe? Übrigens sieht sie auch bezaubernd aus und spricht Russisch. Außerdem hat sie zwei Töchter und eine davon ist genauso so alt wie du. Sie heißt Maxima.«

Sophie schaute ihren Vater verdutzt an.

»Meine Freundin heißt auch Maxima, ihre ältere Schwester Alexa und der Hund heißt Schoko und die Mama heißt Lisa.«

All das schoss in einem Atemzug aus dem Mädchen heraus. Dann wurde sie ganz still und sah Victor mit der großen Hoffnung an, dass er ihr alles bestätigte. Sie hielt sogar ihren Atem vor lauter Aufregung an.

»Ja, so heißen sie alle. Aber Sophie woher … wie … wann hast du sie alle kennengelernt?«, fragte Victor überrascht nach dem seine Sprechfähigkeit zurückkehrte.

»Ponyhof. Bei Onkel Harry. Er hat mich sogar ein paar Mal zu Maxima zum Spielen gefahren. Sie hat mir ihre tolle Zombieburg gezeigt. Ihre Mama hat uns als Zombies geschminkt und wir haben uns verkleidet. Dann haben wir getanzt und Fotos gemacht. Papa es war so schön. Wann fahren wir wieder zu ihnen? Ich vermisse sie alle.«

Victor, den diese Nachricht wie ein Blitz getroffen hatte, konnte immer noch nicht richtig fassen, wie wunderbar sich alles fügte. Er machte sich nächtelang Gedanken, wie er seiner Tochter beibringen sollte, dass sie höchstwahrscheinlich nach Deutschland ziehen würden und es stellte sich heraus, dass sie dort mehr Verbindungen aufgebaut hatte, als er es hätte ahnen können.

»Papa, wann fliegen wir dorthin?«, wiederholte Sophie ihre Frage.

»In ein paar Wochen, mein Schatz. Ich plane das Projekt im Dezember abzuschließen und vor Weihnachten wieder nach Deutschland zu fliegen. Es ist nur … da gibt es noch etwas, das mir schwer im Magen liegt. Und ich weiß nicht, was ich machen soll, Sophie.«

In den Augen ihres Vaters konnte das Mädchen Verzweiflungsfunken erkennen. Sophie nahm seine Hand und strich mit ihren zarten Kinderfingern darüber.

»Was hältst du davon, wenn wir gemeinsam nach einer

Lösung suchen? Großmutter hat immer gesagt, dass ein Kopf gut ist, aber zwei sind besser.«

»Du und deine Großmutter habt wie immer recht«, gab Victor schmunzelnd zurück.

Einen Moment lang sammelte er sich, dann sprach er seine Tochter an:

»Kleines, da gibt es einen Jungen in dem Waisenhaus, der in mir ein tiefes Gefühl der Vertrautheit auslöst. Oder besser gesagt – er erinnert mich an jemanden.«

Sophie schwieg. Sie spürte, dass ihr Vater ihr mehr mitteilen wollte und sie wartete.

»Konstantin, so heißt er, ist besonders auf mich fixiert und ich mittlerweile auch auf ihn. Jeden Tag nimmt er mich in Empfang und begleitet mich bei meinen Aufgaben im Haus. Er ist immer in meiner Nähe. Wir verstehen uns ohne Worte und davon abgesehen, spricht Konstantin kaum. Seine innere Welt ist sehr speziell. Er ist anders als die meisten Kindern. Er sieht gerne Märchenbücher an und freut sich immens, wenn ich ihm daraus vorlese. Sophie, ich erkenne mich in diesem Jungen wieder und wenn ich ehrlich bin, fühle ich mich ihm gegenüber verpflichtet. Ich weiß, dass ich etwas unternehmen muss, um ihn da rauszuholen. Aber ich bin ratlos und weiß nicht wie und was. Wenn ich nur passende Eltern für ihn finden könnte ...«

Victor unterbrach seine Erzählung, sah seine Tochter an und versuchte ihre Gedanken anhand ihres Gesichtsausdrucks zu erraten. Sophie war Meisterin darin, Emotionen zu verbergen – genau wie ihr Vater. Weder ihr Gesicht, noch ihre Augen deuteten auf irgendetwas hin. Sophie verweilte in ihrer Gedankenwelt und als sie zurückkehrte, sprach sie Victor voller Entschlossenheit an:

»Papa, was hindert dich daran, Svenja und Richard zu fragen? Immerhin wollten sie immer schon Kinder haben, aber es hat nicht geklappt. Vielleicht ist es die Lösung für alle Beteiligten?«

Victors Verwirrung stand ihm ins Gesicht geschrieben. Er zögerte eine Sekunde, sammelte sich und antwortete:

»Ich kann ihnen doch nicht einfach ... ein Kind bedeutet Verantwortung. Außerdem spricht er kein Deutsch und Svenja und Richard können kein Russisch…«

»Genau das ist der Unterschied zwischen einem Kind und einem Erwachsenen«, unterbrach ihn Sophie.

»Kinder packen Dinge an, weil sie dem inneren Impuls folgen, ohne ihn groß zu hinterfragen. Erwachsene denken zu viel nach und während sie überlegen, wächst der Zweifel. Ihr erlaubt eurer Angst zu siegen, ohne überhaupt etwas unternommen zu haben. Das ist das Problem von den meisten Erwachsenen.«

Victor war erstaunt, wie genau die Bemerkung seiner Tochter war und wie erwachsen das Mädchen inzwischen wurde.

»Gut. Wir laden Tante Svenja und Onkel Richard zu uns ein, und stellen ihnen das fast abgeschlossenes Projekt vor - schließlich haben sie sich auch daran beteiligt. Und beim persönlichen Treffen kann man die beiden wegen Konstantin ansprechen. Wie findest du meinen Plan, Engelchen?«, wollte Victor von seiner Tochter wissen.

Sophie grinste über das ganze Gesicht und hob ihren Daumen hoch. Victor setzte sich auf den Stuhl neben dem großen Esszimmertisch und fühlte sich plötzlich entspannter, denn das Gespräch mit seiner Tochter hatte eine interessante Wendung genommen.

»Ja und mach dir keine Gedanken wegen der Sprache«, begann Sophie mit nachdenklicher Stimme.

»Die Sprache der Liebe verstehen alle, ob groß oder klein.

Und die beiden tragen viel Liebe in ihren Herzen. Ich weiß es, denn ich war bei ihnen und kenne sie lang genug. Konstantin wird sicherlich schnell die neue Sprache lernen. Wir Kinder sind clever.«

Sie zwinkerte ihrem Vater zu und stützte sich an den Griffen ihres Rollstuhls ab.

»Ich will dir etwas zeigen. Eigentlich wollte ich noch etwas üben, aber du sollst wissen, dass ich kein unbeholfenes Kind mehr bin.«

Sie hob ihren Körper in die Höhe und stellte langsam einen Fuß auf dem Boden ab. Sophie atmete durch und mit einem weiteren Schub an Willenskraft stellte sie den zweiten Fuß auf den Boden. Der fassungslose Victor sprang von seinem Platz auf und eilte zu seiner Tochter. Sie bremste ihn mit einem aussagekräftigen Blick. Das Mädchen wollte es selbst schaffen und es wollte ihm ihre Fortschritte präsentieren. Sophie griff nach dem Tisch und stützte sich an diesem ab. Ihre Beine zitterten, aber führten den kompromisslosen Befehl, einen Schritt nach vorne zu machen, aus. Victor hielt den Atem an. Höchste Anspannung und Sprungbereitschaft herrschten in ihm. Ein, höchstens zwei Schritte und er musste seine Tochter auffangen, denn ihr zierlicher Körper war am Limit seiner Kräfte.

»Ich bin so stolz, dein Vater zu sein«, gestand Victor seiner Tochter, als er sie wieder zurück in den Stuhl setzte.

»Du bist viel stärker als ich, obwohl du noch ein Kind bist.«

Er küsste sie in ihr Haar und drückte sie an sich.

»Bei außergewöhnlichen Eltern kann kein gewöhnliches Kind entstehen«, murmelte die Kleine und küsste ihren Vater auf die Wange.

»Ich liebe dich, Papa und bin mega stolz deine Tochter zu sein.«

Sie strahlte ihn an.

»Ich möchte das Laufen noch mehr üben, um meine Freundin damit zu überraschen. Bitte verrate es noch niemandem. Versprochen?«

Mit einem Blick voller Glück schaute der Vater seine Tochter an:

»Versprochen.«

»Jetzt ruf bitte die beiden an, ihr Kind wartet.«

Kapitel 35

Victor nahm seine Freunde zwei Tage später am Flughafen in Sankt Petersburg in Empfang.

»Victor«, begann Svenja, »was ist denn so wichtig, dass du es uns vor Ort und unter strengster Geheimhaltung zeigen möchtest? Dass es unsere persönliche Anwesenheit erforderlich macht?«

Lächelnd klopfte Victor Richard auf die Schulter.

»Kommt, wir fahren gleich zum Waisenhaus, dann zeige ich euch, wohin euer Geld fließt und was wir Großartiges damit gemacht haben. Ich muss euch das direkt zeigen.«

Richard zog seine Augenbraue hoch und Victor befürchtete, dass er den Braten roch.

Die Fahrt dauerte keine halbe Stunde. Victor war nervös. Doch er konnte es gut kaschieren. Er hatte seinen Freunden gesagt, dass es sehr wichtig war, dass sie beide anwesend waren, um etwas einzuweihen und danach, versprach er eine Party für die Investoren. Auch wenn es den beiden nicht leichtgefallen war, hatten sie sich zwei Tage in ihren Jobs freigeschaufelt. Für Victor taten sie alles und sie waren froh, dass er so begeistert von dem Projekt seiner Mutter sprach.

Victors Rechnung ging auf. Im Waisenhaus hatten die beiden keinerlei Berührungsängste, im Gegenteil. Svenja hatte ein paar Kleinigkeiten in ihrer übergroßen Handtasche für die Kinder dabei.

»Jetzt weiß ich endlich, wieso ihr Frauen so große Handtaschen habt«, witzelte Richard.

Svenja hielt noch ein kleines Paket in der Hand und ihr

Blick fiel auf den Jungen, der abseits von allen anderen in der Ecke stand. Er beobachtete das Geschehen und Svenja beobachtete ihn. Sie ließ die beiden Männer mit den anderen Kindern zurück und kniete sich zu ihm.

»Hallo«, sagte sie sanft und reichte ihm das Päckchen.

Konstantin lächelte sie an. Ihr Herz machte einen Sprung. Er nahm das Geschenk, anschließend ihre Hand. Konstantin führte sie in die Bücherecke. Sie stellte ihre Handtasche ab, um sich im Schneidersitz auf eines der vielen bunten Kissen zu setzten. Der Junge machte es sich mit einem Bilderbuch direkt neben ihr bequem. Gemeinsam blätterten sie durch das Buch und sahen sich gegenseitig immer wieder an. Svenja streichelte über seinen Rücken. Er rückte ein Stück näher und Victor konnte sehen, dass sie sich eine Träne von der Wange strich. Richard ging zu seiner Frau und setzte sich neben die beiden. Konstantin nahm Richards Hand, drückte sie kurz und blätterte weiter in dem Bilderbuch. Der kleine Konstantin zog die beiden in seinen Bann. Zufrieden beobachtete Victor die Szene.

Die Aufregung im Hause Schatz war auf Hochtouren an diesem Tag vor Weihnachten. Lisa und ihre Töchter brachten das Haus auf Vordermann, backten Kekse und trafen erste Vorbereitungen für das Festmahl. Auch der Tannenbaum durfte nicht fehlen. Sein frischer holziger Duft sorgte für weihnachtliche Stimmung trotz des verregneten Matschwetters. Lisa war so nervös, wie schon lange nicht mehr. Immer wieder musste sie sich selbst ermahnen gedanklich bei der Sache zu bleiben, um rechtzeitig fertig zu werden. Statt nach dem alten Schema die eigene Person in Frage zu stellen und diese blöden »Was ist, wenn? – Fragen« durchzukauen. Atem-übungen, die ihr in der Vergangenheit mehrfach zurück in einen ausgeglichenen Zustand geholfen hatten, waren dieses Mal gegen ihre Unruhe machtlos. Lisa schrubbte sich die Finger wund, denn Putzen half ihr dagegen immer.

Es blieb nicht mehr viel Zeit. In ein paar Stunden würden Victor und Sophie an der Haustür klingeln. Alleine der Gedanke, dass sie ihn nach so vielen Wochen wiedersehen würde, sorgte für Schweißausbrüche. Außerdem hatte er vor Tagen ein ernstes Gespräch angekündigt, aber nicht verraten, worum es ging. Tage- und nächtelang zerbrach Lisa sich den Kopf, was er wohl mit ihr besprechen wollte. Da ihr aber nichts Positives in den Kopf kam, beschloss sie, sich nicht mehr verrückt zu machen. Erstaunlicherweise hatte es gut funktioniert. Bis heute. Die Sehnsucht nach diesem Mann und die Ungewissheit vor der Zukunft waren präsenter denn je.

Auch Maximas Aufregung war im ganzen Haus zu spüren. Seit sie erfahren hatte, dass Sophie die Tochter des Mannes war, der in ihre Mama verliebt war, betrachtete sie Sophie als ihre Schwester. Sie machte Platz in ihrem Schrank für Sophies Sachen und bestand auf weiteres Bettzeug, damit sie zu zweit in Maximas Bett schlafen konnten. Auch Sophie kündigte ihr eine Überraschung an und Maxima sprach von nichts anderem.

Die Einzige, die in diesem Haus gelassen geblieben war, war Alexa. Sie freute sich auf die Bescherung und auf den ersten Weihnachtstag, denn da war die ganze Familie bei Harry und Anja Kraus auf den Ponyhof eingeladen. Natürlich war sie auch auf Victor neugierig, aber der Gedanke übermorgen die Zwillinge zu sehen, toppte alles.

Kurz vor 18.00 Uhr vollendete Lisa ihren Abendlook mit dem letzten Strich von zartrosa Rouge auf ihrem Gesicht, als es an der Tür klingelte. Ihr Herz raste. Sie atmete ein paar

Mal ein und aus, um sich zu beruhigen, machte einen Kontrollblick in den Spiegel und verließ das Badezimmer. Maxima und Schoko nahmen bereits die Gäste in Empfang. Ein lauter Trubel machte sich an der Eingangstür breit. Durch freudiges Hundegebell und sein hastiges im Kreise laufen, konnten die Gäste kaum ins Haus kommen, ohne auf Schoko zu treten. Lisa pfiff den kleinen Pudel zu sich und bat alle freundlich herein.

Victor trug einen eleganten gerade geschnittenen Mantel. In einer Hand hielt er einen riesigen Strauß rote Rosen. An Victors angespannter Haltung konnte man sofort erkennen, dass er etwas Wichtiges mitteilen wollte, als Sophie ihn unterbrach.

»Papa, darf ich das machen?«, fragte sie ihn voller Entschlossenheit.

Nach kurzem Zögern nickte Victor zustimmend. Sophie räusperte sich und strahlte alle Anwesenden an.

»Liebe Lisa«, das Mädchen sah Lisa hoffnungsvoll an.

»Liebe Maxima und liebe Alexa.«

Ein glockenhelles »Wuff« ergänzte ihre Aufzählung und brachte alle zum Lachen.

»Natürlich auch du, Schoko! Ihr wurdet für mich zur Familie. Mein Vater und ich ...«, sie warf einen Blick zu Victor und holte von ihm ein bestätigendes Nicken ab.

»Wir können uns ein Leben ohne euch gar nicht mehr vorstellen. Oh, wie groß war meine Freude, als ich erfuhr, dass mein Vater in die Mutter meiner allerbesten Freundin verknallt ist. Von so einer Mama konnte ich bisher nur träumen und von solchen Schwestern genauso. Aber zuerst möchte ich dich, liebe Lisa, ganz offiziell fragen: Möchtest du überhaupt so ein Kind wie mich?«

Lisa war sprachlos und zu tiefst berührt. Tränen kullerten

ihr über die Wangen. Sie näherte sich dem Mädchen und umarmte es.

»So eine Tochter zu bekommen, wäre mir eine Ehre«, sagte
sie mit zittriger Stimme.

»Papa, sie hat JA gesagt!«, freute sich Sophie.

Victor überreichte Lisa die Rosen und drückte sie fest an
sich. Dann holte er ein kleines rotes Kästchen aus seiner
Manteltasche und öffnete es. Ein Ring mit funkelnden Stein-
chen wartete dort auf seinen Einsatz.

»Würdest du auch mir die Ehre erweisen und meine Frau
werden?«

»Mit Vergnügen«, flüsterte Lisa.

Ihr stockte der Atem, als Victor den Ring an ihren Finger
steckte, der wie angegossen passte. Danach küsste er sie. Der
Jubel der Kinder und der laute Applaus rundeten die Heirats-
antrags-Zeremonie ab.

»Entschuldige bitte, dass es so unromantisch vor der Tür
stattgefunden hat, aber ich wäre geplatzt, wenn ich länger
hätte warten müssen.«

»Und ich auch«, eilte Sophie ihrem Vater zur Hilfe.

»Das ist das schönste und aufregendste Weihnachten, das
ich je hatte«, teilte Lisa allen mit.

»Ich bin so glücklich. Mein Traum von einer großen Familie geht in dieser Sekunde in Erfüllung.«